Las guerras del cuerpo y del alma

Las guerras del cuerpo y del alma

Hernando García Mejía

Título: *Las guerras del cuerpo y del alma*
Autor: *Hernando García Mejía*

Coordinador Editorial
Pablo Quintero

Editor
Etto Barnet

Impresor
Editora Continental
e-mail: info@editoracontinental.com

En portada
La chaste Suzanne (La casta Susana), 1864.
Oleo sobre lienzo, 185x130 cm.
Obra de: *Jean-Jacques Henner* (1829-1905)

ISBN-13: 978-1937482824
ISBN-10: 1937482820

www.editoranuevomundo.com.co

www.editoracontinental.com
Made in USA, 2014

Índice

En la mayoría de los libros el yo o primera persona es omitido; en éste será conservado. Generalmente no recordamos que, después de todo, es siempre la primera persona la que habla. No hablaría tanto sobre mí mismo si hubiera alguien a quien conociera tan bien como a mi persona.

Henry David Thoreau
Walden, la vida en los bosques

Toda vida es una novela y en una novela, como nos enseñó Cervantes y nos recuerda Carlos Fuentes, cabe todo, incluidos los demás géneros literarios.

El Autor

PRIMERA PARTE

Cacerías del atardecer

Madame Bovary soy yo
Gustavo Flaubert

M e llamo Máximo de Armas, soy poeta, narrador y columnista, acabo de cumplir sesenta y seis años, he tenido seis amantes y ahora ando buscando la séptima. Al contrario del Eguchi de Kawabata que casi a los sesenta y siete estaba acabado en materia sexual y se consolaba durmiendo con chicas narcotizadas, yo, modestia aparte, estoy muy bien y con más bríos y ánimos que nunca. Haciendo sólo lo que amo, amando mientras lo hago y encomendándome siempre a la alegría, clave de todas las prosperidades del cuerpo y del alma (Alegría, / noche y día, / alma mía) me levanto a las seis de la mañana, salgo a caminar y trotar una hora por el parque San Antonio, cerca del cual vivo, regreso al apartamento, leo la versión online de mi diario favorito, escribo un rato y después me aseo, me visto y desayuno. Entonces salgo a realizar las diligencias personales de la jornada, luego de lo cual, a las diez, casi siempre, estoy aquí, en el Astor, salón de té situado en el paseo Junín de Medellín. Al fondo del tercer salón ocupo invariablemente esta mesa 47. A mis espaldas queda una hermosa cascada de muro, que me alegra y distensiona con la

13

frescura y el delicioso rumor del agua fluyente y cantarina. La luz es perfecta para leer y escribir y aquí no estorbo ni molesto a nadie. La clientela del lugar, anciana y nostálgica en su mayoría, habla de política, de enfermedades o de cosas pasadas. En ocasiones miro las testas otoñales, los semblantes cetrinos y gastados, los pasos tardos, los gestos cansinos, los sobres gigantescos de las radiografías, los diagnósticos de laboratorio, las fórmulas médicas que se muestran no sólo para suscitar solidaridad sino para criticar a las empresas de salud. En este preciso instante, mientras tomo café y escucho lo que se dice en las mesas cercanas, recuerdo a mis amigos muertos, con los cuales compartí tantas mañanas y tardes felices: Conrado, Eugenio, Jorge Luis, Solórzano, Sergio, Federico, Darío. La reflexión de Paul Auster en A salto de mata, sus memorias de infancia y juventud, resulta precisa y categórica: "Llegados a cierto momento de la vida descubrimos que nuestros días transcurren tanto en compañía de los muertos como de los vivos". En prueba y constancia de ello, el poema escrito alguna tarde en esta misma mesa resurge del recuerdo, dejando una vez más su dolido testimonio:

Los fantasmas del salón de té

Sentado en un rincón de este salón de té
miro cabezas viejas
taladas por las hachas del tiempo
o blanqueadas por el cierzo de todos los inviernos
y oigo hablar de las tragedias y penurias
de un pequeño país
que a pasos locos
se sumerge en el caos.
Y sobre esas pobres cabezas desoladas
que rumian pesimismo
vuelan también, de pronto, los amigos ya muertos
que alguna vez ocuparon las mismas mesas
y las mismas sillas
y bebieron en los mismos pocillos
y dijeron casi las mismas palabras que ahora escucho.
Porque en este salón de té
los vivos y los muertos se confunden
y en ocasiones uno duda
si los vivos son los que por encima
trazan sus arabescos de ceniza
y los muertos estos pobres sujetos

14

que toman café y discuten
su bilis del instante.
Hablo con mis amigos fantasmas
como con los personajes de los libros que leo
y a veces todos se juntan entre el bullicio
y entonces ya no me queda duda
de que, en efecto,
los muertos son los tontos
que sueñan estar vivos.
—Mira los fantasmitas tomando café—
murmuran los de arriba, divertidos—.
¡Mira! ¡Parecen vivos! ¡Pobrecitos!
Van y vienen,
se asoman a mis páginas,
palmotean mi hombro,
ríen conmigo
y yo termino por empezar a volar también
por el salón de té,
fantasma, libro en mano.
Y después de volar y volar
crece mi certidumbre
de que los únicos vivos son los muertos,
libres ya de su carga de ruido y de arrogancia.
Los muertos que se van
pero siguen contigo,
lámparas que te alumbran,
voces que oye tu alma,
gestos en que adivinas
la vida indestructible.
Fantasmas en los libros
y en el aire.
Fantasmas en las mesas.
Fantasma yo, el lector,
fantasma el libro,
todo fantasma, en suma
y nada verdadero.

El Astor fue fundado en 1930 por el pastelero suizo Enrique Baer y su esposa Anny Gippert, quienes posteriormente harían socios a sus compatriotas Emilio Leber y Alfredo Suwald. El nombre fue un homenaje a Lord Astor, ilustre personaje inglés muy amigo de la familia Baer. Desde su fundación, el establecimiento se convirtió en sitio de reunión de lo mejor de la sociedad y por sus tertulias de todo tipo pertenece hoy, pese a la natural depauperación mental, estética y económica de la sociedad, a la noble tradición de los cafés literarios, algunos de los cuales han adquirido cita de prestigio en la literatura y las artes universales, debido a que en sus salones se congregaban grandes artistas a conversar y a soñar, a pensar y a trabajar.

El hábito de beber café en sitios públicos, diseñados y adecuados para ello, comenzó, según parece, en Viena, hacia el siglo XVIII. La idea resultó tan interesante y sobre todo tan lucrativa que pronto se expandió por toda Europa. Curiosamente, los suizos —"los instintos congelados", como los llamó Anaís Nin en carta a Henry Miller— fueron quienes iniciaron y popularizaron estos sitios. De ahí que en muchas partes del mundo civilizado existan, comenzando por España, en donde todavía se evocan el de Granada y el de Madrid, ya desaparecido y concurrido entonces por los pintores y estudiantes de la célebre Academia de Bellas Artes de San Fernando, cerca de la cual estuvo ubicado. Entre los cafés de Madrid se recuerdan el Café de Solito, historiado en sus obras por el cronista Fígaro y por Zorrilla; el Colonial, el Fornos, el Café de Oriente, el Flor y Nata, el Café Pombo y el Café Gijón. Todos sin excepción albergaron tertulias encabezadas por personajes tan célebres como los tocayos Ramón del Valle Inclán, el gran vejete de las barbas de chivo, y Ramón Gómez de la Serna, muchas de cuyas sápidas y hondas greguerías debieron surgir al calor de la parla amistosa y del aromático y adictivo café, tan necesario para estimular las neuronas, cortejar las palabras y hacer fluir el numen ante el reto, siempre provocador e inquietante, de la página en blanco.

Entre otros contertulios de los cafés hispánicos deben citarse también los nombres de Enrique Jardiel Poncela, Alejandro Casona, Rafael Cansinos Asséns y, por supuesto, Camilo José Cela, Premio Nobel de Literatura en 1981, quien aprestigió definitivamente el escenario de los cafés con su novela La Colmena y con el tomillo titulado Café de artistas, que recrea la misma atmósfera de nicotina y de ingenio con el ingrediente adicional de la satirización de los aspirantes a escritores, que más que escribir se hacen notar presumiendo de tales, lo mismo que de los concursos y los seudónimos literarios.

Otros cafés archifamosos del mundo han sido el Café Florian de Venecia, el Greco de Roma, el Flore, situado en el barrio de Saint-Germain-des-Prés, de París, en donde se reunían los existencialistas encabezados por Jean Paul Sartre y su amante Simonne de Beauvoir y, para no alargar más la lista europea, el Brasileira, de Lisboa, en el que Fernando Pessoa convivía con sus carnívoros heterónimos y rumiaba sus penas, sueños y poemas, hecho que se conmemora con una estatua suya frente al establecimiento.

Es tan descollante la tradición cultural y literaria de los cafés en el viejo mundo que George Steiner, europeo emblemático y prototípico, anotó en un bello ensayo, escrito como conferencia para el Nexus Institute de Amsterdam, que "el café es un lugar para la cita y la conspiración, para el debate intelectual y para el cotilleo, para el flâneur y para el poeta o el metafísico con su cuaderno", rematando, como flor de elogios, que "mientras haya cafés, la idea de Europa tendrá contenido".

Aterrizando la máquina del tiempo en la geografía colombiana, en Bogotá existió el Automático, café en cuyo ámbito se reunía lo más dorado de la intelectualidad nacional (después fue trasladado y convertido también en restaurante); en Barranquilla, la Cueva, famoso en la prehistoria periodístico-literaria de García Márquez, debido a que allí bebía, tertuliaba y trasnochaba éste con sus amigos; y en Medellín, La Bastilla, que convocaba a los narradores, poetas, periodistas, pintores, músicos y bohemios paisas bajo la tutela aguardientera, ácida y festiva de Tomás Carrasquilla, León de Greiff y Ciro Mendía.

En el Astor soy, más que uno de los clientes habituales, algo así como un bien inmueble. Conozco a todo el mundo, distingo desde la primera ojeada a los turistas y forasteros, noto las ausencias, me entero de los muertos e identifico muy bien las manías de todos los clientes.

Allí, por ejemplo, pasa sus horas perdidas un viejo peliteñido y avaro, de cabeza y cuello tiesos como de robot y vestidos estrechos, gastados y roñosos que parecen limitarle hasta los movimientos, pues anda siempre encogido. Como se cree elegantísimo, a veces saca un espejo y se mira de lado, coquetona y aprobatoriamente, sonriendo como quien piensa: "¡Qué bien luzco, carajo!" Las meseras lo apodan Julio Iglesias, tal vez por un remoto y ceniciento parecido con el cantante ibérico. Aquí no sobra anotar que, por una especie de ley de compensación o de justicia poética, a las meseras las denomina "las monjas caderonas del Astor" mi amigo RJ, abogado en desuso, corrector de mamotretos y constante difusor de textos xeroxcopiados. La razón salta a la vista: lucen uniforme de colores verde y rosado tenues, con balaca monjil (después sería cambiado por uno parecido al de los cantores argentinos conocidos como Los Chalchaleros) y, salvo unas cuantas, la mayoría tienen esponjados traseros que recuerdan las esculturas de Botero.

El clon de Julio Iglesias llega por la tarde, pide un vaso de leche y saca, de entre las medias, un paquete de galletas Wafers para acompañarla. Al principio les ofrecía galletas a las meseras y algunas le recibían. Hasta que se dieron cuenta de dónde las sacaba, claro.

Hay también un antiguo conocido de mi juventud, a quien un amigo llamaba Picasso, dizque porque pintaba "cosas raras" como el genio del Guernica. Usa camisas de cuellos enormes con chalecos estrafalarios y luce un gigantesco escorpión plateado en el pecho. Lleva siempre gafas oscuras y se apoya en un bastón con cabeza de sierpe. Aunque no es cliente del Astor, todas las mañanas, a eso de las once, aparece puntualmente. Entra mirando a todas partes, como buscando a alguien, llega hasta el umbral de este salón y vuelve a salir. Nunca encuentra a nadie ni saluda a nadie. Simplemente entra, mira y sale. Lo llaman el vigilante. "Ya llegó el vigilante", comentan las monjas caderonas y Fernando, el guarda de seguridad, que lee casi tanto como yo y devora los libros que le presto o regalo cada vez que decido adelgazar la biblioteca.

Otro que hace lo mismo es un presunto abogado joven, bien vestido y con cara de lunático. Llega, maletín en mano, mira a todas partes y, por supuesto, vuelve a salir sin encontrar a nadie. Así todos los días, a mañana y tarde. También hubo otro parecido. Apodado Cámara porque andaba como arrastrando los pies o en cámara lenta, era un gordo solterón, cincuentón y bilioso que seguía puntualmente el curioso ritual de los buscadores y me miraba como desafiante y furioso sin saberse por qué. ¿Buscado-res de fantasmas, tal vez?

Al Astor llegan cantantes, pintores, políticos, periodistas, columnistas, maestros, curas, monjas, profesores, jubilados y desempleados. También algunos narradores y poetas bastante raros. Unos leen y otros simplemente toman tinto, comprado o de gorra, mientras despotrican de los colegas y ejercen el yoísmo. Yo esto, yo aquello, yo lo otro. Yo creo, yo pienso, yo afirmo. Yo publiqué, yo escribí. Yo era, yo tengo, yo tuve. En este último caso todos tuvieron de todo y ya, por supuesto, no tienen nada, como satiriza la copla popular rescatada por Jorge Isaacs:

> Yo tuve mi tengo tengo
> y ahora no tengo nada;
> así les sucede a muchos:
> tienen y se les acaba.

Pero, sin duda, la mesa más concurrida es la de cierto anciano y gordo periodista retirado que llega todas las mañanas apenas abren, se sienta, pide un tinto y después de beberlo parsimoniosamente empieza a saludar a los picateclas con un efusivo y rimbombante "¡Hola, maestro de maestros!" El titulazo surte efecto en los agraciados, que, sonriendo y sacando pecho, piden una tanda de tintos. Así sucede desde la mañana hasta las siete de la noche, hora de cierre del establecimiento.

En esa mesa se desarrolla una curiosa actividad: la celebración de méritos reales o imaginarios, casi siempre más lo último que lo primero. El periodista es presidente de una fantasmal asociación que refrenda este tipo de eventos, promovidos y asesorados por un socio, que aquí llamaremos el coordinador. Éste escoge y propone a los galardonados, inflándoles previamente el ego con zalemas como "tú eres grande, amigo, muy grande y los grandes merecen ser homenajeados y reconocidos para la posteridad" y encargándose de la preparación e impresión de los diplomas y del cobro de los agasajos a que haya lugar. "Eso tiene su costo", explica. "La papelería, el trabajo y lo demás, tú sabes". Emocionados con la elección para el reconocimiento, los poetas de versos malos, los directores de periodicuchos, los pintamonas, los músicos pasados de moda y demás especímenes de tecla, pincel y guitarreo, pagan sus cuotas así sea recogiendo el dinero con dificultad. Los diplomas son firmados por el presidente de la asociación y por la secretaria, que es su cónyuge. Cuando deben entregar alguno y ésta no lo ha firmado por hallarse ausente, el marido soluciona el problema diciendo: "Yo firmo por ella". Y estampa la firma, no se sabe si parecida o no. Si el homenajeado no puede conseguir el dinero, el coordinador reactiva la costumbre primitiva del trueque y recibe algo en pago. Por ejemplo, cierto músico lo hizo con discos de su autoría. "Me sirven. Yo los vendo", admitió el diligente y práctico ejecutivo de la asociación, cuyo nombre bien podría ser Ego S. A., para la sigla Egosa.

A veces los "mecenas" realizan entregas colectivas de diplomas. Hace poco me tocó presenciar una de ellas. Juntaron cuatro mesas frente a la mía y pidieron jugos y pasteles. El coordinador ocupó la silla de la cabecera y echó su correspondiente discurso, hablando bellezas de los nuevos diplomados. Entre sus palabras alcancé a escuchar lo de "ilustres e incansables trabajadores de las bellas artes, que hacen honor a la cultura y al periodismo nacional". Al rematar dijo que para la asociación constituía un gran honor poder contar a tan beneméritos personajes entre los miembros de su ya nutrido clan de diplomados

Ocho o quince días después iba a presentarse otra función con casi igual número de galardonados. El invitado de honor y, por supuesto, el patrocinador del evento, o "paganini", como se dice en el argot popular colombiano, era un joven concejal que aspiraba a la alcaldía de Medellín. Llegó la gente, juntaron las mesas y empezaron a conversar sin pedir nada. "Esperamos al invitado central", explicó el coordinador a las monjas caderonas que acudieron a atenderlos.

Al cabo de largo rato el presidente de la asociación pidió un tinto y un jugo de mandarina para la esposa-secretaria, mientras los demás esperaban, indecisos, mirándose entre sí. El coordinador vigilaba el reloj con impaciencia y no cesaba de mirar hacia la entrada del Astor. Al cabo de una hora sacó el celular e hizo una llamada, preocupado. "Aquí está la gente esperando", se quejó. El candidato tenía problemas. "¿Y entonces qué hacemos?", preguntó. "No podemos jugar con el tiempo de los demás. Hay que dar la cara. Mande siquiera a alguien que explique el asunto". Colgó y anunció a los invitados: "Dizque no puede venir porque está ocupado en una rueda de prensa. Lo siento. Se trata de un imprevisto por fuerza mayor". Siguieron sentados porque, al parecer, nadie osaba tomar la iniciativa de levantarse e irse primero que los demás.

Media hora más tarde llegó un tipo con chaleco de prensa y dijo que había sido enviado por el candidato, quien, como ya había advertido, no podría cumplirles la cita. Que, sintiéndolo mucho y en su nombre, les presentaba excusas por el percance; que entendieran, por favor, que tales cosas pasaban. Dicho lo cual se despidió. El presidente y su consorte se levantaron y se fueron también, silenciosos y visiblemente alicaídos. Después, poco a poco, fueron emigrando los demás, quedando un solo tipo en la mesa con la cuenta del tinto y del jugo. El evento se había frustrado y el aspirante a la alcaldía perdido los votos de esa gente, que según me contaron después, había prometido apoyarlo. "Invita, candidato, y sumarás a tu causa los nobilísimos votos del arte", debió ser la previsible arenga convocadora.

Durante todo ese ciclo de agitación electoral, el presidente de la asociación les había pedido la tarjeta de propaganda personal, con el respectivo número del tarjetón, a todos los candidatos conocidos que llegaban al Astor. "Deme su tarjetica, doctor, para votar por usted". "¿Y cuántas cédulas tienes, pues, que vas a votar por tanto candidato?", averiguó el guarda. El viejo sonrió, malicioso. "Yo no voto por nadie, pero les endulzo las orejas a todos esos pendejos", contestó.

En los últimos días hubo buena cosecha de diplomados, la mayoría de los cuales exhibían sus cartones, iluminados de orgullo y salían corriendo hacia las marqueterías. Colgados en las paredes de las salas de sus pobres casas, con el correr de los días esos diplomas recordarían el momento venturoso y único en que la "profesión" y el "talento" de uno de los habitantes fueron reconocidos y exaltados en buena hora.

Sonriendo, elaboro mentalmente mi propio diploma, que dice en la parte resolutiva:

"...destacar los excelsos valores humanos y literarios del escritor Máximo de Armas, cuya obra ejemplar se recomienda con entusiasmo a las presentes y futuras generaciones lectoras del país".

Si por la viveza de los timadores tan grosera comedia de consagraciones a granel no produjera indignación, la ingenuidad de los galardonados nos haría exclamar con el poeta Luis Carlos López:

¡Qué diablos! Si estas cosas dan ganas de llorar.

A propósito de periodistas o seudoperiodistas, muy cerca del primero se sienta a las doce meridiano un fulano blanco, gordo y sudoroso, que tiene su propio pasquín mensual, hecho con la única y exclusiva finalidad de morder el gran roscón de la pauta municipal, para facilitar lo cual reproduce los articulejos que, la mujer del alcalde, publica sobre bulimia, anorexia y estragos de la cirugía plástica en las emergentes con cerebro sin estrenar. Se trata de un pomposo tabloide impreso en papel satinado, cuya circulación "miente", como ordena la usanza en tales medios y sujetos, varios miles de ejemplares. La realidad es que todos anuncian miles de ejemplares y a lo sumo imprimen los requeridos para cobrar los avisos y otros cuantos más que regalan a los amigos con el fin de que les malescriban gratis. El tipo se sienta, pide un tinto y después pasa por mi lado para el baño. "Ahí va el cagón", pienso, sonriendo. "Consume un tinto que vale mil pesos y se echa su cagada, con lo cual le queda en quinientos. ¡Negociante, el hombre!", acota el guarda, siempre observador y burlón.

A esta misma clase de personajes pertenece cierto poeta que daña sus sonetos con palabras absurdas, inventadas por él mismo tal vez tratando de imitar a León de Greiff, quien, por su inmensa cultura, sí sabía hacerlo con acierto estupendo. Ronda los ochenta años y como al parecer está quedándose sordo como una tapia, habla muy alto, por lo que lo apodan el Radio. Cuando penetra al primer salón se le oye desde el último. Llega a las mesas de los amigos, se sienta y empieza a hablar de su última "producción". Luego saca una hoja arrugada de cuaderno escolar y lee. Si lo invitan a tinto pregunta con ingenuo descaro, triplicando el costo de la consumición: "¿Le disgusta si pido más bien un juguito de mandarina?" Al oferente no le queda más alternativa que asentir, pensando, tal vez: "¡Valiente malparido tan descarado!"

Existe otro personaje muy curioso. Es un escritor que ya no escribe. Arriba muy temprano a su mesa del segundo salón, pide un tinto,

21

le echa agua hasta casi rebosar el pocillo y, sin leer ni hablar con nadie, se pone a esperar pacientemente el mediodía, cuando llega alguien que lo invita a otro tinto y paga la cuenta. A menudo le caen amigos que ni invitan ni son invitados. Parlotean por horas y se marchan. Después de las once el hombre empieza a preocuparse y, como no tiene reloj, se para a mirar el de una pared cercana. Cuando por fin ve aparecer al amigo sonríe como aliviado y con la cara resplandeciente. "¡Siquiera!", debe pensar. Como es presumible, los días que el "salvador" no llega enfrenta una situación poco menos que tragédica: debe pagar el tinto. Casi al límite de la una de la tarde se levanta, preocupado, contando las monedas y se dirige a la Caja...

Otro de los frecuentadores del lugar es uno llamado por las monjas caderonas, que siempre encuentran los apodos precisos para cada cual, el profesor Rebrujo, especie de reviviscencia de Pnin, personaje que da título a la más traviesa y salerosa novela de Nabokov y que era "tan distraído que alzaba las cejas y se olvidaba de volverlas a bajar". Setentón, alto, delgado, blanco y con el pelo canoso crecido y alborotado como si en vez de peine usara ventilador, Rebrujo se mantiene con un suéter puesto o enrollado en la cintura o en el brazo. Altamente reputado por su perfecto dominio de los idiomas, entre ellos el inglés y el alemán, es más inquieto que una cabra y más despistado que un vendedor de helados en el Polo. Vive estudiando y a las carreras, por lo que alguna monja caderona, muy graciosa, pronosticó cierta vez: "De tanto correr, Rebrujo va a caerse un día de estos y a quebrarse una güeva. Y lo malo es que a su edad ya no resiste siquiera una de silicona". "En ese caso", anoté yo, que congraciaba mucho con la chistosa, "tú podrías prestarle una de las tuyas". Estalló en carcajadas y se alejó, diciendo: "Este don Máximo sí es malo. ¡Qué verraco!"

Rebrujo llega cargado de libros, se sienta a su mesa preferida, pide una Milhojas (especie de pastel dulce en capas superpuestas), abre un libro y empieza a estudiar. De pronto se para, deja todo sobre la mesa, incluido el suéter, y se dirige a la puerta del Astor o se va tranquilamente para la calle. Como estudia, enseña y corre tanto se mantiene cansado y soñoliento. A veces hasta se queda dormido en la silla y empieza a roncar. Entonces nunca falta la monja caderona que, con sonreída perversidad, deje caer un charol metálico en los alrededores. Despierta asustado, mira a todas partes y, restregándose los ojos, regresa a estudiar.

Las monjas caderonas les tienen apodos a todos los clientes, comenzando por uno genérico para los que sólo consumen tinto: los tinterillos. Me gustaría saber cómo me apodan a mí las condenadas. En realidad, yo sí que merezco apodo, pues también soy un bicho harto raro. Cómo seré de raro que, según RJ, a esta mesa 47 no se sienta el que quiere sino el que puede. Siempre que desea presentarme algún joven amigo, ya sea simple lector o poeta o narrador en ciernes, me pide autorización para ello y, de paso, que desactive "el círculo de minas antipersona". No me gusta que me presenten gente, pues pienso como Vinicius de Moraes que "La gente no hace amigos, / ¡los reconoce!". En cuanto a los escritores prefiero leerlos a conocerlos.

Consecuente con mi ideario socio-existencial, he divulgado suficientemente mi férrea e irrevocable adicción a la soledad con estos aforismos de mi propia invención: 1. Donde hay dos, sobra uno; 2. No acepto multitudes de más de dos: ojalá uno encima de otra; 3. El hombre es una isla desierta rodeada de hijueputas por todas partes. (Versión al italiano: *L'uomo é una isola deserta circondata di figli di putana per tutte parte*).

Como no pertenezco a círculos de ningún tipo, me invitan muy poco y cuando lo hacen nunca acepto y menos si hay de por medio vacas o terneras sagradas, que tienen el grave problema de que no dan leche y cuando la dan está envenenada. Tengo muy bien identificados a todos los avivatos y arribistas, incluso a los que se disfrazan para medrar a la escuálida sombra de la cultura oficial con fundaciones de supervivencia personal y familiar. Aparecen bajo nombres que casi siempre terminan en eo, como Prometeo o Ateneo, descartando, por supuesto, el himeneo. Aunque, de pronto, la arcaica palabreja también podría servir para bautizar una ONG muy especial: Fundación Himeneo, el meneo literario.

Para rechazar o esquivar invitaciones siempre aduzco que estoy muy ocupado escribiendo o leyendo. A propósito, cierta vez me preguntó una monja caderona recién llegada si no me aburría mucho leyendo y yo le contrapregunté si ella no se aburría mucho metiendo. En una época hasta usaba pequeñas tarjetas impresas en cartón que doblaba y ponía sobre la mesa. He aquí algunas:

Estoy leyendo.
¡O sea que no estoy!
*
Soy el fantasma del lector.
Favor no molestar
ni siquiera con oraciones.
*
Hola, ¿ya te vas?
*
Si los amigos no son tan interesantes como mis lecturas,

por favor, ¡vuelvan después!
*
Sea breve, brillante y váyase.

Basado en esta última tarjetita, una vez se me acercó cierto profesor universitario, que decía ser mi lector entusiasta, y me dijo esta frase, celebrada con una risotada:

—Excuse, poeta. Seré breve ya que posiblemente no pueda ser brillante...

Si yo fuera una de estas monjas meseras me apodaría Hojarasquín del Monte, por todas las hojas que leo y escribo de continuo.

Hace poco leí y comenté en mi columna dominical un libro muy hermoso sobre la iniciación sexual. Se trata de El lector, del alemán Bernhard Schlink. Es la historia de Michael Berg, un chico de quince años que se enamora de Hanna, una mujer de treinta y seis. Construyen una relación erótica muy interesante. Se duchan escrupulosamente antes de hacer el amor y ella le pide que le lea trozos de Dickens, Goethe, Schiller, Tolstoi. O sea que ambos gozan tanto con los libros como en la cama. Una bella metáfora de la otra cara de la felicidad. Dos placeres distintos y un mismo goce verdadero. Y, sobre todo, dos generaciones enlazadas por la literatura y el sexo.

Lo mío no fue tan rápido ni tan original y grato como lo de Michael. Crecí sin malicias porque en mi época la inocencia de los niños era celosamente cultivada y resguardada por todos. Además, como no existía la televisión no había incitaciones de ninguna índole. Los niños crecíamos en la pureza total e incluso muchos superaban la adolescencia sin saber siquiera cómo se efectuaba el proceso de la reproducción, el embarazo y el parto. A eso de los catorce años descubrí la masturbación y, no obstante que, como sucedáneo del coito, ésta equivale a alimentar a un felino con vegetales, a decir verdad la disfrutaba más de la cuenta. Claro que no tanto como el personaje de El Lamento de Portnoy, del judío americano Philip Roth, que vivía sacándose brillo casi de continuo. En esa sincera y vigorosa novela hay un fragmento, tan crudo como gracioso, que me impactó mucho y que reproduzco a continuación:

"Llegó después la adolescencia, en la que me pasaba la mitad de la vida encerrado detrás de la puerta del cuarto de baño, disparando mi taco por la taza del retrete, o sobre las prendas del cesto de la ropa sucia, o splat, contra el espejo del armario botiquín, ante el que estaba de pie, con los calzoncillos bajados. O, si no, estaba inclinado sobre mi veloz puño, con los ojos fuertemente cerrados y la boca abierta de par en par para recibir en ella y en los dientes aquella pegajosa salsa de mantecoso suero y Clorox… aunque, frecuentemente, en mi ofuscación y mi éxtasis, la recibía de lleno en el pelo, como una rociada de grasosa brillantina. En medio de un mundo de pañuelos amontonados, arrugados kleenex y pijamas sucios, yo movía mi novicio e hinchado pene con el perpetuo temor de que alguien me sorprendiera justo en el momento culminante de mi frenesí al soltar mi carga. Sin embargo, me sentía totalmente incapaz de mantener los dedos apartados de mi capullo una vez que empezaba a ascender a lo largo de mi vientre. En medio de una clase, yo levantaba la mano en petición de permiso, echaba a correr por el pasillo hasta los lavabos y, en diez o quince salvajes sacudidas, me descargaba, de pie, en un urinario…"

A propósito de sacudidas y sacudimientos, un viejo compañero de trabajo decía que quien niega la paja niega a la madre y no es ciudadano. Creo que yo llegué casi hasta el callo y faltó poco para que me empleara como enjalbegador. Era tanta mi adicción que alguna vez, rezando los mil Jesuses, por poco me sorprende mamá poniéndoles ritmo de jadeo bajo las cobijas: Jesús, Jesús, Jesús, Jesús, Jesús, ah, ah, ah, ahhhhh...

Muchos años después, leyendo un reportaje con el filósofo italiano Gianni Vattimo, descubrí que éste jamás hubiera estado de acuerdo con mi religiosa proeza musicalizada con jadeos, cuando dijo, contestando a una pregunta sobre goce y religión: "Ahora, hay cosas que efectivamente no parecen decorosas desde el punto de vista de la relación con Dios: masturbarse mientras se reza". ¡Perdón, padre Vattimo! Mea culpa, mea gravísima culpa…

Creciendo y madurando el deseo y la fisiología, tal vez mi primera fijación sexual fue una recolectora de grano en un cafetal. Me gustaba mucho, a lo mejor hubiera sido posible algo con ella pero el miedo me frenó siempre. También sucedió lo mismo cuando una noche debí ir a dormir con la mujer de un vecino, para acompañarla mientras él estaba ausente. Después, a los 18 años, comencé a ir a Meleguindo, la zona de tolerancia de mi pueblo. Echaba unos polvos rapidísimos y atemorizados con unas viejas gordas y pintorreteadas y en unos cuartuchos oscuros con olor a desinfectante. Más tarde lo hice en Aguadas y conservo un recuerdo muy bello de una putica pecosa, que se le voló al concubino para acostarse conmigo. Sin duda fue uno de mis mejores polvos, pues al fuego del deseo se agregaba la preocupación por una súbita aparición del sujeto, quien era, según supe después, bastante celoso y violento. Ya en Medellín, buscaba lo mejorcito de Guayaquil. Las mujeres se reunían a fumar y a esperar junto a las puertas y escalas de madera de feos edificios ruinosos. Recuerdo que eran muy desconfiadas y se cuidaban mucho de las venéreas. En los cuartos destartalados no faltaba una ponchera con agua en la que se lavaban después de cada encuentro. Uno se desvestía y ellas le cogían el miembro y se lo apretaban con fuerza. Si no supuraba, bien. Si, por el contrario, salía una sola gota amarilla y con el olorcillo consabido y característico, le daban una patada en el culo y le decían: "¿Gonorreas a mí? ¡A pichar con la puta que te parió, gran cabrón!" ¡Y ay de que el sujeto fuera a discutir o protestar! De inmediato llamaban al vigilante, salvaje orangután que lo echaba a garrotazo limpio, escaleras traqueteantes abajo.

Una noche yo andaba desesperado, dando vueltas por Guayaquil, sin poder encontrar alguna tipa que me gustara, y de pronto vi una flaquita graciosa y subimos. Pero, ya desnudos y a punto de la acción, sentí un no sé qué misterioso, desagradable o admonitorio en el ambiente o en ella y volví a vestirme. "¿Qué te pasa?", inquirió, desconcertada. "Nada", contesté. "No te preocupes. Recordé algo y debo irme. Toma tu dinero. Gracias". Abrí la puerta y salí, mientras ella mascullaba algo así como: "¡Valiente malparido tan raro!" ¿Qué me pasó? Lo ignoro. Pero siempre he conservado la certeza de que esa salida inesperada me libró de algo muy grave. Algunas de esas mujeres, siempre mayores, gordas y tetonas, andaban afanadas y querían ganarse la plata rápido, así que cuando uno se demoraba más de la cuenta encima no tenían empacho en preguntar: "¿Te vas a quedar a vivir ahí o qué? ¡Rápido, que estoy deprisa!" Y nada de chupar teta. No, señor. Eso tenía una tarifa adicional. El pago sólo incluía meter.

En relación con esto y las enfermedades venéreas hay un chiste muy simpático. Alguna vez, en una de las viejas zonas mineras de Antioquia, un ingeniero gringo convidó a una puta y, muy precavido y desconfiado, llevó una docena de limones. Cuando la mujer se despernancó para recibirlo, comenzó a partirlos y a exprimírselos donde sabemos con el ingenuo fin de desinfectarla. Entonces ella preguntó: "Oye, gringo de mierda, ¿viniste a meter o a hacer limonada?"

Aunque ya no las frecuente, puesto que con los años he cambiado mis hábitos sexuales por razones de seguridad y, ante todo, por la decisión de tener siempre una sola mujer, todavía siento simpatía y ternura por las putas. Sin embargo, entre las muchísimas que gocé sólo guardo el recuerdo vivo y agradecido de tres: la pecosa de Aguadas, una morena que conocí en Lovaina, antigua zona de lenocinio ya desaparecida, que gocé una sola noche y que, por su ardentía y entusiasmo singulares, busqué después durante meses sin poder volver a encontrarla, y una cuarentona reposada y carnuda, de aire dulce, comprensivo y maternal, que trabajaba en un bar situado donde hoy queda el puente de la iglesia de San Antonio sobre la calle San Juan. Me encantaba y gozaba enormemente con ella. No se me olvida que la primera vez que estuvimos juntos me preguntó: "¿Le gustó, mijito?" "¡Me encantó, mamita!" "Qué bueno. No me olvide. Vuelva pronto, que aquí está su mamita sinvergüenzoncita".

Algunos escritores han contado cosas muy interesantes sobre su iniciación sexual. José Saramago, por ejemplo, recuerda en Las pequeñas memorias cómo, cierta vez, teniendo cosa de once años, fue sorprendido con Domitilia jugando a los novios y explorándose curiosamente "todo lo que pudiera ser tocado, penetrado y removido". Asimismo anota que a los catorce años sostenía con una mujer mayor "sabrosas luchas" cuerpo a cuerpo y terminaba tumbándola sobre una cama y montándosele encima, mientras la abuela Josefa no le daba ninguna importancia al asunto, limitándose a loar la fuerza del nieto.

En el caso específico de las putas, el brasileño Jorge Amado, autor de tantas novelas memorables y, sobre todo, de ese envidiable cuento titulado La muerte y la muerte de Quincas Berrido Dágua, hace de ellas en su brevísima Memoria de un niño estas remembranzas agradecidas y afectuosas:

"En mi infancia y adolescencia las casas de mujeres, en villas y poblados, en pequeñas ciudades, en las laderas de Bahía, significaban calor, agasajo y alegría. En cierto modo, en ellas crecí y me eduqué, son parte fundamental de mis universidades". Marocas, una solterona devota, lo masturbó por primera vez, mientras en las casas de mancebía ninguna de las pupilas "jamás tuvo un gesto o un anhelo que no fuera puro y maternal". "Perdidas, así las llamaban, desecho de la humanidad. Para mí, al principio, fueron maternales; después amigas fraternas, tímidas y ardientes enamoradas. Calentaron mis sueños, protegieron mi esperanza indócil, me dieron la medida de la resistencia, me alimentaron de poesía. Despojadas de todos los derechos, repudiadas por todos, perseguidas, engañadas, degradadas, poseían inmensas reservas de ternura, inconmensurable capacidad de amor".

Otro escritor que gozó muchísimo de las putas en la juventud y que escribió cosas muy hermosas sobre ellas fue Guy de Maupassant, según relata en su meticulosa biografía Henri Troyat. Amador frenético, voraz e infatigable, este discípulo de Gustave Flaubert (ahora usarían la horrible palabreja cuasi mecánica de "tallerista") se jacta de sus innumerables conquistas ante el maestro, que se las cuenta con sorna a Iván Turgueniev, amigo común de ambos: "Ninguna noticia de los amigos, a no ser del joven Guy. Recientemente me ha escrito que en tres días ¡había tirado diecinueve veces! ¡Qué belleza! Pero temo que él acabe diluyéndose en esperma". Edmond de Goncourt, uno de esos amigos-enemigos eternamente celosos y vigilantes, que nunca les faltan a los grandes escritores (palmada hipócrita en el hombro y puñalada por detrás), anota en su diario lo que le oyó decir a Léon Hennique, también camarada del autor de Bola de sebo, La casa Tellier, Pedro y Juan y Bel-Ami, entre otros portentos de humanidad y maestría narrativa: "Tenía erecciones siempre que se le antojaba y apostaba a que, volteado contra la pared, se daría la vuelta al cabo de un rato con la verga enhiesta". El mismo Hennique contaba que "tras haber cumplido con una mujer seis veces seguidas, Maupassant se iba a otro cuarto, donde estaba acostada otra amiga, y todavía la complacía tres veces". ¡Ah, Maupassant, ah, Maupassant! ¡Qué envidia me das!

En esta mesa 47 me reveló alguna vez, unos años antes de morirse Enrique Anderson Imbert, el crítico, cuentista y ensayista argentino autor de Historia de la literatura hispanoamericana, que Jorge Luis Borges nunca había tenido éxito con las mujeres debido a que, según le habían contado algunas jóvenes amigas mutuas, era eyaculador precoz. Criatura quebradiza y sensitiva, adscrita más al mundo de la inteligencia que de lo carnal, el ilustre maestro sería, en consecuencia, el polo opuesto de Maupassant: Eyaculador feroz versus eyaculador precoz. En esta esquina… En esta otra…

Volviendo a las puticas de mi Dios, años después de mi agitada experiencia con ellas, yo escribiría este poema, que constituye un homenaje a todas esas pobres y sufridas mujeres, tan necesarias e importantes en la vida y sin las cuales la adolescencia y la juventud perderían uno de sus principales encantos:

¿Por qué olvidarla?
¿Quién canta,
quién llora,
quién memora el aroma
de la putica aquella
que un día nos hizo hombres
y nos abrió un castillo
de lámparas no usadas?
En la raíz del gozo
y del goce,
¿quién la nombra?
¿Por qué olvidar su piel recién amanecida con jazmines,
sus senos que empezaban a brotarse de mieles?
Si el hombre comenzó sobre esa dulce
piedra de asombro y de padecimiento,
¿por qué olvidarla, pues, por qué olvidarla?

Mariel acababa de terminar sus estudios de normalista, porque iba a ser maestra como su madre, que era además poetisa. Un día cayó a mis manos un pequeño y pobre folleto del cual era autora la señora. Lo leí con atención y me gustaron los textos, aunque estaban plagados de erratas tipográficas, cosa que detesto por mi formación y experiencia editoriales. La dama tenía madera y reseñé bien su trabajo en el periódico.

Días después apareció en la editorial donde yo trabajaba, me agradeció la nota y comentó:

—Pero, caramba. ¡Si usted es un muchacho! Yo lo imaginaba mucho mayor.

—Tengo ya treinta abriles. Lo que no obsta para que por dentro sea mucho más viejo de lo que aparento.

Pequeña, graciosa, charlatana y fumadora empedernida, la mujer me simpatizó mucho y empezamos a encontrarnos algunas tardes en una cafetería del parque Berrío para tomar tinto y reírnos de la fauna versificadora de la ciudad y sus contornos. Uno de mis chistes, referido a cierta poetisa bastante orgullosa, sofisticada y solemne que solía dar recitales con frecuencia en las diferentes salas de la ciudad, la hizo reír casi hasta las lágrimas.

—¿Has ido a alguno de ellos? —me preguntó, echando humo como una locomotora que salió tarde y no obstante debe cumplir con su horario de llegada.

—Sí, claro. Es interesante. Pero su pose de geniecilla del bosque soberano no me gusta. La única vez que la vi nos miró a todos con aire de suficiencia, voleó aparatosamente su larga cabellera, saltaron miríadas de piojos y partículas de caspa y... ¡empezó a tirarse pedos!

Cuando terminó de carcajearse, la mujer exclamó:

—Tú no eres un poeta, Máximo. ¡Tú lo que eres es un hijueputa!

—Gracias, mamá —respondí, y ella volvió a carcajearse hasta llorar.

Tiempo después apareció con una muchacha blanca, frentona, de dientes salientes, boca pequeña, y muy rosada y graciosa. Siguiendo el camino y el ejemplo maternos también empezaba a componer poemas.

—Esta es Mariel, mi hija —dijo la señora—. Le conté tu chiste y se rió tanto que deseó conocerte.

Nos gustamos desde que nos vimos y pronto olvidamos a la madre y empezamos a encontrarnos solos en la Madrileña, un antiguo bar-heladería que estaba situado en Junín, después de Versalles. Tomábamos vino, charlábamos, compartíamos poemas, leíamos los suplementos dominicales, entonces bastante buenos, nos dábamos uno que otro beso y nos reíamos de todo y de todos, empezando por nosotros mismos. La primera vez que la invité allí recuerdo que pidió un Tom collins, especie de licor señorero con una cereza naufragando encima. Cuando se lo sirvieron indicó la cereza y dijo:

—Una vez un rico invitó a una muchacha de pueblo, muy linda pero brutísima, la pobre, al Club Unión y le pidió una copa de estas. La tipa palmoteó, llamando al mesero. Oiga, señor, dijo, ¿será que me puede cambiar esta frutica por un buñuelo?

Celebré el chiste como lo merecía, pues si algo me seduce en la gente y especialmente en las mujeres, es el buen humor, tan necesario en las luchas por la vida.

Madurando la relación, un atardecer aparecí en la Madrileña con un pergamino de cantos quemados, cuidadosamente enrollado y rematado con un moño de cintilla roja, acompañado por una rosa del mismo color. Amo la rosa roja porque la considero la más hermosa, elegante y perfecta de las flores, y, además, la de mayor significación simbólica y estética. A todas mis mujeres las he conquistado con rosas rojas. No con ramos. Con una sola cada vez, porque pienso que dos son pleonasmo y una sola constituye el jardín. La compro siempre en la misma caseta de Junín y la llevo en la mano, desenvuelta. La gente me observa y sonríe con simpatía. "¡Qué bueno tener un hombre tan galante y detallista como usted, que todavía regala rosas rojas!", me dijo una vez una chica muy linda. "¿Me regala esa?", agregó. "¿Para qué quiere rosa la rosa?", piropeé. La rosa roja me alegra la vida y me inspira. Por eso nunca me falta una en el escritorio.

Le entregué el obsequio a Mariel, declamando lo que había escrito en el pergamino:

> Petición con rosa en mano
> Con esta rosa te pido
> lo que tú ya te imaginas:
> una boca, dos colinas,
> un tierno y sedoso nido.
> Y me explico, no lo olvido:
> una boca para el beso,
> dos colinas de embeleso
> y el nido para que duerma
> en la noche fría y yerma
> cualquier ruiseñor. ¡Sólo eso!

—¿Sí? —replicó ella, graciosamente—. ¿No te pide más el cuerpo?

—No —respondí, riendo—. ¡Sólo eso!

La relación fraguó bien y durante un par de años estuvimos saliendo. A veces nos íbamos a amanecer en una vieja casa del barrio Aranjuez, cerca del antiguo y ya desaparecido manicomio departamental en donde murió el poeta Epifanio Mejía. Muy independiente, la muchacha estaba trabajando ya como maestra y escribiendo los últimos poemas de su primer libro, que después sería premiado en un concurso por nuestro amigo común, el poeta Ciro Mendía y cuya edición me tocó dirigirle. A propósito de Ciro, cuando iba a visitarlo sola, según me contó, éste la correteaba de lo lindo por su pequeño apartamento, hasta hacerla, finalmente, poner pies en polvorosa. Como la madre, era amiga de todos los picatecias buenos y malos y viejos y jóvenes de la ciudad.

Nuestra relación empezó a dañarse cuando, acuciada por un temprano instinto de maternidad, le dio por pedirme un hijo, cuya mera posibilidad me aterraba, pues quería evitar a toda costa ese tipo de líos. Me negué rotunda y vigorosamente pero ella seguía insistiendo. El asunto me fue poniendo nervioso, hasta el punto de que ya ni me gustaba verla. Me llamaba y yo aducía cualquier excusa. "Si preño a esa loca me lleva el Putas y me ato de por vida", pensaba. "No. ¡Eso es imposible!" Tras comprender que estaba evadiéndola ella se alejó con prudencia y en silencio.

Durante mucho tiempo no volví a saber nada de ella. Un día me enteré de que se había casado con un personaje ilustre, como cuarenta años mayor, y que tenía dos hijos. Me alegré de verdad. Después reapareció en mi oficina y, otra vez, por un extraño azar, me tocó coordinarle y dirigirle también la edición del segundo libro de poemas. Ya con los hijos bastante crecidos quedó viuda. Volvimos a vernos. Aún estaba muy agradable y seguía siendo una mujer divertida. Charlamos y nos reímos como en los viejos tiempos. "¿Te acuerdas, poeta malvado, que yo quería tener un hijo tuyo?", me preguntó. "Eso habría sido un desastre para ambos", contesté. "Pero especialmente para ti, que eras una muchacha comenzando a vivir. Agradece que, gracias a mí, pudiste constituir una familia bien fundamentada y sin problemas económicos". "A lo mejor tienes razón", reflexionó con los ojos llenos de arreboles nostálgicos. "Lo nuestro fue muy lindo y no me arrepiento de ello. Conservo muchos recuerdos magníficos, como, por ejemplo, aquello del pergamino y la rosa roja. Hace poco se lo conté a mamá, soltó una carcajada y me dijo: "Que yo sepa, mija, eres la única mujer en el mundo a la que se lo han pedido con pergamino". "Bueno, me alegra que al menos te hayan quedado recuerdos bonitos, ya que sólo estos nos reconcilian con el pasado y nos consuelan en la madurez". "Es cierto", admitió ella.

Mariel fue algo así como mi primera novia-amante, pues, aunque siempre he sido un enamorado, nunca tuve lo que suele denominarse novias de verdad. Sólo unas cuantas amigas con las cuales pasaba sábados, domingos y festivos ratos alegres, tomando Coca-Cola en las heladerías, oyendo música de los sesentas o viendo películas de Sofia Loren y Marcello Mastroianni o filmes de vaqueros, que todavía amo porque me relajan el cuerpo y el alma y me ponen a soñar con el héroe valiente, justo y reivindicativo que todos llevamos dentro y que ojalá no exiliemos ni olvidemos jamás.

Cuando conocí a Olvil, la mujer con la cual cometí la inaudita calaverada de echarme al cuello la cadena de púas del matrimonio, yo tenía veintiseis años y por entonces estaba leyendo por primera vez el tomo II de las Obras Selectas de Knut Hamsun, el noruego que en 1920 obtuvo el Premio Nobel de Literatura. Este bello y gordo tomo azul de tapa plástica pertenece a la famosa colección Biblioteca Premios Nobel de Aguilar y ahora, pasados cuarenta años, lo releo aquí, descansando a ratos de la escritura, con la misma emocionada atención y complacencia de la primera vez. La Trilogía del vagabundo, parte de sus ocho novelas, me tenía y me tiene verdaderamente cautivado. Los personajes de Knut Pedersen, quizás el mismo autor, de Grindhusen y Falkenberg, vagando por los bosques noruegos, durmiendo en los graneros o en los depósitos de heno, haciendo trabajos variados en las fincas y hasta simulando arreglar pianos, me recordaban en cierta forma mi infancia y juventud campesinas en el norte de Caldas. Yo también amaba la tierra, aunque no tanto como mi padre, que sentía por ella un profundo sentimiento panteísta.

Años antes había descubierto Pan, una pequeña novela del mismo autor, que desarrolla la vida de un cazador. Y yo también lo era en cierta forma, pues algunas tardes dominicales y festivas usaba la escopeta paterna para cazar tórtolas, que mamá freía o asaba y que nos encantaban a ambos. Pan me gustó tanto que empecé a buscar otras obras del noruego. Después de varios años encontré finalmente mi hermoso tomo azul, que fue el primer libro fino y caro que compré, ya que antes de él leía sólo baratas ediciones populares o en rústica. Finalizado el trabajo en la editorial, cada tarde salía con el librote bajo el brazo y me iba a leer a los bares o a las cafeterías. Al frente de una de éstas trabajaba la ya mentada Olvil. Era una muchacha de unos dieciocho años, blanca, tetona y de ojos melados. Desde el principio me gustó y no tardé en conquistarla. Ella salía tarde del almacén y yo la esperaba en la cafetería, leyendo. Comíamos algo y nos íbamos a cine o a gozar y abusar del cuerpo. Y una o dos veces por semana dormíamos en algún hotelito. Un día me dijo:

—¿Sabes qué me preguntaron hoy?

—¿Qué? —inquirí.

—Que si no me daba vergüenza estar saliendo con un sacerdote.

—¿Cómo así que con un sacerdote?

—Eso mismo pregunté yo. Y me respondieron que sí, que con un sacerdote, porque tú te mantienes dizque leyendo la Biblia. Como te ven siempre con ese librote, los muy brutos piensan que se trata de la Biblia.

Solté la carcajada.

—Y a propósito, ¿no te gustaría que lo fuera de verdad para que te perdonara tus horribles pecados de lujuria?

—De pronto hasta sería conveniente —contestó ella, riendo.

Con Olvil empecé a regularizar realmente mi vida sexual. La muchacha era sana y echaba chispas a mi solo contacto. A menudo hacíamos locuras inocentes y divertidas. Recuerdo que en una Navidad nos fuimos a dormir a Aranjuez y nos tomamos dos botellas de vino rojo. Por la noche sentí deseos de orinar y, por no salir del cuarto, puse a Ramoncito, mi socio de la entrepierna, en la boca de la botella y casi la lleno. Después, ella, con un poco de más trabajo, hizo lo mismo con la otra. Al día siguiente, a eso de las once de la mañana, salimos de la casa y nos montamos, abrazados, en un bus.

Estábamos exhaustos, casi ampollados de hacer el amor y borrachos aún. Como el vehículo rodaba semi vacío, nos fuimos para el puesto de atrás. Olvil se sentó en un extremo de la larga banca de entonces y yo, muy orondo y como si estuviera en mi propia cama, me tendí, cuan largo era, apoyando la cabeza en sus piernas. Al llegar al centro de la ciudad estaba dormido, roncando, y ella tuvo que despertarme para apearnos.

La vida era una fiesta entonces y los días pasaban, danzando como mariposas por los bosques de Hamsun.

Después de unos meses, siempre apasionados y enamorados hasta el tuétano, tomamos la decisión de buscar una casita e irnos a vivir juntos. Como yo era el único responsable de mi familia, pobre y numerosa, el dinero no nos alcanzó para ello y tuvimos que alquilar una habitación en un inquilinato de la parte alta de Aranjuez, precisamente arriba de la iglesia de San Nicolás de Tolentino, muy célebre por sus panecillos milagrosos. Los desfiles y peregrinaciones de los devotos en busca de los dichosos panecillos, vendidos en la misma iglesia, eran enormes. La gente compraba panecillos por cantidades, hasta el punto de que muy pronto hicieron parte de la canasta familiar de pobres y ricos. En la de los pobres podían faltar el café o la leche pero nunca los panecillos, pues, al decir de los devotos, estos servían contra cualquier enfermedad.

Por la ardentía de la pasión y, sobre todo, por falta de precauciones, Olvil había quedado, entretanto, embarazada. En el inquilinato comenzó la infancia de nuestra hija mayor. Gobernado por un mitómano desordenado y tramposo, en el amplio caserón vivíamos varias parejas, entre las cuales se destacaba la formada por una vieja gorda y bigotuda y un carpintero de hospital. La gorda era infértil y, mes tras mes, so pretexto de la menstruación, simulaba abortos. El pobre carpintero trabajaba de sombra a sombra para saciar la glotonería y los continuos "antojos" de la eterna abortadora, que había convencido al muy ingenuo de que sus problemas se debían a la "debilidad crónica".

El inquilinato tenía un gran corredor, un patio y un solar por los cuales me paseaba los fines de semana cargando a la niña, y un baño comunal muy amplio y agradable en donde Olvil y yo hacíamos el amor parados, bajo el abundante chorro de agua cálida y deliciosa. La vieja bigotuda nos preguntó una vez, sonriendo con malicia, por qué nos demorábamos tanto bañándonos y le respondí que, como amábamos la limpieza, nos gustaba restregarnos muy bien.

—Hasta sacarse jugo, ¿no? —preguntó la bruja comilona, soltando una carcajada.

—Sí, pero sin abortar —respondí.

En nuestra habitación teníamos una cama doble, un espejo, una silla, una pequeñísima cocineta, un armario, llamado entonces chifonier, y la cuna de la pequeñuela. La habitación la habíamos escogido por la misteriosa razón de que en una pared, formado por un resquebrajamiento del revoque y la pintura, había un perfil mío. Olvil fue la primera en notarlo.

—Mira, ¡ahí estás tú! —dijo, señalándolo.

Años después detecté otro perfil casi igual en el enlosado que queda frente a la escalera eléctrica del edificio Coltejer, casi colindante con el Astor. ¿Coincidencias? ¿Señales? ¿Avisos del destino? Lo ignoro. Lo cierto es que, ya desde la infancia, tendido en la grama, interpretaba los dibujos de las nubes de verano y después, a través de la vida y acaso estimulado por el espíritu poético, he observado siempre con curiosidad inquisitiva tales misterios, que, a lo mejor, ni siquiera lo sean y que, muy probablemente, tampoco signifiquen nada singular ni especial.

En ese inquilinato vivimos unos meses muy tranquilos y dichosos, aunque alguna vez tuve que llamarle la atención al administrador por sobrepasarse con Olvil, cuyos maravillosos pechos parecían magnetizarle los ojos y, de paso, activarle la mano cariciosa.

Después del inquilinato buscamos una casita en el barrio Manrique Oriental, parte alta, frente a un condominio llamado Los Edificios. La casita era la segunda planta de una pequeña edificación de dos. En la de abajo vivía una vieja alcohólica, antigua secretaria en una oficina de la municipalidad. Tenía fama de haber sido muy hermosa y de haber calmado los ímpetus viriles de no pocos personajes del gobierno y la política locales. Por dejarse tomar ventaja del licor concluyó destituida del empleo, lo que marcó finalmente su total naufragio. Nuestro arrendador, un antiguo enamorado suyo, la recogió y la llevó a vivir allí. Cada fin de semana la visitaba, llevándole alimentos. La vieja bebía más de lo que comía. Todos los días salía muy temprano para el centro de la ciudad a buscar a los pocos amigos que le quedaban y por las noches regresaba, borracha, a gritar y a estrellar botellas contra las paredes. En pleno delirium tremens monologaba con el caballo que un cochero soltaba a pastar en la franja de césped que había al frente y lo regañaba dizque por querer entrársele al cuarto y hacerle el amor.

En esa casita, cuyo techo era de teja, teníamos un problema cada vez que llovía: las goteras abundaban y debíamos mover las cosas de un lado para otro y poner vasijas para proteger el piso. Además, había bastantes bichos que debíamos fumigar de continuo. Recuerdo con horror que cierta mañana estaba sentado en el sanitario cuando sentí algo y al levantarme saltó una enorme rata peluda que había subido a través del tubo del desagüe. No me mordió de milagro.

Aburridos en la casita descendimos, Manrique abajo, y vivimos en un callejón situado sobre una quebrada. En los peores inviernos ésta se desbordaba y lo inundaba todo de barro, palos, basuras y piedras. Los olores eran terribles y los vecinos gente pobrísima. Allí estuvimos, a lo sumo, seis meses o un año, hasta que nos trasladamos más arriba, por fin a una casa excelente que tenía el frente por una ruta de buses y por la cocina un balcón que daba sobre el mismo callejón. En esa casa organicé mi primera biblioteca y leí y escribí muchísimo.

Entre las principales y más sabrosas lecturas hechas allí evoco con júbilo los dos gruesos tomos de Mi vida y mis amores, las memorias de Frank Harris, excelente escritor y periodista inglés y uno de los mejores y más autorizados biógrafos de Oscar Wilde.

Sentado en el balcón de la cocina, frente al callejón de la miseria, pasé varias mañanas sabatinas, dominicales y festivas gozando esas páginas preñadas de humor y seducción. Encantada con mi alegría lectora, Olvil me daba tinto tras tinto, beso tras beso y golosina tras golosina. Muchacha sencilla, poco cultivada mentalmente pero dueña de gran inteligencia y de muy buen sentido del humor, a veces me decía que le leyera. Yo la complacía y entonces ambos gozábamos de lo lindo.

El traslado a esa casa coincidió con el mejoramiento de mi situación económica, siempre muy dura, ya que a pesar de tener un sueldo razonable y justo en la editorial, una bonificación adicional por la revista institucional que había fundado y dirigía allí y de estar ganando ya algún dinero con mis libros y colaboraciones periodísticas, como hermano mayor —ya lo sugerí antes— corría con los gastos de mi numerosa familia que incluían desde el arriendo hasta los servicios públicos, la comida y el estudio de los pequeños. Para poder satisfacer tales demandas había tenido que sacrificarme con Olvil y mis hijas, que para entonces ya eran dos. Pero, menos mal, las cosas iban cada vez mejor. Cada año viajábamos a pasar vacaciones en Santa Marta y, en general, llevábamos una vida serena y armoniosa.

Precisamente, al regreso de unas vacaciones encontré a mamá muy preocupada, debido a que le habían pedido la casa que habitaba con la familia. Entonces, aprovechando que tenía las cesantías intactas, además de alguna suma ahorrada, resolví comprar una vivienda para solucionar, de una vez por todas, el problema familiar y, de paso, quitarme un arriendo de encima. Poco tiempo después adquiría en Itagüí una casa vieja, de tapias y teja. Quedaba situada al fondo de una manga con vacas. El vecindario era muy pobre pero el lugar tenía muy buen futuro urbanístico y comercial, como se demostró ulteriormente. Arreglamos y pintamos la casa y la familia se mudó.

Años más tarde levantaría en el lugar un edificio de dos plantas: la primera para la familia y la segunda para mí. Allí fuimos a parar después de Manrique. Y allí nació mi único hijo varón, que me cambió la vida radicalmente, por cuyo amor me casé con Olvil para asegurar su legitimidad civil y al cual hasta le escribí un poemario, siguiendo el ejemplo de José Martí con Ismaelillo.

Era tan grande mi júbilo por el advenimiento del hijo, que todas las tardes salía corriendo de la editorial y llegaba a cargarlo. Mi casa era enorme y tenía una gran terraza despejada, pues no había edificios más altos alrededor. Allí, caminando y llevándolo en brazos, le fui componiendo, uno tras otro, todos los poemas del libro. Como Borges, ya ciego, creaba los suyos verbalmente mientras desandaba las historiadas calles de su natal Buenos Aires, así lo hice yo, sólo que cantando, además. En esa casa construida con regalías y artículos para periódicos y revistas, sin meterme en créditos usurarios (siempre he detestado las deudas y mi única riqueza es no tenerlas), escribí y publiqué también varias historias inspiradas en el mismo barrio. Trabajaba en mi cómoda biblioteca todas las noches, después de comer, y Olvil iba leyendo cada página que salía reciamente martillada en el rodillo de la vieja Underwood. Gozaba y reía como una niña y solamente se alejaba para ir a prepararme algo a la cocina.

¡Qué hermoso tiempo aquel, cuando nos amábamos con frenesí, hacíamos el amor como bestias pujantes, reíamos como niños y ni siquiera sospechábamos que el futuro podría aguarnos la fiesta con sus oscuros y siniestros avatares!

Viviendo en esa casa logré realizar el sueño de mi primer viaje a España y comprar mi único auto, con el cual comprobé muy pronto que, definitivamente, por mi temperamento nervioso y mi absoluta carencia de habilidad para la mecánica y los cacharros, no había nacido para chofer.

Con ese cachivache sufrí más de lo que gocé, pese a que me servía para ventear a mi familia los fines de semana por el Oriente antioqueño y por los pueblos del Valle del Aburrá. Cada vez que iba a prenderlo el nerviosismo me producía dolor de estómago y una orinadera insoportable. Cierta mañana, camino de la editorial, me choqué en el cruce de Bolívar con San Juan nada más y nada menos que contra el auto del cónsul de Suecia. Arreglé los graves desperfectos del auto y lo vendí. ¡Uf, qué descanso! Para mí fue un placer maravilloso volver al bus todas las mañanas. Subía siempre con mi libro en la mano y me sentaba en una silla a leer con toda la tranquilidad del mundo. Después no he vuelto a tener, ni tendré, nunca más, auto alguno. Soy feliz caminando y monto en bus cuando toca, en taxi cuando tengo afán o en metro cuando simplemente me da la gana.

Por la época del auto ya habían comenzado los problemas con mi madre y hermanos. Como lo testimonia la tradición, suegras y nueras son como el agua y el aceite y rara vez congenian. Al principio mi mujer y mi madre se llevaban relativamente bien, después se soportaban discretamente, más tarde empezaron a perfilar diferencias conceptuales y por último se dispararon la una contra la otra, sin contención, ni solución, ni mediación posibles. Ambas me amaban y cada una por su parte y desde su extremo discorde, pregonaban que sólo buscaban y querían lo mejor para mí. O sea "para mi hijo" y "para mi marido". La disyuntiva egoísta y crucial consistía en que yo debería prescindir de una de las dos. Imposible, por supuesto. No podía elegir debido a que también las amaba a las dos y las dos eran igualmente importantes para mí. Cuando compré la casa vieja, la tumbé y construí el edificio, pensaba en la gran ventaja que sería tener las dos familias cerca para cuidarse y ayudarse en cuanto fuera necesario y posible.

En ocasiones, al regresar por la noche, cansado de trabajar, me estaban esperando mi madre o alguno de mis hermanos para ponerme una queja de Olvil, o, por el contrario, Olvil para protestar contra los del primer piso. Cuando la queja procedía de abajo subía al segundo piso furioso y cuando era de arriba bajaba al primero igualmente furioso. Que esto. Que aquello. Que ella dijo. Que fulano tal cosa. Que la bruja. Que la puta. Que la chismosa. Que es que me tiene bronca porque soy tu mamá. Que me detesta porque soy tu mujer y me amas. ¡Demonios! El círculo infernal del chismorreo, la mala leche y la animadversión cada vez mayores, me mantenía al borde de la crisis nerviosa. Al salir del trabajo muchas veces me iba para cine o a charlar y a tomarme unas cervezas con mi amigo Luis Fernando Solórzano, librero de la América y folclorista reconocido. La idea era llegar lo más tarde posible, cuando, al menos los de abajo, estuvieran ya encerrados o acostados.

El hecho de que defendiera alguna que otra vez a mamá y le exigiera a Olvil tolerancia o cautela (con el argumento filial de que "está vieja y cansada, trabaja mucho, es mi mamá y merece respeto") provocó varias peleas entre nosotros, en muchas de las cuales la fiera pechugona me tiraba con todo lo que encontraba, quebrando después platos, cuadros y cuanto se le ocurría o hallaba a la mano. Yo terminaba por salir de la casa y sólo regresaba horas después, cuando los objetos destrozados habían sido recogidos en las bolsas de basura y la furia con faldas se había serenado y me esperaba, arrepentida o compungida, para preguntarme si quería comer algo o tomarme un tinto. Después de tan descomunales grescas nos reconciliábamos bajo las cobijas y terminábamos haciendo el amor como en los buenos tiempos.

¡Nada mejor que la reconciliación después de una pelea de pareja para encender la pasión y renovar los instintos atávicos del erotismo y del sexo!

Mi problemática situación hogareña y familiar se agravó por el hecho de que, además de los gastos de la familia, debía pagar los impuestos de Predial y Valorización y las cuotas de la Acción Comunal, que por entonces adelantaba el arreglo de las calles, antes en tierra viva, lo que ocasionaba polvaredas en verano y fangales en invierno. Todo esto mientras mis hermanos, ya mayores y trabajando, se daban la gran vida, sin aportar un peso para nada.

Una vez, desesperado por las quejas, le ofrecí a mamá pagarle alquiler en otra parte, con el fin de que me dejaran vivir tranquilo. La respuesta fue que cómo iba a dejar su casa por darle gusto a la aparecida de la Olvil. "Pero, mamá, si la casa es mía y no tuya ni de nadie más". "No, señor", replicó. "Es mía y de mis hijos y de aquí no nos vamos ni ellos ni yo". "¡Mis hermanos están trabajando y no colaboran en nada!" "Ellos ganan muy poco, los pobrecitos". "Pero, por lo visto, les alcanza hasta para estrenar pinta y tomar trago". Apoyaba esto último en el hecho de que el menor de ellos, bastante locato, llegaba borracho o enmarihuanado varias noches por semana y terminaba golpeando las paredes, despertándonos a todos, sobresaltados.

Ante mi insistencia por la solución de la casa alquilada, mamá terminó diciéndome, tajante y perentoria: "No, señor. No insistas. De aquí no nos mueve nadie. Además, recuerda que tú te gastaste una plata de la familia". La tal "plata de la familia" había sido una pequeña suma que yo, como jefe y encargado de todo, debí invertir en arriendos para ella misma en alguna época de vacas flacas.

La situación se ponía cada vez más difícil y el dilema resultaba dramático: o se iban ellos o me iba yo. ¿Y cómo diablos iba a irme yo de mi propia casa? ¡Imposible! Lo consulté con Solórzano y otros amigos y todos me aconsejaron que le metiera ley al asunto. A la vieja, nada culta, le habían lavado el cerebro y no se podía hacer ninguna otra cosa.

Siguiendo el consejo de mis amigos, los demandé. Ellos llevaron testigos falsos, incluidos unos vecinos que no me querían y que por mantenerme siempre vestido de saco y corbata, como era mi costumbre desde el principio de mi trabajo editorial, me consideraban dizque demasiado "estirado" o "pinchado", lo que en su jerga ordinaria quería decir orgulloso. Condolidos "con la pobre familia que iba a ser desplazada de lo suyo", también declararon en mi contra unos parientes, que antes, supuestamente, me amaban, apoyaban y admiraban.

Como resultado de todo eso perdí el pleito en primera instancia y me dio tanta rabia que opté por desistir. Perdí, igualmente, toda relación familiar, con la única excepción de un cuñado que siempre me apoyó y estuvo de mi parte debido a que conocía la verdad desde el principio y hasta me había ayudado en la negociación y compra de la casa vieja. Decidí olvidarme del asunto por un tiempo. No volví a saludar a nadie, ni siquiera a mamá. Cuando ella o los hermanos estaban afuera, llegaba callado, sacaba las llaves, abría mi puerta y entraba. Ciertamente, eso era muy triste pero no tenía otra alternativa. Prefería el silencio y la indiferencia al desgaste de alegatos o enfrentamientos tan desagradables como infértiles.

Por último, mamá, que era una fumadora tenaz y vivía tosiendo como todos los adictos nicotínicos, enfermó y murió. Yo estaba en la editorial cuando me llamó Olvil a darme la noticia. Le dije que tratara de averiguar algo sobre las exequias y me informara. Volvió a llamar para decirme: "La están velando abajo y tus hermanos dicen que ni se te vaya a ocurrir venir porque te vuelven papilla". "Bueno", contesté. "¡Qué se va a hacer! A la noche dormiré en un hotel del Centro y mañana veremos cómo evoluciona la situación". Más que sereno estaba helado y casi pétreo por dentro. Siempre había cumplido con mi deber de hijo y de hermano. No tenía ninguna culpa ni debía arrepentirme de nada. Mi conciencia, único juez que respeto y acato de verdad, estaba incólume.

Por una razón que nunca he comprendido suelo actuar o reaccionar de maneras muy poco comunes. A veces me descomponen los problemillas ingratos y enojosos aunque en el fondo intrascendentes. En cambio, en circunstancias realmente graves y dramáticas actúo con una racionalidad y una frialdad pasmosas. Es como si dentro de mí los mejores y más cálidos sentimientos se congelaran en témpanos y los corderos se crecieran como tigres.

Esa tarde, salí de la editorial muy tranquilo, y me vine caminando hasta el Centro, como era mi hábito cotidiano. Entré a la Librería América y le conté a Solórzano la noticia y lo que pensaba hacer esa noche. "No pagues hotel, poeta. Vente a dormir a mi casa", me invitó, siempre solidario y generoso. "Gracias, no quiero incomodar a tu familia". Fui a la iglesia de la Candelaria, recé un padrenuestro por la muerta, le encendí una veladora roja, me eché la bendición y entré a un almacén a comprarme unos calzoncillos y una camisa para cambiarme al otro día. Después cené en Versalles con una tortilla española y una Coca-Cola y busqué un pequeño hotel. Ya en el cuarto, me desvestí, dejándome la camisa a manera de pijama, destendí la cama y me acosté a leer El ómnibus perdido, la interesante novela de John Steinbeck, el cuarto de sus títulos, pues para entonces había dado feliz cuenta de Las uvas de la ira, La perla y Tortilla Flat, también conocida como Camaradas errantes, deliciosa historia ambientada en Monterrey, México, cuyos personajes, los paisanos Danny, Pilón y Big Joe, abstracción hecha de su adicción alcohólica y de su preponderante nota humorística, se parecen mucho a los vagabundos de Hamsun porque los tres también van de lugar en lugar realizando pequeños trabajos.

A la noche siguiente regresé a mi casa y encontré todo en orden y en calma. "La enterraron en el cementerio de Itagüí", me contó Olvil. "Si quieres, el domingo vamos a llevarle flores". Así lo hicimos, le pusimos rosas rojas y ambos le pedimos perdón por lo que hubiera podido ser considerado como una injusticia, una ofensa o una agresión de nuestra parte contra ella. Al retirarnos de la modesta tumba vertical les pedí a los tres niños que se despidieran. "¡Adiós, abuelita!", corearon ellos.

Ahora había que reintentar la solución del problema del inmueble, pues mis hermanos, según se murmuraba en el barrio, me culpaban de la muerte de mamá. "Ese bastardo la mató con su joda por sacarla de nuestra casa", pregonaban por doquier. "Nuestra casa". El descarado posesivo volvió a irritarme. ¿Cómo era posible que todos se hubieran puesto de acuerdo para apoderarse de lo que no les pertenecía? Sin duda, el errado e injusto primer fallo judicial contribuyó grandemente a la solidez y continuidad de la arbitraria ficción. "Una mentira siempre repetida termina siendo aceptada como verdad", rezaba el apotegma del hitlerismo que hizo carrera en el mundo, y en el barrio, gracias a otra mentira, yo pasaba por ser el infame expoliador de una inocente y humilde familia y mis intentos por recuperar la casa que había construido con mi dinero y mi exclusivo esfuerzo ya dizque habían cobrado la primera víctima: mi propia madre.

Resuelto a no volver a acudir a la ley, busqué la intermediación de un antiguo vecino, muy allegado a la familia. Se trataba de Chucho Sombrero, llamado así porque nunca se quitaba tal prenda. Experto comisionista de vivienda, no tardó en convencer a mis hermanos de que debían devolver la casa a cambio de una cierta suma, pues de lo contrario tarde o temprano serían objeto de lanzamiento judicial, habida cuenta de que, no obstante el torpe fallo judicial anterior, yo poseía las escrituras debidamente legalizadas, el respectivo certificado de libertad inmobiliaria y estaba registrado como propietario real e indisputable en el departamento de Catastro y Valorización del municipio, cuya prueba más cierta consistía en que me llegaba, cada tres meses, la cuenta de cobro del impuesto predial. "Pero es que…", trataron de argumentar los descarados. "Es que nada, amiguitos", cortó el viejo. "No nos digamos güevonadas, que yo soy experto en compra y venta de viviendas y vivo, como y cago entre cerros de escrituras. El fallo de ese tonto juez, que lo más seguro es que se dejó convencer con el cuento de la pobre viejecita sin nadita en qué vivir, fue una verdadera injusticia. Pero en otro pleito que les inicie el poeta se van para la puta mierda ligerito, ligerito. Además, tendrán que conseguir abogado para que los represente y eso cuesta bastante. ¿De dónde van a sacar la plata? ¿O es que, acaso, les sobra? Creo que no. Su hermano les ofrece una suma con la cual podrán alquilar una casita durante cuatro o cinco meses, mientras se organizan mejor. ¿Qué le respondo? El hombre ha tenido mucha paciencia con ustedes y es muy generoso. Si fuera yo no les daría nada. Bala, tal vez, por descarados". Le dijeron que lo iban a pensar. Y dos o tres días más tarde aceptaron la oferta, desocupando, por fin, a la semana siguiente.

Después de tal experiencia comprendí que el mejor y más rápido sistema para zanjar dificultades ciudadanas no es la justicia ordinaria, falible, lenta y engorrosa, cuando no venal, sino la mediación de terceros con un buen plan de conciliación directa entre las partes. Chucho Sombrero me lo había demostrado muy bien.

Tras recuperar el piso lo arreglé y aproveché para transformar el garaje en un local comercial, que finalmente concluyó en cafetería. Por entonces mi editorial atravesaba una gravísima crisis sindical y económica, que más tarde la conduciría a la quiebra. Previendo dicha circunstancia había sugerido meses atrás la terminación de la revista que dirigía y que andaba a la sazón por la edición número 100.

"Si la editorial se acaba alquilamos la casa y montamos una cafetería en el local", le dije a Olvil. "Las fábricas, los almacenes y los negocios en general están aumentando por aquí, así que esa sería una buena idea. ¿No te parece?" Olvil aprobó en el acto y propuso con entusiasmo: "Yo la administro y tú te dedicas sólo a escribir. Pero no debemos esperar a que la editorial se cierre. ¡Montémosla ya!" "¡Listo!", acepté.

Semanas después el negocio estaba funcionando y en una de las paredes aparecía, lindamente dibujada por un pintor amigo, la figura de una simpática gata gris, embalacada y remojándose los labios con la punta de la lengua rojiza. Debajo de ella aparecía el rótulo de

CAFETERÍA LA GATA GOLOSA
Buena atención y parva sabrosa

Cuando finalmente, después de una toma sindical, yo decidí renunciar en la empresa la cafetería iba viento en popa. Olvil la administraba con eficacia y la sobrevivencia de la familia no me inquietaba en lo más mínimo. La primera planta del edificio seguía desocupada y nosotros continuábamos en la segunda. Pero como Olvil debía levantarse a las cuatro de la mañana a preparar y encender la cafetera con el fin de que al abrir, a las siete, hubiera café para los madrugadores, pronto empezó a decirme que nos pasáramos para abajo y alquiláramos arriba. Dije que no. La casa era muy amplia y luminosa, me sentía cómodo en ella y además me encantaba echarme en la terraza a tomar el sol algunas mañanas y tardes de verano. El piso inferior, por el contrario, era algo oscuro y frío y en su atmósfera gravitaba el melancólico y consabido signo sentimental con el revoloteo ineluctable de los recuerdos ingratos. Por esa época las dos hijas mayores se enamoraron, se emparejaron más rápido de lo previsible y aconsejable y emigraron del hogar, siguiendo el propio destino. Quedamos sólo con el niño pequeño, que había nacido cuando ellas estaban ya bastante crecidas. La cantaleta de Olvil terminó por exasperarme y una madrugada le dije que si quería mudarse lo hiciera ella sola y me dejara tranquilo en mi casa. No respondió, pero cuando regresé por la noche ya lo había hecho.

El asunto me irritó más aún. Tuvimos una de nuestras descomunales batallas y esta vez la reconciliación no fue tan rápida como de costumbre. Ahora lo que aburría a la conflictiva señora era subir a mi casa. Siguió pues abajo y yo arriba. Ella trabajando en La Gata Golosa y guardándose las ganancias y yo durmiendo solo y pagando todos los gastos. Tuve, además, que conseguirme una criada para que me arreglara la casa y la ropa una vez por semana. Como si fuera poco, la cafetería no tenía permiso para venta de licores y a la administradora le dio por romper la norma vendiéndoles aguardiente a ciertos empresarios de la vecindad. Le llamé la atención, recordándole que eso era ilegal y que la cafetería no podía ni debía convertirse en una cantina. En vez de aceptar pacíficamente mi justo reclamo, lo que hizo la dama rómpelotodo fue enfurecerse, con lo que la relación empeoró. Después, bajo la solicitud y presión de los beodos, llegó también la música a todo volumen, incluidos, cómo no, los vallenatos. Volví a protestar y la cantinera se desmelenó, acusándome de que, por lo visto, yo lo que quería era dañarle "el negocito". Como si todo eso fuera poco, también empezaron los problemas por las cosas del niño, que vivía con ella. Una mañana me despertó, tirándome al mirador unos zapatos con las suelas comidas y gritándome: "¡Infeliz! ¡Mira los zapatos de tu hijo! ¡Ya ni siquiera te preocupas de eso!"

La situación se ponía cada vez más tensa y explosiva. Por entonces yo había conseguido trabajo en otra editorial, salía muy temprano y regresaba por la noche a escribir. Los borrachos y la música eran insoportables y no podía hacer nada para evitarlo, pues cada queja o protesta terminaba en un escándalo mayúsculo.

Desesperado, me acogía, como siempre, al buen consejo de Solórzano, quien muy pronto empezó a decirme que "dejara esa puta loca si no quería terminar en el manicomio con ella". Fue él mismo quien me avisó de la disponibilidad de mi actual apartamento, me lo recomendó encarecidamente debido a su situación estratégica en pleno corazón de Medellín y me ayudó a conseguirlo, pues era propiedad de un joven neurocirujano, hijo de uno de los propietarios de la Librería América. Adquirido el apartamento, lo tuve desocupado algún tiempo. Después me compré una cama, un armario de biblioteca, una radiograbadora y me iba a leer allí en las tardes dominicales y festivas. Hasta que un domingo, aprovechando que Olvil se había ido de paseo con el hijo, contraté un carro y me mudé.

La bruja me llamó a la editorial a decirme que me demandaría "por abandono del hogar". "¡Haz lo que te dé la gana!", grité, aventándole el teléfono, y, acto seguido, le pedí a la recepcionista que por ningún motivo volviera a pasarme llamadas de ella. Después busqué un abogado amigo para que le propusiera separación de cuerpos y partición de bienes. Así se hizo en un término afortunadamente rápido. Ella se quedó con la casa que habitaba y la cafetería y yo con el segundo piso, que más tarde alquilé y por último vendí. Adicionalmente, y como era lo indicado y legal, asumí la obligación de enviarle cada mes una suma fija con destino al hijo, mientras estuviera estudiando y fuera menor de edad. Por supuesto, honré el compromiso con toda puntualidad.

El final de la tormentosa relación que, pese a todo, tuvo momentos y temporadas muy felices, tanto en la cama como en otros aspectos de la convivencia, ya había sido vaticinado años atrás. En vacaciones a veces dejábamos de viajar a nuestra querida y deliciosa Santa Marta y nos íbamos para Uré, pequeño pueblo situado cerca de Montelíbano, Córdoba. Habitado por negros de pura cepa africana, allí había tenido el padre de Olvil una finca, y ella, siendo sólo una niña, fungió durante algún tiempo de secretaria de la Inspección de policía y de maestra, enseñando las primeras letras en una escuelita de piso de tierra, paredes de guadua y techo de palma.

Uré poseía un hotelito regentado por un paisa gordo y bonachón. Frente al patio, descuidado y lleno de maleza, pasaba el río de su nombre, poco caudaloso y de aguas límpidas. Tenía sitios en los que, por la profundidad, se podía nadar, pero, en general, era más propio para chapucear y juguetear con los niños. Río arriba, un día casi me ahogo con mi hijo. Nos metimos en un charco que parecía poco hondo pero que, de pronto, nos tragó. Como no soy experto nadador sino, apenas, un modesto braceador de orillas seguras, me desesperé y ambos nos fuimos al fondo. Empecé a levantar al niño, tragando agua y tratando de salvarlo, pero mientras más lo intentaba más nos hundíamos. El fondo cenagoso nos atraía con la fuerza de un imán. En esos instantes tuve la certeza absoluta de que ambos moriríamos allí. Menos mal que un joven nativo acudió, tendiéndonos una vara de la cual me agarré, logrando salir.

Más tarde, en otras vacaciones, al atravesar el viejo puente metálico de La Pintada sobre el río Cauca, el niño cabalgando en mi cuello y ya casi en la mitad del trayecto, con el poderoso caudal rugiendo y como llamándonos desde abajo, empecé a notar la terrible endeblez de las latas y los tablones podridos. ¿Devolverme? Imposible. Era tan riesgoso como seguir avanzando. Me encomendé a Dios y continué. De milagro logramos salvarnos.

Frente al patio del hotelucho de Uré lavaban las mujeres todos los días, cantando y chismeando sin cesar. Junto a ellas, entre dos árboles gigantes, colgaba yo una hamaca y leía todas las tardes durante horas. Uno de los libros que devoré allí, entre los gratísimos rumores del río, fue La guerra del fin del mundo, la magnífica novela de aventuras de Mario Vargas Llosa, que con Don Pantaleón y las visitadoras y La fiesta del Chivo, rescato para mi gusto y emoción de entre toda la obra del peruano.

Pues bien, retomando lo del vaticinio, en unas vacaciones allí conocí a Salgado, un negro octogenario, de panza descomunal, pecho de cerdas ásperas al aire, cabeza nívea, mirada dulce y patriarcal y cigarro humeante. Auténtica imagen africana en un pueblo que parecía copia fiel del continente negro en el trópico americano. Olvil lo conocía desde su época de secretaria y maestra. Al verla la abrazó con cariño, llamándola "Niña Olvil", como es la usanza por esas tierras. Ella le entregó un paquete de cigarros y le dijo: "Queremos que nos adivines la suerte. A mí y a mi marido. Te lo presento". El viejo me estrechó la mano, me escarbó al fondo de los ojos y ordenó hacer café, pues utilizaba el poso para sus artes adivinatorias.

Mientras hervía el café habló de su vida, de sus parientes, de los muertos, del río, de todo lo suyo. Una vez consumimos la bebida ardiente y fortísima comenzó a estudiar el residuo arenoso, volteando los pocillos para interpretar mejor el mensaje. Nos habló de prosperidad económica, del "trabajo raro, como de pintar o escribir cosas", que yo hacía, de un viaje por tierras muy lejanas, "tal vez por Europa", y de que nos íbamos a separar.

Al escuchar eso ambos soltamos la carcajada. "¿Separarnos nosotros?", preguntó Olvil. "¡Imposible! ¡Si estamos mejor que nunca!" "¡Claro!", asentí yo. "Se acordarán de mí que terminarán separándose. El café no miente. ¡Ni yo tampoco!", dijo el zahorí. "Pero, Salgado, comprende…", intentó seguir discutiendo Olvil. "Nada. Dejen correr unos años, no muchos, y verán", concluyó el viejo, disgustado de que pusiéramos en duda su palabra y su prestigio de mejor adivinador de la región.

Tras la separación permanecí un buen tiempo solo, mientras Solórzano empezaba a presentarme y sugerirme mujeres que consideraba aptas para complacer mis expectativas. Mi amigo también vivía en Itagüí y viajábamos juntos en bus todas las noches, después de reunirnos a tertuliar con algunos amigos o de asistir a exposiciones plásticas, a presentaciones de libros o a una que otra conferencia. Una noche íbamos en el bus cuando se subió una morena joven, de pelo largo y ensortijado, ojos grandes y negros y una elegancia poco común. Nos codeamos, admirados, y yo, que iba sentado, me levanté y le cedí el puesto. "Gracias", dijo. Parado a su lado, hablamos hasta que me bajé en el barrio Santa María. Marid era natural de Riosucio, la tierra del carnaval del Diablo. También supe que estaba separada del marido y tenía dos hijos, residentes en el pueblo con la abuela, que vivía en la casa de un tío, cerca del parque principal de Itagüí y que trabajaba de ocho de la mañana a siete de la noche en El Combate, almacén de telas situado en Junín. "¿Puedo ir a verte?", pregunté. "¿O tienes a alguien?" "A nadie. Ve cuando quieras después de las siete". Así lo hice a la noche siguiente, pero no estaba. Lo mismo pasó a la segunda y a la tercera noche. Sólo a la cuarta nos vimos, tomamos un refresco y cogimos el bus juntos. Pero ella parecía recelosa o muy insegura conmigo. Tenía veintiocho años y, a lo mejor, yo, que pasaba ya de la cuarentena, le parecía demasiado viejo o, en última instancia, no era de su gusto.

Enemigo de declararme derrotado sin dar primero las batallas de rigor, insistí, aconsejado por Solórzano. "Esa muchacha es pobre y humilde y seguro piensa que tú lo que quieres es lo de siempre: echarle un polvazo y nada más", dijo mi amigo. "Ve con calma y paciencia. No te precipites ni desengañes aún. Es linda y vale la pena". Así lo hice, y tiempo después, viendo que ni siquiera tenía reloj, le regalé uno, que la puso muy dichosa.

Lo de regalar relojes ha sido siempre una costumbre muy provechosa que aprendí de mi amigo Farans, solterón empedernido, mujeriego sin par y antiguo compañero de trabajo editorial. Durante un diciembre me pidió que lo acompañara a una joyería. Lo hice y compró como veinte relojes de dama. "¿Para qué todos esos relojes?", pregunté. "¿Piensas montar una joyería en tu pueblo?" Sonrió, contestándome: "No, poeta. Son para mis amigas. Es el gran regalo abrepiernas y calientagallos que he descubierto y que mejores resultados me ha dado hasta ahora". "Pero, demonios, Farans, ¿tienes tantas amigas?", inquirí, poco menos que pasmado. Sacó una libreta y me mostró una lista de nombres. "Mira, estas son las 'agraciadas'. Las roto a mi gusto. Siempre tengo de dónde escoger. ¡Y se portan muy bien, para que sepas! Pero, claro, supondrás que no solamente les doy relojes sino también anillitos y perfumitos. La cosa cuesta, pero si queremos estar bien acompañados es necesario invertir. De todas maneras, juntas cuestan mucho menos que sostener una sola de por vida, bien cantaletosa y jodona. ¿No te parece?"

A partir del regalo del reloj la linda Marid fue bajando la guardia, acercándose espiritualmente cada vez más y pasando mayor tiempo conmigo, no obstante que, según decía, el tío era muy riguroso y no permitía que llegara demasiado tarde a la casa.

Poco a poco fui enterándome de su vida personal. Casada muy joven, víctima de un típico arrebato de entusiasmo e inexperiencia, el marido le puso dos hijos y después empezó a alejarse y a beber más de la cuenta, lo que hizo que ella terminara sumida en profundo desencanto. Al final, separada y sin ninguna posibilidad de sobrevivencia en el pueblo, optó por venirse para Medellín y acogerse a la protección del tío. En el almacén ganaba el salario mínimo, del cual enviaba al pueblo la mitad para el sostenimiento de sus hijos. Con lo restante le daba una cuota al tío y pagaba sus pasajes y pequeños gastos personales.

Favorecido por mi espíritu romántico y galante, muy pronto logré fundamentar una relación excelente. Era una mujer limpia y sana, gran cocinera y magnífica amante. Siguió viviendo donde el tío pero varias veces por semana me visitaba y, además, me arreglaba el apartamento y la ropa. Le encantaba que la llevara a toda clase de eventos culturales y les presentara a mis amigos. Me fascinaba darle ropa y, sobre todo, zapatos, porque taconeaba con una elegancia y un brío encantadores. "Tu mujer tiene paso de yegua fina", me dijo un día Solórzano. "Nunca he visto otra que taconee con tanto garbo". Lo mismo susurraban en los cocteles tipos jóvenes y viejos cuando me veían aparecer con ella. Sólo las mujeres nos criticaban dizque porque éramos una pareja muy dispareja. Un escritor reconocido y una empleadilla inculta, joven y bella no encajaban en los parámetros de una sociedad clasista, hipócrita y discriminatoria. "Eso no puede durar", opinaban. Algunas veces pensé lo mismo pero no me importó. La muchacha me hacía feliz como nadie lo había hecho hasta entonces y eso bastaba y sobraba. ¿Acaso la vida no era demasiado breve? Había que gozar el instante. Años después desarrollé tal pensamiento en un poema escrito en italiano, cuya traducción española dice así:

Y nada más

Coge la flor de cada día,
bebe tu vino del instante,
besa la boca de la amada

47

y nada más
y nada más.
El pasado es polvo
de sueños perdidos,
el futuro no se conoce.
Rey del relámpago,
alma de mariposa,
soplo de viento en la rama,
sombra que pasa...
Goza el instante
y nada más
y nada más.

Nunca he buscado ni buscaré riqueza, posición social, cultura o brillantez en ninguna mujer que me interese como pareja. Esas son cuestiones accesorias e irrelevantes para mí. Basta que la mujer me guste. Uno se acuesta con una mujer no con un título, ni con una enciclopedia, ni con una chequera, ni con un árbol genealógico. Todo eso es pura paja. Lo importante es la piel. Y después de la piel los sentimientos. Y después de los sentimientos la honestidad. Prefiero una muchacha pobre, buena y hermosa a una horrible bruja forrada en billetes, pieles y diamantes. Para mí André Maurois, el fino novelista francés de Climas y El instinto de la felicidad, tenía toda la razón cuando escribió: "Amamos a aquellas personas que destilan una extraña esencia que es la que necesitamos para tener un compuesto químico equilibrado". Química pura, complementaria y enriquecedora. El ojo la vio y el corazón la amó. Lo que la gente diga o deje de decir me importa un rábano. Siempre ha sido así. Prefiero dar a que me den. El interés utilitarista y de conveniencia no existe para mí. Soy un bicho raro y así moriré.

Como en la ranchera famosa de Tony Aguilar, mexicano que me fascinaba en la juventud,

Yo soy el aventurero.
El mundo me importa poco.
Cuando una mujer me gusta,
me gusta a pesar de todo.

Después de la separación de Olvil había quedado muy amargado y dolido, incluso hasta descaecido sexualmente. Pero Marid hizo que me recuperara muy pronto. El contacto de su piel y el ardor de su sangre y el fulgor de sus sueños me hicieron vibrar como nunca. Renací una vez más. Volví a reír y a soñar. Retomé la poesía, abandonada por la prosa durante largo tiempo. Fui feliz, en suma. Otra vez. ¡Qué importaba si el esplendor y el gozo duraban o no! ¿Acaso nacimos para durar? Nacimos para brillar un instante. Como el relámpago. Y, como en el poema, nada más. ¿Para qué más?

Ambos éramos dichosos y trabajábamos tranquilos. Ella en lo suyo y yo en lo mío. Pronto le propuse que estudiara algo útil que le permitiera mejorar su situación laboral. Le costeé un curso de mecanografía. Una vez realizado me dijo que eso no era lo suyo. "¿Qué quieres estudiar, entonces?", pregunté. "Estética", respondió. Al día siguiente la matriculé en la Escuela de Belleza Mariela y empezó clases, muy aplicada y contenta. Entretanto se le acabó el trabajo en El Combate. "No te preocupes, mi amor", la consolé. "Yo te doy lo que ganabas allí para que no dejes de mandarle el dinero a tu mamá". Así lo hice, fortaleciendo la relación con el ingrediente de la gratitud. Marid estudiaba tranquila e ilusionada y cada vez se esforzaba más por complacerme y por aumentar mi felicidad. "¿Qué hubiera hecho yo sin ti?", preguntaba. "Imagínate: desempleada y con mi familia abandonada". "No pienses en eso", le contestaba yo. "No tienes que agradecerme nada. Tú me das algo más importante y preciado que el dinero: me alegras la vida. ¡Y eso no tiene precio!"

No conocía el mar y la llevé a Santa Marta. Allí pasamos una semana inolvidable. Después fuimos a Riosucio. La familia de Marid, muy sencilla y amistosa, me acogió con afecto desde el principio. Su madre fue especialmente generosa conmigo. "No sabe cuánto me agrada que mi muchacha esté con usted, una persona mayor, seria y sin vicios", me expresó. "No me cabe duda de que usted la cuidará y la orientará siempre. Me contó lo del curso de mecanografía y lo de la belleza. Eso le servirá mucho para trabajar y no ser siempre una carga para usted". "Su hija nunca será una carga para mí, señora". "De todas maneras, es bueno que ella trabaje". "Oiga", me preguntó más tarde, "¿y esa muchacha no es como muy brutica para usted?" "Me gusta como es", respondí. "Sencilla y descomplicada. Sin cucarachas en la cabeza. Poco a poco le iré enseñando cosas. Por el momento ya le gusta la poesía…"

Feliz con su estudio de belleza, que incluía peluquería, manicure y pedicure, una noche me sobó la cabeza y me dijo que estaba muy peludo. "Motílame, entonces", pedí. Suelo ser muy quisquilloso y exigente con los peluqueros y he tenido muy pocos, pues sólo soy fiel con la mujer de turno, con la literatura y con mi peluquero.

Acabábamos de hacer el amor y ella tenía puesta una de mis camisas, cosa que me encantaba y acentuaba el sentimiento de ternura.

Siempre que quería hacerlo se bañaba y se ponía la que acabara de quitarme. Era la señal de que la flor de su delicia necesitaba jardinería. Me gustó su trabajo y en adelante siguió motilándome cuando estaba viendo televisión. Me electrizaban el roce y masajeo de sus manos en mi cabeza. Pronto empecé a contemplar la posibilidad de montarle un salón para que pudiera ayudarle más a la madre.

—Eso sería regio —exclamó.

—Pero, claro, primero debes terminar el estudio y graduarte.

La emocionaba que le escribiera poemas y el primero que le dediqué fue Oración:

> Yacente junto a tu cuerpo,
> desnudo y hecho de miel,
> este varón embelesado
> te besará por siempre.
> Amén

A medida que iban saliendo los poemas de la roja fragua de la inspiración, alimentada por el disfrute de su amadísima piel joven y gloriosamente tersa, empezó a preguntarme cuándo iba a publicarlos. Le dije que pronto, recordando que como ya se había agotado la primera edición de mi único libro de versos de amor, aprovecharía para incluirlos en la segunda.

Así se hizo, y la noche de la presentación en Mundolibro, allí estaba ella, irradiando felicidad por todos los poros, muy posesionada de su papel de amante de poeta, cantada y amada hasta el fondo de la piel. La aprendiz de peluquera sencilla, humilde y anónima pero linda entre las lindas y deseada entre las deseadas, vivió sin duda en esa fecha una de sus noches de gloria. "Nunca había visto una mujer más emocionada", me dijo Solórzano al día siguiente. "Cómo se nota que, a pesar de no ser culta, ama y valora la poesía. Ojalá las cultas fueran como ella". "El gusto por la poesía no lo da la cultura sino el sentimiento", repuse. "Y a esa muchacha le sobra". "Claro. Anoche se le notaba en los ojos. ¡Qué bueno! ¡Me alegra por ti, que al fin tienes alguien que te estima como mereces", concluyó mi amigo.

Tiempo después, sin embargo, las cosas comenzaron a tomar un rumbo distinto entre nosotros. Un día Marid me dio la noticia de que acababan de llegar de no sé dónde, para radicarse en Medellín, una tía y un hijo que, según me había contado antes, había sido su primer novio. Pronto la tía apareció en mi apartamento. Era una cincuentona grande, basta, gorda y de ojos voraces. Acostumbrado a que la gente me gusta o no desde el principio, la mujerona no me gustó. Más aún:

sentía que había en ella algo insidioso y perverso que mi intuición rechazaba. Poseo un cierto don extrasensorial que me permite detectar sujetos o espacios inconvenientes y captar de inmediato las energías o fuerzas negativas. Hay personas que han buscado con insistencia mi simpatía o amistad y a las cuales siempre eludo. Las miro a los ojos, las oigo hablar, analizo sus gestos, evalúo lo que dicen, presiento lo que callan o esquivan. Unos pocos minutos me bastan para crearme una idea exacta de lo que son y de lo que quieren.

—¿Cómo te pareció mi tía? —me preguntó Marid, después de que ésta hubo salido.

Me limité a sonreír, sin responder.

Nunca conocí al primo, pero supe que era casi tan joven como ella, que trabajaba de guardián del Inpec, ahora destinado a la cárcel de Bellavista, y que adoraba a su madre.

Un domingo, Marid me contó que la había invitado a toros y me pidió autorización para acompañarlo.

—Vamos a ir con mi tía —advirtió.

—Ve si quieres —acepté a regañadientes—. Pero cuídate.

Pasó el tiempo. Continuaba estudiando y tan hacendosa y tierna como de sólito. Pero un día, al hojear el diario, me preguntó por la tira de Carlitos.

—No sabía que te interesaran los muñecos —dije.

—Todos no, pero Carlitos sí —respondió—. Es muy gracioso e inteligente.

Después me enteré de que el primo se llamaba Carlos, porque de la manera más natural ella empezó a mencionarlo con frecuencia, aplicándole el diminutivo. Una noche, mientras me motilaba después de hacer el amor con el mismo entusiasmo gozador de costumbre, le pregunté, sin poder evitar los celos, si también practicaba el oficio con el primo.

—A él no le gustan las peluqueras. Dice que motilan mejor los hombres, aunque la mayoría sean ma...

—Maricas, dilo.

—Bueno. Eso.

El pensar que a él también debía motilarlo, pues la escuela le exigía mucha práctica, me irritó sordamente.

—Dentro de quince días es la graduación —me avisó una tarde.

—Me alegra mucho —contesté—. Quiero darte una pinta linda para la ceremonia.

Le compré un vestido amarillo con flores verdes y unos zapatos de tacón alto. Pero la tempestad continuaba haciendo estragos en mi alma y la acompañé a la graduación serio y malhumorado, pese a que trataba de controlarme para no aguarle la fiesta. Le entregaron el diploma y una medalla dorada, que se colgó orgullosamente sobre el pecho. Estaba radiante como una estrella de verano.

Una semana después volvió a solicitarme autorización para visitar a la tía.

—¿No será al primo más bien? —pregunté, incapaz de contenerme.

Me miró a los ojos, sorprendida.

—¿Cómo se te ocurre? —preguntó.

—He estado pensando que tal vez, ahora que reapareció el sujeto, quieras volver con él.

—Estás muy equivocado. Lo que sucede es que me gusta ver a mi tía y congeniamos mucho.

La tía por aquí, la tía por allí, Carlitos esto, Carlitos aquello, el asunto me fue exasperando cada vez más, hasta que un día que amanecí con el alma en contravía, como acostumbro decir cuando todo me parece oscuro y deprimente, le dije:

—¿No crees que es mejor que te vayas a vivir con tus parientes?

—¿Por qué me dices eso? ¿Acaso no puedo mencionarlos?

—Claro que puedes hacerlo. Lo que me disgusta es la persistencia del discurso.

—¿Estás celoso?

—Sí —acepté sin ambages—. Estoy celoso como un tonto adolescente. Te quiero y no deseo perderte. Pero tampoco me agrada ni pizca la posibilidad de los cuernos. Soy un hombre maduro que aspira a vivir sin sobresaltos. Creo tener derecho a ello. Por desgracia, desde que aparecieron tus dichosos parientes todo está marcado por la incertidumbre y el desasosiego. Y eso no me gusta. Necesito paz para mi trabajo de escritor. Así que, recordando el dicho de que "donde hubo fuego cenizas quedan" y sintiéndolo de veras, te propongo que si te gusta el tipo y volviste a enamorarte, te vayas a vivir con él.

Sus grandes, oscuros y hermosos ojos se humedecieron.

—Por favor —suplicó—. No digas eso ni me pongas a escoger.

—Escoger. He ahí el vocablo justo.

Pasaron todavía unos días durante los cuales no volvió a nombrar a los parientes. Pero algo se había roto entre nosotros. Ella estaba triste y herida y yo desencantado y furioso. Después de esto desapareció durante casi una semana. No la busqué ni la llamé. Al fin, una tarde sonó el teléfono. Era ella.

—Voy por mis cosas —anunció tristemente.

Llegó, más triste aún, y se sentó a llorar en un sillón de la sala.

—Deja de llorar —le dije—. Si te vas es porque yo tenía razón. Uno debe tomar decisiones, sobre todo cuando hay gente que puede resultar afectada con el silencio y el doble juego. Si quieres a tu primo, adelante.

Fui a la cocina y le preparé un agua aromática. Y mientras la bebía le besé los ojos mojados y amargos.

—Si te vas, adiós. Si te quedas, bienvenida.

Siempre llorando buscó y reunió sus cosas.

—Necesito una maleta —dijo.

—Te la prestaré. Si puedes devolvérmela, bueno. Si no, te la regalo. Tranquila.

Echó sus cosas en ella, incluyendo el tomito amoroso y otros de mis libros dedicados con ternura.

Cerrando la maleta, habló de pedir un taxi por teléfono.

—Hazlo, mi amor.

Cuando sonó el claxon en la calle la acompañé.

—¿Tienes dinero para el taxi? —pregunté.

Contestó que no y le entregué un billete. Después le di un abrazo fuerte y un beso en la boca.

—¡Adiós, amor mío! —Exclamé, como cualquier galán de novelón rosa—. ¡Que te vaya bien y ojalá te merezcan!

Al alejarse el vehículo vi que lloraba como una niña que ha sido abandonada. Regresé al apartamento y me senté a llorar también. Había perdido la mejor de las mujeres, la que más gozaba y celebraba mis poemas y, sobre todo, la que más dichoso me había hecho en la cama. Pero, no obstante mi angustia y mis lágrimas, sabía que no podía, ni era lógico ni razonable, haber actuado de otra manera.

Tiempo después supe por la esposa del tío que estaba viviendo con el primo en un barrio cercano a la Cárcel de Bellavista y que su madre, la gran alcahueta, había sido factor coadyuvante en el emparejamiento. "Mi muchacho es lindo y joven y el tal poeta no pasa de ser un viejo, así haya tratado a Marid como a una princesa", parece que comentó. "¡Vieja reputísima! ¡Con razón desde el principio me cayó tan mal!", dije yo. "¡Pobre Marid!", la compadeció la tía política. "Imagino lo que va a sufrir con ese guardián, que no tiene ni un cristo en qué morir. La madre y los hermanos, que lo apreciaban muchísimo a usted y vivían orgullosos de la relación, están furiosos con ella. '¡Mocosa idiota!', dijo la madre, una vez que hablamos por teléfono. 'Dizque dejar a semejante señorazo por ese pelagatos, después de que nos ayudó tanto y de que la puso a estudiar y todo. ¿Qué hombre de ahora hace eso? ¡Ninguno! A la mayoría no le interesa sino mojar la mecha y nada más'. Y tiene toda la razón", concluyó la confidente.

"Todos elegimos nuestro destino", sentencié yo, haciéndome el fuerte, mientras me desbarrancaba pecho adentro.

Seis meses o un año más tarde el guardián fue trasladado a una cárcel de Pereira y le perdí el rastro a la muchacha.

Pero de pronto, un día cualquiera, me llamó desde allí. Me saludó con cariño, le pregunté cómo le iba y me contestó que "regular, apenas". Cuando se dice eso significa que las cosas no están bien, sino, por el contrario, bastante grises, arrevesadas o frenadas. Lo confirmé al oírla exclamar poco después: "¡Ay, poeta! ¡No sabes lo que me arrepiento de haber hecho lo que hice! Fui una idiota, como dice mamá".

Siguió llamándome de tarde en tarde, especialmente el cinco de abril, día de mi "cumpledaños", como digo yo. Supe que estaba ejerciendo la peluquería y vendiendo productos y accesorios de belleza por catálogo.

Al cabo de dos o tres años, con motivo de un corto viaje a Medellín, me llamó, nos encontramos, hablamos largamente, le regalé unas bragas rojas de seda y al final me sugirió que comprara un "cauchito", pues deseaba hacer el amor conmigo otra vez. Recuerdo muy bien que eran las dos de la tarde de un día festivo y hacía un calor agobiante. Le dije que nos bañáramos primero, pero arguyó que se le haría demasiado tarde para regresar con los suyos y que, además, si le veían el pelo húmedo... Se desnudó y la vi igual de bella y tersa que antes. Pero —enigmas de las feromonas aparte— quizás porque estaba un poco sudada, el olor no me gustó. Y el olor, el buen olor, bien sea natural o artificial, es requisito imprescindible en toda faena de amor. La belleza entra por los ojos y el deseo por el olfato. Los perros ven la hembra pero lo que los decide al nudo ciego y ardoroso es su olor. Asimismo, si a los humanos el olor no nos seduce sino que nos repele todo falla. Marid ya no olía a mujer propia sino a mujer ajena. Por una perversa asociación de ideas se me ocurrió que olía a preso y a carcelero. Ni más ni menos. Ya no era la Marid de mis deslumbramientos y mis antiguos arrebatos.

A propósito de tal episodio de piel desilusionada, no puedo dejar de citar un breve diálogo de Shakespeare en El Rey Lear:

Gloucester: ¡Ah, déjame besar esa mano!

Lear: Déjame que me la limpie antes, huele a mortalidad.

Le hice el amor desganado, sin brío alguno, apenas por cumplir y salir del trance. Se vistió, nos dimos un beso y se fue. Sin duda quedó tan desencantada como yo, que ni siquiera sentí la venganza satisfecha de haberle puesto los cuernos a quien me la había robado cuando la amaba y deseaba de verdad.

No volví a tener noticias suyas. Sólo sé que ahora vive en Dosquebradas, Risaralda.

A veces la recuerdo con ternura, reconociendo que asumió con toda pulcritud el rol de amante ideal y de ama de casa eficaz y que, después de mi ruptura matrimonial, ha sido la única de las amantes que me ha servido y ayudado realmente en la vida doméstica.

Marrut era una cuarentona en trance de separación. Todavía vivía con el marido bajo el mismo techo, pero, según ella, hacía tiempos que entrambos no había "nada de nada". Claro que así dicen todas mientras le buscan reemplazo al desechado.

Morena, de baja estatura, ni gorda ni flaca y de buenos pechos, era bacterióloga, estudiosa por naturaleza y de palabra ceñida y exacta. La conocí en el directorio del Sector Democrático de Álvaro Uribe Vélez, cuando éste empezaba la vertiginosa carrera que lo llevaría al poder y a implantar, asaltando la Carta Magna, la reelección presidencial en beneficio propio.

Como tanta gente buena de Colombia que debe acudir a los políticos para conseguir empleo, Marrut, que estaba cesante y necesitaba uno con urgencia, había ingresado a dicho directorio como activista, llevada por mi amigo Farans, el Secretario General. Animal político por antonomasia, Farans había combinado durante décadas su trabajo editorial con el de Secretario del Directorio Liberal de Bernardo Guerra Serna, quien, en sus buenas épocas, se destacó regional y nacionalmente como uno de los mayores electores del país. Por no sé qué razones o desacuerdos, al final renunció y comenzó a pasar de directorio en directorio hasta llegar al recién fundado de Uribe Vélez, quien también había desertado del guerrismo.

En esa agencia política yo no asistía a reuniones, puesto que no me interesaban, ni tenía, tampoco, necesidad de medrar, ni, mucho menos, de figurar. Mi amigo quería que, como escritor vinculado a los medios, le ayudara en la Secretaría con la redacción de algunas cosas, e incluso, tal vez pensando en mi futuro, habló en cierta ocasión de presentarme a Uribe. "Quiero que te conozca, poeta". Pero a mí, que siempre he tenido una idea bastante crítica y negativa de los políticos, el asunto no me interesaba en absoluto. Simplemente iba algunas tardes al directorio con el único fin de charlar con mi amigo y de buscar una buena compañía femenina, pues hacía ya meses había terminado con Marid. "Ven al directorio", me había invitado Farans. "Allí va una afiliada muy agradable, que deseo presentarte". Fijamos fecha y fui, en efecto. "Mira, Marrut", le dijo a la dama. "Te presento a este poeta, que está como solito y a mí no me gustan los amigos en esas condiciones porque se vuelven neuróticos y poco liberales". Y, dirigiéndose a mí, agregó: "Invítala a tomar algo afuera. Yo no puedo ir porque enseguida tengo reunión con Álvaro. ¡Nos vemos, amigos! Trátense con cariño".

Si creyera en Cupido y no en las misteriosas e inexplicables leyes de la fisicoquímica, diría que lo nuestro fue flechazo a primera vista, pues a partir de esa noche, en la que hablamos larga y animadamente, seguimos llamándonos y viéndonos en el directorio. Ella iba a casi todas las reuniones de las tardes, para que la viera Farans y no fuera a olvidarla con lo del puesto. Un domingo hasta la acompañé a Copacabana para escuchar a Uribe exponiendo y defendiendo la Ley 100 de la Salud, de la que era ponente y que, como congresista, impulsaba por entonces. Marrut me lo presentó allí. Nunca lo había visto en el directorio y solamente lo conocía por las fotos de los medios. La reunión se efectuó en un auditorio del municipio y después de ella fuimos invitados a una finca de los alrededores a almorzar con tamal y gaseosa.

Uribe apareció puntualmente, saludando de mano a todo el mundo, como es su costumbre. Por supuesto, ya conocía a Marrut, a quien dedicó un cordial "¡Hola, mujer!" Me extendió la mano, mirándome a los ojos, dije mi nombre y me aparté, presionado por el tumulto de quienes querían, más que saludarlo, dejarse ver o reconocer.

Invitado por Farans, hice una lectura de mis poemas de amor en el directorio. En primera fila, Marrut aplaudió con entusiasmo y esa noche nos dimos el primer beso.

Ahí empezó la que sería una de las relaciones sentimentales más accidentadas y turbulentas que yo haya tenido en la vida. Perteneciente a una familia ultraconservadora, la mujer resultó más puritana de lo normal. Sólo hacía el amor cuando quería y eso ablandada por largos procesos de preparación y seducción romántica, o sea que después de cada mal polvo había que volverla a conquistar para el siguiente, tan malo como el anterior. Además, como estaba siempre de afán porque debía cuidar de una hija pequeña, no había tiempo para juegos y yo tenía que ir rápido y sin preámbulos al objetivo. Eso está muy bien y funciona en la juventud, cuando uno se dispara solo, como el ya nombrado personaje de Philip Roth, pero no en la madurez, cuando necesitamos no solamente tiempo sino caricias, juegos y estímulos adecuados.

Nuestros encuentros sexuales fueron, pues, además de fugaces, completamente insatisfactorios para mí. "Esta puta vieja", pensaba con rabia y desazón, "parece que fuera una gallina". El polvorete, canción que bailaba con tanto gusto Julio César Turbay Ayala, cuando fue presidente de la República, me sonaba en la memoria cada vez que estaba con ella:

Quién tuviera la dicha que tiene el gallo.
Ratacaplum chin china el gallo sube
y echa su polvorete,
ratacaplum chin china
y se sacude.

Muchas veces pensé mandar al demonio la relación, pero la mujer me gustaba demasiado y nunca me decidía, esperando poder acostumbrarme a su extraño modus operandi. Inútil. Para haber mejorado mi mediocre y lamentable desempeño de entonces habría debido tomar viagra, aunque se afirma que "en la casa no sirve y en la calle no se necesita". Sin embargo, no lo hacía porque me consideraba sano y sin más problemas que la presión sicológica generada por las carreras de la contraparte. Prueba evidente de ello era que Ramoncito pasaba todas las noches en vela, apuntando hacia arriba y como protestando, furioso ventrílocuo del deseo: "¿Qué ocurre contigo, poetastro? ¿Por qué no dejas a esa loca y te consigues una fulana que funcione como Dios manda? ¡Te veo mal, cabrón! ¡Muy mal!"

Comenté el asunto con Farans y me dijo que ese parecía ser el común denominador en la conducta sexual de ciertas trabajadoras de la salud. "El hecho de vivir entre el dolor, las enfermedades y las miserias del ser humano debe afectarles la libido, lo que sin duda empeora su desempeño sexual. Imagínate, por ejemplo, una pobre bacterióloga revolviendo caca todo el día con un palito y clasificando bacterias. Eso debe matar toda apetencia. ¿No te parece?", concluyó.

Preocupado seriamente por la situación consulté dos médicos, uno joven y otro viejo. El joven me dijo: "El problema es claro. El coito debe realizarse sin apremios ni desesperos. La ansiedad, motivada por el deseo de quedar bien con la pareja, termina casi siempre en la frustración. Eso sucede tanto entre jóvenes como entre gente mayor". El viejo, un urólogo largamente experimentado, emitió más o menos la misma opinión, pero me aconsejó que dejara a la mujer. Señalando el teléfono de su escritorio, agregó: "Llámela y échela de una vez. Esa tipa le está creando una especie de impotencia sicológica, que puede llegar a ser mucho más inhibitoria y traumática que la fisiológica. Se lo digo porque yo sufrí de estudiante un problema parecido. Olvídese de romanticismos y consígase otra. No le dé más vueltas al asunto. Puede gustarle mucho pero con ella nunca va a poder lograr una relación normal o satisfactoria".

La historia se arrastró penosa y repetitivamente durante varios años y en su decurso cometí diferentes estupideces, cuya evocación todavía me ruboriza e indigna conmigo mismo.

Como a Farans, no obstante su generosa voluntad y su deseo de ayudarle a Marrut con un buen empleo en Medellín, le resultó imposible colocarla en la red de la salud, concluyó consiguiéndole un puesto de docente de biología en Uramita, un lejano pueblo de la zona de Urabá. Allá fue a parar con su niña. Y allá, a su colegio, me hizo ir a dictarle un par de conferencias sobre literatura y promoción de lectura. Montado en un bus viajé durante no recuerdo cuantas largas y endemoniadas horas, pensando, incautamente, que esa vez podría dormir siquiera una noche con ella y hacerle el amor tranquilo y sin prisas. Craso error. Con el argumento de que no podía darles mal ejemplo ni a la niña ni a la comunidad, me mandó a dormir a la casa cural.

La furia me carcomió y tuve que esforzarme para no demostrarla. Al día siguiente, de madrugada, sin despedirme siquiera, tomé un bus de regreso a Medellín. Dejé de escribirle y de llamarla por un tiempo. Pero ella me buscó y finalmente volvimos a caer en lo mismo. Después de esto le resultó, por fin, una plaza profesional en un hospital y regresó a Medellín.

Las cosas no mejoraban y vivíamos de pelea en pelea, de alejamiento en alejamiento y, contradictoriamente, de reencuentro en reencuentro y de reconciliación en reconciliación. Tras uno de estos episodios me dijo, muy preocupada, que tenía un retraso menstrual y que creía estar embarazada. "Pero si yo apenas medio te penetro", argüí, a la defensiva. "Pero me mojas y eso es suficiente". "Bueno, pues hazte una prueba, señora Fecundidad". "Ahora mismo me la haré, señor Sátira Incorporada", respondió. "No puedo tener más hijos. Y mucho menos ahora que estoy separada. Mi familia me ahorcaría". "Sería hasta bueno", pensé. "Una loca menos".

Nos despedimos y, sin pensarlo dos veces, me fui derecho a Profamilia a realizarme la vasectomía.

Pero fue, menos mal, una falsa alarma. Me llamó, muy melosa, a confirmarme la buena nueva. Y yo le di la mía. "¿Cómo?", preguntó, alterada. "¿Por qué hiciste esa locura? ¡Y yo que quería tener un hijo tuyo cuando nos casáramos! Siempre he soñado con eso. ¡Qué pesar! ¡Qué desperdicio!" "Déjate de idioteces y agradece, mejor, que saliste bien librada en la prueba".

Un poco más tranquilo por el hecho de sentirme libre de ingratas sorpresas, durante sus primeras vacaciones en el hospital nos fuimos con la hija para Santa Marta. Le pedí que la dejara y no quiso, aduciendo que no podía, pues si viajaba sola tendría que dar demasiadas explicaciones engorrosas. La familia en pleno la vigilaba sin cesar. "¿Y tú no estás como muy vieja ya para vivir pendiente de la familia?", inquirí. "Sí, señor Galantería. Estoy muy vieja, es cierto, pero no puedo pelearme con lo único bueno y seguro que tengo en la vida. Sin la familia no somos nada".

No me quedó más alternativa que aceptar la compañía de la hija. "¿Y para lo nuestro qué?", le pregunté, sin embargo. "No hay problema", aseguró. "Ella se duerme pronto y no despierta hasta el otro día. ¡Tranquilo!"

La hija acababa de cumplir ocho años. Era muy inteligente e, incluso, excelente lectora. Pero tenía un problema: no se nos despegaba ni un maldito minuto. Durante el día le decíamos que se fuera a jugar con otros niños del hotel y se negaba. Quería estar siempre con nosotros. Mirándonos. Oyéndonos. Como un vigilante o un perro fiel.

Además, aquello de que se dormía rápido y no despertaba hasta el día siguiente resultó falso. Ocupamos un cuarto de dos camas, para dormir ella en una con Marrut y yo en la otra. Lo convenido era que apenas se durmiera, Marrut se pasaría para mi cama en silencio. Pero no se pudo porque la condenada chica era la última en cerrar los ojos y, como si fuera poco, despertaba con el menor ruido o movimiento. Pasaron dos días y dos noches. Al límite del estallido por el deseo y la cólera, le dije a Marrut que si a la tercera noche ocurría lo mismo regresaríamos a la mañana siguiente a Medellín. "No, mi amor", me dijo ella, comprensiva y preocupada también por el asunto. "Esta muchachita cambió sus hábitos de sueño de una manera muy rara. Tal vez se deba al clima. Pero no te alteres. A la noche compras un somnífero cuyo nombre te diré, le damos unas gotas y verás que se duerme rápida y profundamente. Calma, que nos desquitaremos. Yo también ardo de ganas por estar contigo". "Ojalá así sea", repliqué.

Después de cenar y de caminar un rato por la hermosa bahía, esa noche regresamos al hotel y mientras ellas se ponían a ver televisión yo me fui a conseguir el somnífero. Recorrí a pie todas las farmacias de la ciudad. "No hay", me decían. "Eso está agotado". "Tal vez lo consiga en…". Al fin pude encontrar el dichoso fármaco. Llegué exhausto y malhumorado de la caminata. La muchacha leía, tendida en la cama, uno de mis libros de cuentos y en ese momento le pedía un lápiz a Marrut. "¿Para qué?", preguntó ésta. "Quiero chulear una frase". Me acerqué a mirar, con curiosidad típica de autor, qué era lo que señalaba y vi que se trataba de una imagen poética. "Me gustan las frases bonitas", afirmó.

Minutos después pidió una gaseosa y Marrut aprovechó para echarle las gotas en ella. "Verás cómo pronto se queda dormida", murmuró a mi oído. "Eso no falla". La chica siguió leyendo tranquilamente. Pasaron los minutos del efecto y nada. Entre tanto, nosotros habíamos sacado una botella de brandy y empezábamos a beber. "¿Me dan un traguito?", pidió la lectora. "Los niños no beben", dijo la madre. "Duérmete, mejor, que ya es muy tarde". "¿Y qué afán hay? ¿No estamos en vacaciones?" "De todas maneras, duérmete ya". "¿Pero cómo me voy a dormir si no tengo sueño?", argumentó, mientras mi furia creciente invocaba en auxilio de nuestro retardado e infortunado coito la urgente reaparición de las brigadas del Rey Herodes.

Marrut y yo nos mirábamos en silencio. Finalmente, cansados de esperar y ya medio borrachos, fuimos nosotros quienes nos dormimos, mientras la condenada lectora continuaba pasando páginas y páginas, muy deleitada y entretenida. La conclusión era obvia: o Marrut estaba equivocada y el somnífero no servía para nada o su fecha de vencimiento había caducado.

Al día siguiente, con Ramoncito de asonada en asonada, de rabieta en rabieta y casi a punto de irme a buscar un remplazo para desfogar mi deseo, le pedí al administrador del hotel que me cediera otro cuarto. Ya con la llave en el bolsillo, le conté a Marrut mis intenciones y ella aceptó. "Dile a tu hija que se quede aquí leyendo o viendo televisión, que nosotros tenemos que salir a una diligencia". "¡Llévenme!", pidió la antojadiza. "No, niña", dijo la madre con el ceño fruncido. "Quédate, ¡no seas impertinente!"

Salimos de la habitación y nos fuimos al cuarto, que quedaba en el mismo piso aunque siete u ocho números después del nuestro. Abrimos y cerramos la puerta en silencio, suspirando de felicidad. Pero cuando después de los aprestamientos de rigor iba a comenzar lo mejor de la fiesta sentimos que alguien empezaba a empujar la puerta. "¿Y ahora qué pasa?", susurré. "¿Quién será?" Lo supimos en el acto. La muchacha empezó a gritar llamando a Marrut y como no abríamos rápido, echada en el piso, trataba de mirar por debajo de la puerta. Quedamos como paralizados. "¡Valiente hijueputica!", gruñí. "¡Culicagada del diablo!", protestó Marrut, tan desencantada como yo. "¡Mami! ¡Descarada! ¡Atrevida! ¿Qué estás haciendo ahí?", bramaba la curiosa. "¡Le voy a contar a papá!" Asustada, la madre se vistió en un santiamén y abrió la puerta, mientras yo, hirviendo de rabia, me metía al baño tratando de disimular un poco la incómoda situación.

Esa misma tarde terminaron las vacaciones y salimos de regreso para Medellín. Definitivamente, con la bacterióloga no funcionaban las cosas.

Sin embargo, tal certeza no fue óbice para que siguiéramos viéndonos. Como cualquier masoquista que se respete yo parecía empeñado en persistir en una relación que en vez de producirme placer y felicidad no lograba sino mantenerme erizado y furioso. La única explicación posible para una conducta tan estúpida e irracional en un hombre maduro, experimentado y práctico como yo, era simplemente que la mujer seguía gustándome más de la cuenta y que, a pesar de todo, continuaba soñando con que algún día iba a ser muy dichoso con ella. Pero como ese día tardaba en llegar y lo más probable era que ni siquiera llegara, una tarde de domingo que me llamó desde un teléfono público para anunciarme visita con su hija, dizque para tomarse una aromática conmigo, le dije que se fuera al diablo de una vez por todas, que no quería verla ni a ella ni a su hija nunca más en mi vida. Como rúbrica de tales palabras le aventé el teléfono. Más tarde volvió a llamarme y volví a colgarle. Así tres o cuatro veces más.

Pasaron como quince años. La hija creció, cursó el bachillerato y se graduó en enfermería. Y una mañana la antigua amante reapareció en el Astor y se acercó a saludarme, tan cordial y sonriente como antes.

La madurez no había matado sus encantos sino que, por el contrario, parecía haberlos depurado. Trabajaba por entonces en el hospital de cierto pueblo del Oriente antioqueño y venía a la ciudad cada determinado tiempo. "Eres muy grosero y me echaste como si fuera un perro, pero aún te quiero", declaró mirándome con ternura. "Mejor dicho, nunca he dejado de quererte ni de añorarte". Le pregunté por su hija y me dijo que estaba trabajando y que me recordaba muy a menudo. "¿Siguió leyendo?" "Claro. Y escribe también. ¡Si vieras los poemas tan lindos que hace! Varias veces me ha dicho que le gustaría mostrártelos algún día para que le des tu opinión".

Siguió visitándome cada vez que llegaba a la ciudad. Y, de tanto hacerlo, comencé nuevamente a interesarme por ella y a pensar que, de pronto, ahora que ya estaba sola y que la hija trabajaba, podríamos recomenzar otra vez y pasarla bien, por fin, sin afanes ni preocupaciones.

Pero cierto día, después de almorzar en el restaurante del Palacio de la Cultura, ocurrió algo que me demostró que la mujer era, en realidad de verdad, más loca que la más loca de las cabras relocas. Terminado el almuerzo pagué la cuenta y me fui al baño. Y cuando regresé observé que tenía un montón de fotos sobre la mesa. Eran de una niña pequeñita. "¿Es de tu hija?", indagué. Me miró a los ojos y respondió que era suya. "¿Cómo? ¿Tuya? ¡No puede ser!" "Sí, es mía". "¿Y quién es el papá?" "Mi ex marido". "¿Volviste con él?" "Sí. Pero sólo para tener la niña". "No entiendo ni pizca. Explícamelo bien", exigí con atónita aspereza.

Me contó que una vez la muchacha se graduó y comenzó a trabajar se sintió muy sola y decidió tener otro hijo. "Pero, ¿por qué precisamente con tu ex marido?" "Porque después de que tú me echaste quería el mismo padre para mis hijos". La miré a los ojos con verdadera indignación. "Definitivamente", exclamé con deliberada brutalidad, "tú eres la tipa más bruta y más loca que existe. Y yo que estaba planeando volver contigo e incluso invitarte a otras vacaciones en Santa Marta. Como ya estabas sola..." "Podemos ir. ¿Por qué no? Nos llevamos la niña. ¡Si vieras lo linda e inteligente que es!" "¿La niña?", exploté, enrabiado al cubo. "¿Otra vez? ¡Ni porque fuera el imbécil más grande del mundo!" Me levanté y me fui, dejándola en la mesa con sus fotos.

La cabra cabrona no se dio por vencida. Después volvió a llamarme y a visitarme. Todavía lo hace. De tarde en tarde aparece a repetirme que me ama. Le ofrezco un tinto, se lo toma y se va.

En cuanto a su proselitismo político, sospecho que sigue siendo partidaria de Álvaro Uribe Vélez, como la mayoría de las mujeres, que se derriten ante las poses beatíficas del gran autoritario con cara de santurrón. Por lo que a mí respecta, respaldé su primera elección, defendí su supuesta coherencia retórica de "mano firme y corazón blando", creí como un tonto sus promesas y voté por él en su primera elección, incluso desoyendo los sabios consejos de Farans, que había terminado renunciándole al directorio por estar en desacuerdo con alguna de sus arbitrariedades e imposiciones.

Mi amigo afirmaba, con pleno conocimiento de causa y con toda razón, como se comprobó después, que Uribe no había cambiado ni un ápice, que su presunta metamorfosis de líder carismático era sólo una fachada coyuntural para ganar adeptos y que seguiría siendo el clientelista y puestero de toda la vida.

Decepcionado con el personaje, por lo que a mí respecta ahora pertenezco a la oposición y como columnista lo critico cada vez más.

Después de Marrut tuve un tórrido romance telefónico y epistolar con Anam. Ésta era lo que se llama una mujer fina. Blanca, bien formada, culta, muy elegante y sofisticada en el vestir, su edad frisaría entre los veintiocho y los treinta años. Era poetisa, y, por su trabajo profesional, viajaba constantemente por diversos países. Paisanos,

ambos habíamos sido invitados por la Gobernación de nuestro departamento a un encuentro de poetas regionales. Ni yo sabía nada de ella
ni ella nada de mí.

Sentados a la mesa de invitados nos vimos por primera vez. Ella
estaba en un extremo y yo en otro. Muy seria y embebida en su papel
de homenajeada, lucía un coqueto sombrerito de pasarela. Se notaba
que procedía de cuna noble y que sabía vestirse y comportarse como
una gran dama. La observé desde el principio con admirativa curiosidad y se dio cuenta de ello, mas no demostró ningún interés. A lo
mejor pensó que el por entonces cincuentón estaba demasiado viejo
para ella.

El acto comenzó a desarrollarse con los protocolos de rigor y, poco
a poco y uno tras otro, los poetas invitados fueron presentados y leían
sus versos. Tan enamorado de la belleza física como de la estética,
esperé con ansiedad su aparición junto al micrófono. Al fin llegó su
turno. El presentador habló de ella con especial admiración, citando su
único libro publicado. Llegó al micrófono, saludó con toda desenvol-
tura y leyó unos cuantos textos de amor. Sinceramente, me gustaba
más la autora, lo que no fue óbice para que me levantara y la felicita-
ra.

Después de la presentación de tres o cuatro poetas más vino mi
turno. Por extraña y bienvenida coincidencia temática también había
elegido para el acto algo erótico-sentimental, que pertenecía, por cierto, al conjunto de poemas que le había escrito a Marid. Leí, entonces,
mi

Tríptico de amantes en solo de gemidos

I

Perro de amor
Sordo perro de amor, yo te devoro
tan dulcísimamente carnicero
y sumido en tal ansia y desespero
que de ti no me harto ni me atoro.

Delicia tras delicia en ti atesoro
todo el dulce y la sal en vertedero
que hacen de mi apetito duradero
morder sobre tu aroma, poro a poro.

Tierna ferocidad la de besarte,

63

gula que no se sacia en poseerte,
alma que no se rinde de adorarte.

Hondo perro de amor tu sangre aspiro
y vuelvo, renacido de la muerte,
a vivir de tu abrazo y tu suspiro.

II

Copa de amor
Que ruede la champaña por tus senos
y pase por tu ombligo sonrosado,
de tránsito hacia el pozo bienamado
del bebedor y el amador sin frenos.

Champaña en tus collados más amenos,
champaña para el ímpetu inflamado
y para el corazón desaforado
todos los gozos íntimos y ajenos.

Beber, lamer champaña por tus flancos,
por tus axilas dulces de beberte,
por tu cuello sedoso y muslos blancos.

Copa de amor tu cuerpo, amada mía,
para brindar contigo hasta la muerte,
muerte de amor, champaña y alegría.

III

Hambre y sed de tu cuerpo
Tengo hambre de tu cuerpo. Estoy hambriento
de tu boca y tu pecho y tu cintura
y de toda tu dulce galanura,
clave de mi mortal padecimiento.

Tengo sed de tu cuerpo. Estoy sediento
de tus caricias, flor de la ternura,
y de tu inapagada calentura
que suspende hasta el alma y el aliento.

Hambre y sed de tu cuerpo y sus panales

y su jardín hondísimo y fragante
y sus desesperados manantiales.

Hambre y sed sin cesar dan la medida
de esta voracidad de pecho amante,
razón de gozo y fundación de vida.

El auditorio, preponderantemente compuesto de gente mayor y amante del verso clásico, aplaudió en pleno. Algunas personas se acercaron a felicitarme, y entre ellas, Anam. Desechada su actitud inicial, me dio un abrazo y un beso, preguntándome algo que me sonó a música celeste:

—¿En dónde estabas metido, amado poeta, que yo no te conocía?

—¿Y en dónde estabas tú que yo tampoco te conocía a ti, hermosa señora?

Hablamos largamente durante el coctel y me obsequió su libro con esta dedicatoria:

"Poeta: Aquí la luna y el sol. Aquí el amor. Nuestra tierra, nuestras raíces y tú y yo: sólo poemas. Besos, Anam"

De regreso a nuestras respectivas sedes, ella a Bogotá y yo a Medellín, empezaron a fluir las cartas, las postales y las llamadas. En la primera carta me mandó su foto con estas palabras: "Para el poeta que siembra flores en mis sueños".

La emoción fue creciendo, fomentada por la inspiración poética. Tanto ella como yo nos desbordábamos a veces más de la cuenta. Mis cartas la sacudían, volviéndola loca. A veces me llamaba a las horas más inopinadas desde Ciudad de Panamá, Quito, Miami o Bogotá. "Poeta, salgo para Quito, y te llamo porque quería oírte antes de abordar". "Poeta, estoy en Miami. ¡Te quiero!" "Poeta, acabo de llegar a Bogotá, después de un vuelo de mucha turbulencia y ansiaba darte un saludito antes de acostarme".

Por entonces yo andaba muy atareado con algunas asesorías editoriales y sólo podía escribirle. Siempre había tenido éxito con mis libros en Bogotá, había publicado poemas y ensayos en un suplemento dominical, colaborado en una revista e incluso ganado un premio literario allá. Pero por esa época la ciudad era demasiado fría y me aburría mucho cuando tenía que visitarla con motivo de alguna invitación o conferencia. Pese a ello, al fin, aprovechando una tregua en mis ocupaciones, viajé para visitar a Anam, compartir un par de días con ella y tomar alguna decisión con respecto al futuro de nuestra relación, ya que vivía solo en mi apartamento y mi socio Ramoncito andaba alebrestado y no cesaba de pedir "mantenimiento".

"¡Qué pasa, pues, Matusalén!", parecía gritarme. "¿Es que no puedes conseguirte siquiera una mísera puta? Vives hablando mierda con la ejecutiva, que está bien buena, por cierto, y escribiéndole cabronadas dulzarronas y nada más. ¡Aterriza de una vez! ¿Acaso no tienes plata para volar a verla? ¿Estás trabajando para ahorrar como cualquier tacaño de medio pelo? ¿A quién le vas a dejar la plata? Piensa que cada polvo que eches te mejora y alegra la vida y cada polvo que reprimas no hace más que oxidarte. ¡A pichar, pendejo, a pichar! ¡Anda! ¡Empaca para Bogotá! ¡Comámonos esa cosita perfumadita! ¿No te has dado cuenta de que esa sí es una mujer fina, culta, de mundo, de valor social y no una mujercilla pedorra, encebollada y de medio pelo como las que has tenido hasta ahora? Pero, ¡qué demonio vas a darte cuenta tú! ¡Vamos, cabrón! ¡Apúrate porque si no vas a tener que encerrarme en el manicomio de los chimbos locos por falta de uso!"

Me hospedé en un hotel del Centro, cerca a la carrera Séptima, y a eso de las once de la mañana tomé un taxi y di la dirección de Anam. Por efecto de alguno de los trancones tradicionales, que desesperan diariamente a los ciudadanos contribuyendo a incrementar las neurosis y la mala calidad de vida capitalina, el automotor empezó a dar vueltas hasta que, finalmente, enrutó hacia el norte. Pero de pronto tropezamos con un hidrante roto y una poderosa fuga de agua que inundaba la vía, con tan mala suerte que, al tratar de pasarla, un bus a toda velocidad se nos adelantó y nos empapó al chofer y a mí, que iba a su lado. "¡Maldita ciudad!", pensé, hirviente de furia. "Harta pereza que me da visitarla y vean lo que me pasa. ¡Dizque la Atenas Suramericana! ¡La Atenas de la mierda será!" Por un instante quise devolverme para el hotel y cambiarme de ropa pero Anam me esperaba y no me gusta quedar mal ni llegar tarde a mis citas.

Al arribar al pequeño y coqueto apartamento, situado en la segunda planta de un edificio moderno perteneciente a un sector bastante agradable, estaba todavía muy desequilibrado e irritado por el accidente.

—Vengo todo empapado —le dije a Anam, después de un beso centelleante. Y le conté lo sucedido.

—Los trancones son nuestro pan de cada día aquí —contestó—. Pero, calma, amor. Esas no son penas. Quítate el saco, yo te lo pongo a secar y le doy una planchadita después. ¿Qué quieres que te ofrezca? ¿Un tinto? ¿Un jugo?

—Un tinto, por favor.

Mientras lo preparaba en la pequeña cocina la observé desde la sala. Estaba muy bella y elegante. El apartamento lucía una decoración sobria y de muy buen gusto. Se notaba a las claras que vivía bien y cómodamente.

Me tomé el tinto y empezamos a hablar, después de darnos unos cuantos besos, sin mucho fuego de mi parte. Sonó el teléfono y ella contestó. La escuché decir que estaba ocupada hablando con un editor de Medellín que había llegado a visitarla. "Un editor de Medellín", eso era yo. No un enamorado sino un puto editor. Por lo visto se daba aires de importancia, alardeando estúpidamente como hacen los novatos en cuestiones literarias. Mi crisis empeoró. "Esta es una lagarta", pensé.

Cuando colgó se sentó a mi lado y me abrazó. Pero yo me había enfriado completamente. Una vez más me ocurría el fenómeno de siempre: ciertas nimiedades me trastornan y sacan de quicio. Después de un rato salimos a almorzar a un restaurante cercano.

—Tú eres el hombre que estaba buscando —me dijo—. Soy relativamente joven todavía pero en materia de amor o relaciones desconfío de los jóvenes. Prefiero los hombres serios y maduros como tú. Saben lo que quieren. Van a lo que van. Sin rodeos ni tonterías. En cambio con los jóvenes todo es un riesgo y un azar. (Hizo una pausa, me abrazó de nuevo y continuó). Sueño que te vengas a vivir conmigo. Es mejor estar en la capital que en la provincia. Aquí se mueve todo: el poder, la política, las influencias, los medios. Mi apartamento también será tuyo. Podemos compartir gastos por partes iguales. Tú escribes y haces lo tuyo y yo hago lo mío. Magnífico regresar de mis viajes y encontrarte esperándome. Cada regreso y reencuentro sería una fiesta. Y cada año, en Navidad, podríamos irnos a cualquier parte del mundo, adonde queramos. Mi empresa nos da los tiquetes y una prima extra. Imagínate el lugar que quieras: París, Londres, Roma, Nueva York, Tokio, Buenos Aires, Río de Janeiro. Cada año un destino distinto. ¿Qué te parece, mi amor?

Los ojos le fulguraban de entusiasmo y ensoñación. El panorama que pintaba era bello y cierto, sin duda, y tal vez en otra oportunidad yo lo hubiera celebrado gozosamente, sin darle mayores vueltas al asunto, pero ocurría que continuaba sintiéndome mal y lo del editor seguía amargándome la fiesta.

—Todo eso suena seductor —respondí—. Pero yo estoy muy bien en Medellín, ciudad que amo y en la cual vivo muy contento en mi propio apartamento del Centro. Allí escribo mis libros, colaboro en un diario, dicto conferencias, tengo un buen editor y realizo y coordino colecciones antológicas de literatura clásica universal. Allí, además, tengo mis mejores amigos. Por otra parte, me aburre Bogotá. Este frío me entiesa hasta el alma y, si quieres que te diga la verdad, me gusta más regresar que venir. Manías, quizá. Mi primer editor decía que Bogotá es encoñadora como una buena amante y que cuando nos agarra no vuelve a soltarnos. Por su parte, cierto locutor y declamador de éxito proclama, reconociendo su talante de gran capital y su red de influencias de todo tipo, que "Dios está en todas partes pero tiene su oficina en Bogotá".

—Yo la amo, no obstante los trancones. Aquí vivo de maravilla.

—Lo sé. Te pasa lo mismo que a mí con Medellín.

—Bueno, pero... ¿Entonces qué haremos?

—En realidad, no lo sé. Pienso que lo mejor es tomar las cosas con calma.

—¿Lo crees de veras?

—Claro.

Después del almuerzo pasamos frente a un centro comercial, entramos y ella empezó a ver ropa, comprándose, finalmente, un pijama bordado de conejitos.

—¿Vas a comer conejitos? —me preguntó, sonriendo, al salir.

—De pronto —dije.

Vio una farmacia y se detuvo.

—Debo comprar algo aquí.

Preguntó por litio y el farmacéutico dijo que estaba agotado.

—¿Y cuándo viene?

—En un par de días.

—Bueno. Regreso entonces.

—¿Qué cosa es esa? —indagué.

—Es un regulador cerebral que debo tomar.

—¿Sufres de algo?

—A veces me dan crisis de nervios. El litio me mantiene controlada.

Me crispé por dentro. Sin poder evitarlo, me aterra todo signo de enfermedad. Más aún: carezco de paciencia para escuchar quejas o lamentos. El dolor me despierta cierto sentimiento de impotencia que termina desesperándome. Menos mal gozo de una salud excelente, que cuido con esmero y considero mi única y verdadera riqueza.

"Ahora sólo falta que esta tipa resulte loca", pensé, con honda desazón, sintiendo que el litio llegaba a mezclarse con mi tedio por Bogotá, con la empapada de la mañana, con el frío del ambiente casi paramuno y, sobre todo, con la sorda irritación que persistía en mi alma. La miré a los ojos y, real o imaginario, percibí en ellos algo así como un destello de insania. "Claro", concluí. "Tiene ojos de loca. Y yo no puedo enredarme con una loca. ¡No, señor! ¡De ninguna manera!"

Después de la farmacia fuimos a ver una película de moda, una comedia, si mal no recuerdo. Por último regresamos a su apartamento.

Muy posesionada de su papel de anfitriona, me ofreció un café con leche, acompañado de arepas con mantequilla y pastelillos de queso.

Al servirme me besó, diciéndome con dulcedumbre:

—¿Te das cuenta de que tu poetisa puede atenderte muy bien?

—Eso veo.

Mientras comía volví a ojear el apartamento y algo me llamó la atención: tenía la foto suya (la misma que me había enviado) repetida en varios sitios.

—¿Por qué la misma foto? —pregunté.

—Porque me agrada mucho. Creo que es la mejor de todas las que me han tomado. Me gusta verme bien. Y ahí lo estoy, ¿no lo crees?

—Por supuesto. Estás lindísima.

Sonó el teléfono y volvió a mencionar al dichoso editor de Medellín. Otra vez torné a alterarme. Y, súbita, brusca, casi violentamente, tomé una decisión. No le haría el amor. Fingiría algo y me escabulliría, diciéndole que después regresaba.

Cuando terminó de hablar miré el reloj, me paré y dije:

—¡Diablos! Ahora que recuerdo tengo una cita importante a las 6.30. Y si no me voy ya mismo llegaré tarde.

Ella no pudo ocultar su desilusión.

—Pero, mi amor… ¿Y los conejitos?

—Traeré salsa y cebollita y nos los comeremos después —dije, apelando al infalible recurso del humor.

—Bueno —aceptó con filosófica resignación—. Mientras más dura el ayuno mejor sabe la comida.

Me acompañó a tomar un taxi y nos despedimos con un abrazo y un beso.

Al día siguiente regresé a Medellín con una idea fija: cortar la relación. Definitivamente la mujer no me convenía. Yo no podía dejar mi ciudad hermosa, cálida y amiga para irme a vivir a ese páramo eternamente neblinoso e infartado por los trancones de un tránsito endemoniado e insufrible. Y menos con una loca o en trance de serlo. No. Ni que también estuviera loco. De ninguna manera. Imposible. ¡No y no!

Le escribí una larga carta, exponiéndole mis razones y proponiéndole que simplemente siguiéramos de amigos. Mi vida estaba en Medellín y la de ella en Bogotá, donde tenía el apartamento y el trabajo. Ni para ella ni para mí resultaba conveniente ni prudente desacomodarnos.

Con la carta le envié una porcelana china que representaba la deidad del amor y la separación. Se trata de una mujer con una flor de loto en una mano y la otra mano suelta, de quitar y poner. La leyenda dice que sirve para dar, conservar y olvidar amores; que si se le quita la mano suelta, el amor se acaba; que si, por el contrario, se le pone, el amor pervive en paz y felicidad, o que si se voltea contra una pared, el desamado o la desamada se irán y nunca volverán. "Pónle fe al mito y pronto tendrás un nuevo amor, joven como tú y que viva allá", le aconsejé. Me escribió y me llamó llorando, preguntándome si era que me había asustado con lo del litio y sus nervios. "Se trata sólo de lo que ya te dije", le respondí. Y ahí quedó todo.

Meses después nos encontramos en una de las cafeterías-restaurante de la Feria Internacional del Libro. Estaba sentada, corrigiendo las pruebas de algo. La saludé con un beso y la invité a almorzar. Aceptó y hablamos mientras comíamos. Me dijo que la deidad china le había hecho muy rápidamente el milagro de encontrar alguien que no la despreciara como yo. Se trataba, explicó, de un joven artista plástico que luchaba por abrirse camino. Como ella había perdido el trabajo, por entonces administraba una boutique de su propiedad en no sé qué centro comercial. Estaban viviendo juntos y la relación evolucionaba satisfactoriamente. "Me alegra mucho. Te felicito", le dije, atando cabos y preguntándome si el sujeto no sería el autor de las llamadas cuyas respuestas tanto me habían disgustado. "¿Y tú qué?", me preguntó. "¿Yo? ¡Bien! ¡Muy bien!" "¡Ingrato! ¡No sabes lo que te quería y lo que lloré por ti! Pero no puedo quejarme porque te inspiré las más hermosas cartas que he leído en la vida. Las guardo como un tesoro en un cofrecito de madera perfumada que traje de la India y en ocasiones las releo con delicia. En el amor eres imprevisible y desconcertante pero en el género epistolar nadie te gana. No logré tener tu cuerpo ni tu alma como quería pero obtuve, en cambio, el milagro y la flor de tu inspiración". "Págame con un beso, entonces". "Con mucho gusto, poeta traidor". Me abrazó y me dio varios, fragantes y encendidos. Y esa vez, por un misterioso e irónico capricho de la sangre y la testosterona, sentí el corrientazo erótico que, quizás, necesité cuando fui a verla para hacerla mía y regresé con la decisión de romper y apartarla del camino.

La segunda vez que nos encontramos en Bogotá fue en otra Feria del Libro. Iba acompañada del amante, un tipo de unos veinticinco años, medio calvo, feúcho y con una mirada entre curiosa, burlesca y desconfiada. "Parece un gnomo salido de un cuento de hadas", me dije. Esa misma noche volvimos a encontrarnos, esta vez en la presentación de una antología en cuyas páginas salían poemas de ambos. Ella leyó unos textos candentes, más de sexualidad que de sensualidad, y yo, buena parte de los poemas dedicados a Marid. Nos despedimos con nuevos besos y abrazos. Y, ¿adivinan? Con un fuerte cabezazo insurgente de Ramoncito, que pareció gritarme algo así como: "Mira lo que nos perdimos, bobalicón. ¡El coñito perfumadito!"

Alguien que conocía a la pareja me contó, tiempo después, que el artista gnomo había dicho que los poetas éramos como los nidos: pura mierda y paja. Hasta razón tendrá el exótico personaje.

Cierro los ojos y evoco la foto de Anam: bella, piel suave y cuidada, naricilla preciosamente respingada y sonrisa tierna con dentadura perfecta. Luce un vestido vino tinto encendido, aros de oro en las orejas bien formadas y una fina cadena, también de oro, en el cuello sin la menor arruga.

Una prueba más de mi extrañísimo carácter es que abandono a las mujeres, guardo las fotos y luego las recuerdo con ternura, casi con amor. Utilizando un juego de palabras, podría decir que para mí las ex no son heces sino seres lejanos pero importantes, debido a que, bien o mal, infeliz o dichosamente, cumplieron un rol capital en diferentes ciclos de mi vida.

La mayoría de los hombres cuando rompen con una mujer lo primero que hacen es rasgar o quemar sus fotos. Y no siempre se refieren a ellas con ternura. (Explico: para mí, ternura es una rara especie de amor sin fuego delirante). Por el contrario, las desprestigian e insultan sin piedad, ignorando que, no siempre, la culpa de los desastres es de un solo individuo de la pareja sino de ambos.

Linda y elegante, Mariag trabajaba como secretaria en el diario en donde yo escribía y me llamaba para que reclamara el pago de las colaboraciones y para invitarme a reuniones o eventos diversos. En algunos de estos siempre se sentaba a mi lado y yo le preguntaba por su vida y salud. Pronto me enteré de que era separada y tenía tres hijos colegiales.

Una tarde de viernes, en cierto coloquio literario, la noté preocupada y le pregunté qué le pasaba. "Mañana me hacen una cirugía", respondió. "¿Grave?" "Lo ignoro. Cuando nos echan cuchilla nunca puede saberse". "Ojalá le salga todo bien y se alivie. Quiero saber cómo le va. Todos estos engreídos picateclas son muy egoístas y sólo se preocupan de sus cosas. Les encanta que les sirvan y nada más". "Lo sé. A usted y a mi jefe es a los únicos a quienes les he contado mi problema". "Gracias. La admiro y la valoro mucho por su gentileza y seriedad. Usted es toda una dama". Sus bellos ojos verdes brillaron con alegría. "Qué bueno que usted, que es un señor tan respetado, piense así de mí". "Pensar de otro modo sería faltar a la verdad", repliqué.

Días después me llamó para contarme que había salido bien pero que debía cuidarse durante algún tiempo. Reintegrada a su oficina volvimos a hablar telefónicamente y a vernos de cuando en cuando.

Solórzano, mi fiel y queridísimo Solórzano, quien seguía como de costumbre pendiente de todas mis cosas, me dijo una noche:

—Oye, Máximo, ¿por qué no te cuadras con Mariag? Es una señora muy atractiva y con ella harías una buena pareja.

—¿Por qué me dices eso? —pregunté.

—Porque se nota a las claras que le agradas.

—Debe estar llena de problemas. Es separada y tiene tres hijos estudiantes. ¡Imagínate la carga! Además, viste como si fuera rica.

—Tiene buen gusto. Eso no la descalifica. Por el contrario, habla muy bien de ella. ¿Preferirías salir o enredarte con una tipeja de jeans rotos? Otra cosa es que no te guste. Si yo estuviera soltero y no felizmente casado le estaría arrastrando el ala. ¿O es que quieres seguir solo?

—De ninguna manera. Tú sabes que no puedo vivir sin mujer. Pero esa señora… no sé…

—Piénsalo, hombre.

Animado por el generoso consejo de mi amigo, una tarde que me sentía más solo que nunca, la llamé al periódico y le pregunté si quería tomarse un café conmigo.

Capté su alegría al responder que sí, que con mucho gusto, que muy agradecida.

Generalmente vestía blusas de cuello alto y ceñido pero llegó a la cita con una que dejaba entrever el nacimiento y la redondez de sus pequeños y bellos senos.

Le entregué una rosa roja, que besó con deleite y agradeció con sincero entusiasmo. Tomamos café con pastelitos y hablamos. Su historia era bastante triste. Nativa de un pueblo antioqueño, se había casado muy joven con un tipo mayor, tuvieron un par de panaderías y un día el marido se largó del hogar con una condiscípula de la hija mayor, y, de sobremesa y para colmo de bellaquerías, le vació las cuentas bancarias compartidas. Simple bachillera y sin ninguna preparación laboral, estudió secretariado a marchas forzadas y logró colocarse pronto en una buena empresa. De ahí pasó a otra. Y, por último, recaló en el periódico.

Mientras hablábamos los ojos esmeraldados le brillaban con intensidad. Parecía muy ilusionada y debo confesar que verla así me agradó bastante. ¡Estaba tan melancólica y preocupada la última vez! ¡Se veía tan sola y desamparada!

Tiempo después, invitado por unos amigos abogados a su casa campestre, la llevé conmigo y pasamos una tarde muy agradable. Las cosas siguieron dándose bajo los mejores augurios. Hasta que la convidé al apartamento. Llegó a la hora exacta, le serví un refresco, pues no consumía licor, y quedó impresionada con el orden, la limpieza y la tranquilidad del lugar, lo mismo que con la biblioteca y los cuadros de las paredes.

—Me fascina saber cómo vive un escritor —dijo—. Sobre todo, un escritor tan puesto en orden como usted. Porque hay otros tan desarreglados y descuidados que más parecen recicladores.

Sonreí sin decir nada. Preguntó en dónde estaba el baño y se lo señalé. Y al salir la esperé en la puerta para darle el primer gran abrazo. La apreté con tanta fuerza y emoción que se puso feliz. Después me contaría que ese contacto, llamado por ella "el abrazo del baño", la había resucitado como mujer, puesto que, tras los duros desengaños y trabajos de la separación siempre se había sentido como muerta y perdida para el goce del vivir y el amar. Pero esa vez simplemente hablamos. Transcurrió una semana hasta que volví a invitarla a mi casa. Llegó preciosa y la recibí luciendo una bata japonesa. Nos dimos un gran beso y le dije:

—Tengo un regalito que te va a encantar, mi bella dama.

—¿Qué? —preguntó con los ojos brillantes.

—Esto —dije, abriendo la bata y presentándole a Ramoncito, metido en una bolsa de papel regalo coronada por un moño de cinta roja.

Soltó la carcajada más sonora y alegre que le haya escuchado a persona alguna.

—¡Qué gracioso! —exclamó—. ¡Qué divertido! ¡Y qué buen regalo!

Se sentó a reír y a reír y a reír, y cuando, al fin, logró parar la cascada reidora, dijo:

—¡Tan serio y tan estirado el gran señor y vean con lo que sale! ¡Increíble!

La señora elegante y distinguida vivía, quién lo creyera, en Campo Valdez, uno de los barrios populares de la ciudad, azotado por las pandillas de la delincuencia común y del narcotráfico. La casa que habitaba pertenecía a la sociedad de San Vicente de Paúl, institución de beneficencia que por un pequeño y casi simbólico arriendo mensual ayudaba a las personas buenas y trabajadoras caídas en desgracia. Estaba situada en una calle arbolada, era bastante cómoda y tenía un patio encementado al fondo, al centro del cual se levantaba un árbol de mango.

Cuando comencé a visitarla los domingos y días de fiesta por la tarde, me sacaba una manta y un cojín para que me echara a leer junto al tronco. Mientras leía, los pájaros trinaban y alborotaban en la fronda. El sitio y el ambiente eran deliciosos. Hasta allí llegaban los olores de la cocina, en donde la mujer, excelente ama de casa y cocinera, se esmeraba en preparar cosillas de mi gusto. Cada cierto tiempo me llevaba un tinto o se echaba a mi lado a verme leer.

Por entonces yo había descubierto La conjura de los necios, valiosa y divertida novela del estadounidense John Kennedy Toole, escrita a principios de 1960 y rechazada sistemáticamente por los editores, lo que motivó que el autor se suicidara en 1969, desengañado por la incomprensión. Tenía sólo 32 años. La madre no olvidó el sueño del hijo y siguió buscándole editor, lo que finalmente logró en 1980, a los 79 años y merced al entusiasmo de Walker Percy, quien firma la introducción de la edición española del Círculo de Lectores. Tras su publicación en una pequeña editorial universitaria de Louisiana sus numerosos y felices lectores la catapultaron al Pulitzer.

Ambientada en el mundo mágico, polimorfo y musical de Nueva Orleans, la obra, que ha hecho que Kennedy Toole sea comparado con Dickens, Swift, Rabelais y Cervantes, chisporrotea de sátira y humor, manteniendo al lector desde la primera hasta la última página en constante embeleso.

En ese alegre patio de casa de beneficencia, leyendo bajo el mango, pasé las tardes más dichosas que pueda recordar. La mujer, que sólo leía su periódico, se admiraba mucho de mi fervor y entusiasmo por los libros.

—No comprendo, mi amor —me dijo el primer día— cómo es posible que si vives escribiendo y leyendo durante toda la semana sigas leyendo también en el tiempo libre. ¿Cómo y cuándo descansas?

—Leyendo, aunque no lo creas, mi bella dama. Sobre todo libros tan deleitosos como éste. Los libros malos o tediosos los descarto desde las primeras líneas. A veces sólo los hojeo. Pero los buenos me hacen tan feliz como un amante inaugurando piel o un niño estrenando juguete o montando en su primer triciclo o bicicleta.

Cuando me estaba riendo más de la cuenta ella no resistía la tentación de pedirme que le leyera un poco. Sentada a mi lado, yo ponía la cabeza en su regazo y mientras ella me acariciaba el pelo le leía largos fragmentos que, como en el caso de Olvil con Frank Harris, la hacían reír tanto como a mí.

—¿Comprendes ahora por qué te digo que los libros me descansan?

—Sí, mi amor. Tienes toda la razón.

A veces llegaban sus hijos, dos muchachas blancas y bonitas y un jovenzuelo de ojos soñadores y se sentaban a hablar conmigo bajo el mango.

—Mamá ha sufrido mucho sacándonos adelante y es bueno que se divierta siquiera un poco, ahora que puede —comentó al principio la mayor de las chicas—. Además, es bella y está joven todavía. Tiene derecho a ser feliz.

La conducta de mis nuevos hijastros me pareció en esa época muy seria y madura. Poco a poco empecé a ayudarles en lo que podía y poco a poco también fui descubriendo el profundo abismo en el que estaba Mariag. Sus deudas con el sistema financiero, con el diario y con los agiotistas eran enormes. Siempre estaba pagando y prestando, prestando y pagando, o como ella misma decía, "abriendo huecos para tapar huecos". El aceptable sueldo secretarial no le alcanzaba siquiera para los intereses de usura y latrocinio que debía pagar. Sólo el dinero extra de primas o bonificaciones le permitía periódicamente un poco de oxígeno. Y, como si fuera poco, la situación empeoraba con sus clubes semanales, ya que cada vez que amanecía mal se compraba un vestido, unos zapatos, un perfume o un collar finos. Curioso recurso sicológico para mimar fugazmente la autoestima y, por cruel ironía, acrecentar también la gravedad del naufragio. El hecho de que nunca fallara en los pagos hacía que los almacenes elegantes la consideraran una clienta magnífica y siempre estuvieran llamándola para ofrecerle nuevos surtidos o para invitarla a distintos eventos de exhibición y promoción.

—A pesar de mi pobreza gozo de un crédito envidiable, bendito sea Dios —me dijo un día.

—Creo, mi bella dama, que te equivocaste conmigo —comenté, siempre objetivo y realista—. Tú lo que necesitas es un hombre rico y generoso y tal maridaje no se da con frecuencia.

Entristeció los ojos y frunció el ceño.

—¿Y quién te dijo que yo estoy contigo por interés de que me ayudes? —exclamó con severidad—. Si lo haces es por tu propia voluntad y nada más. Desde que quedé sola he salido adelante con mis hijos y a pesar de las dificultades aquí voy.

—Lo sé. Pero lo que te digo es cierto. Me preocupan mucho tus problemas y, más aún, no poder ayudarte lo suficiente para sacarte de la olla en que te encuentras. Yo soy apenas un escritor que vive de sus regalías, que no son malas pero tampoco muy abundantes que digamos. Lo de las colaboraciones periodísticas es una miseria, ya lo sabes, porque como todos los politicastros, gerentes y personajillos de relumbrón, malescriben gratis para darse vitrina y porque les publiquen las fotos (¡bien feas, por cierto!), los empresarios de los medios han ido desplazando a los escritores de verdad. Lo light y la tacañería están haciendo su agosto por todas partes. Cuando empecé a escribir, en plena juventud, estaba rodeado por firmas del mayor prestigio: poetas, ensayistas, narradores, cronistas de excepción. Ahora la mayoría de las páginas de opinión dan grima y si no fuera porque nací con el síndrome opinador y porque hay que mantener la mente despierta, la tecla ágil y la mano caliente y ventear, además, la imagen, ya hubiera mandado al demonio mis colaboraciones tanto literarias como de opinión.

—Eso sería lamentable porque tienes muchos lectores y en el diario te estiman. Con frecuencia escucho comentarios excelentes sobre tus escritos, incluso en la misma dirección.

La calamitosa situación de Mariag empeoró terriblemente después de vincularse al periódico. El muchacho, que era el menor, enfermó de los ojos y pronto los oftalmólogos de la ciudad le diagnosticaron cáncer. ¡Ahí fue Troya! La pobre mujer tuvo que empezar a pedir permisos los fines de semana para llevarlo a la Clínica Barraquer de Bogotá. Viajaba los viernes por las noches en bus, cargando al hijo y siempre sólo con el dinero preciso para ir y volver el sábado o el domingo. Marujita, alma de Dios y su amiga más pobre, querida y solidaria, la acompañaba al Terminal Norte de Transporte, llevándole comida, toallas y algún dinerillo extra.

El muchacho fue sometido a varias intervenciones quirúrgicas y al fin logró sanar y recuperarse. Pero, según Mariag, el milagro no se debió a la sabiduría y eficacia de los médicos sino a la mediación de José Gregorio Hernández, el médico chamo que murió en Caracas atropellado por el único carro que había por entonces en la ciudad.

—¿Y cómo fue eso, mi bella dama? —pregunté, siempre ávido de noticias insólitas o maravillosas.

—Como lo oyes —replicó ella—. Cansada de viajar a Bogotá, un día conocí a una devota del venezolano que me llevó con el niño a una sanación en Manrique. Lo sometieron a un rito muy extraño. Le echaron algo en los ojos e invocando a José Gregorio, entre los rezos de muchas personas que temblaban y lloraban de fervor, ocurrió el milagro. Los ojos del niño se llenaron de una espuma amarilla y maloliente, que fue limpiada con algodón por una señora anciana, dueña de la casa en donde estábamos. "Creo que el divino siervo José Gregorio ha hecho lo que debía", dijo la señora, echándose la bendición y besando, como una abuela cariñosa, la frente de mi hijo. "Lávele los ojos a mañana y tarde con agüita de rosa amarilla y no se olvide de agradecerle el milagro a nuestro querido benefactor ni de propagar su devoción. Hay muchos enfermos que deben conocer y dar fe de sus maravillas". Así fue como se curó y salvó mi hijo. ¡Por Dios bendito!

Con los viajes a Bogotá ella había aumentado más aún sus deudas. Aunque nunca me pedía nada yo le daba, viéndola preocupada y afligida. Precisamente, el primer regalo fue de un millón de pesos. Millón que cayó al cráter voraz pero que la alivió y serenó un poco durante algunos días. De ahí en adelante empecé a colaborarle con regularidad y ella recibía con signos de profunda gratitud.

—¡Ay, amorcito lindo! ¡Qué sería de mí sin tu ayuda! —repetía.

Como el ambiente era tan tenso en el barrio, debido a que por las noches estallaban balaceras y a menudo amanecían muertos tirados en las esquinas o en los solares abandonados, producto de los enfrentamientos entre bandas y de las operaciones de "limpieza" de los paramilitares, la pobre mujer andaba con los nervios de punta. Por físico miedo nunca viajaba en bus sino en taxi, lo que naturalmente contribuía a incrementarle las deudas, agravando su situación económica. Preocupado por ello y viendo que el apartamento 301, frontal al 302, que es el mío, había sido desocupado, le propuse alquilarlo. "Así viviremos cerca, te serenarás, ahorrarás lo del taxi y sólo deberás pagar un bus, que podrás coger a una cuadra. Procuraré convenir un arriendo lo más barato posible y te ayudaré con los servicios públicos. ¿Qué opinas?" "Seria magnífico", replicó, dándome un abrazo.

Se mudaron y empezaron a vivir tranquilos. Después le busqué trabajo a la hija mayor en la empresa de un amigo y ella se encargó del alquiler. Allí vivieron un par de años. Pero pronto empezaron los desórdenes de los hijastros y, por abuso, la cuenta del teléfono aumentó desconsideradamente. Le llamé la atención a la madre y me contestó que no podía incomunicar a sus hijos. Callé, bastante molesto, pensando: "Caramba, pero yo sí debo pagarles su cháchara idiota". Más tarde las muchachas se quejaron de que el apartamento carecía de parqueadero y de que sus amigos no podían visitarlas por no tener en donde guardar los carros. Después hablaron de irse a vivir a la América o la Floresta. Finalmente se marcharon para un pequeño apartamento situado en este último barrio. De allí se trasladaron a una casa enorme, oscura y fría, situada en una calle de árboles feos y melancólicos cuyas poderosas raíces reventaban los andenes.

Por líos que nunca comprendí ni me explicó nadie, ni siquiera mi amigo empresario, que era la flor de la discreción, la mayor perdió el empleo. El arriendo de la casa era mucho más alto que el del apartamento y Mariag no podía pagarlo. Sus problemas y deudas aumentaron, generándole un estrés pavoroso que a su vez le desencadenó dolencias que la obligaban a ir al médico con más frecuencia de la aconsejada o necesaria. Y yo, tonto romántico misericordioso, estúpido benefactor de ingratos y mecenas de almas descarriadas, cometí el peor error de toda mi vida: alquilé mi apartamento y me marché a vivir con ellos, asumiendo el arriendo y los servicios.

La mayor dizque buscaba trabajo y los menores terminaban el bachillerato, dicho sea de paso, en uno de los colegios más caros de la ciudad. Recuerdo que el monseñor que lo dirigía pedía plata por todo. Según se murmuraba "vacunaba" a los editores para adoptarles sus textos (efectivo, ningún cheque ni recibo a la vista), vivía planeando ampliaciones y yendo a Roma a traer fotos que les hacía comprar a los educandos. La calidad académica del plantel quedó en dramático entredicho cuando, terminado el bachillerato, les pregunté a los graduandos si habían leído María y La Vorágine y me contestaron que no. Les inquirí entonces por José Asunción Silva y casi me contrapreguntan en qué equipo jugaba "ese man". ¡Un desastre debidamente certificado para "gloria" de la moderna pedagogía colombiana!

Al principio de mi traslado, tal vez por la novedad, las cosas marcharon más o menos bien. Pero meses después, acostumbrado a las plácidas comodidades de la vida en el corazón de la ciudad, en donde todo me quedaba cerca (el apartado postal, las librerías, los cines, el Astor, la odontóloga, el peluquero), el genio se me fue dañando y me volví más irritable y susceptible de lo habitual, hasta el extremo de tener que consultar un bioenergético para serenarme y equilibrarme un poco.

Salía de la casa por la mañana para el Centro y volvía por la tarde a escribir. La muchacha mayor no encontraba trabajo y se dedicaba a vagar en malas compañías. Andaba con bíper y celular y tenía hasta chofer particular, pues en varias ocasiones escuché que llamaba para que la recogiera en la casa.

Contrariando tan prósperas apariencias, empezaron a ocurrir cosas muy raras y desagradables. En ocasiones estaba yo escribiendo o leyendo apaciblemente cuando sonaba el teléfono, preguntaban por ella y al responder que no se hallaba en ese momento, inquirían mi identidad. Para no involucrarme en nada decía cualquier nombre que se me ocurriera, como, verbigracia, Artemio Cruz, Aureliano Buendía, Juan Pablo Castel, Pedro Páramo, Pantaleón Pantoja. Entonces hablaban de deudas no saldadas y le dejaban recados como este: "Dígale, por favor, que llamamos de la floristería en donde ordenó dos ramos de 50 y 90.000 pesos. Que cuándo va a venir a pagar". O como este otro: "Es del hotel en donde estuvo hace quince días con la amiga. Que recuerde la cuenta que se comprometió a pagar". Ese confuso y anómalo tipo de cosas me asqueaba, por lo que, a riesgo de perjudicar mis propios asuntos, opté por no volver a contestar al teléfono.

Puse a Mariag al corriente de todo y dijo que la muchacha pagaría si debía. Tenía una amiga, radióloga o cosa parecida, que le estaba ayudando. No comenté nada pero saqué mis propias conclusiones. A veces la deudora irresponsable llegaba tarde de la noche y yo despertaba pensando en los ladrones. Como si todo esto fuera poco, un día tuve un serio enfrentamiento con la segunda hija, quien, ante no recuerdo qué reclamo mío, me contestó mal y terminó diciéndome que yo, viejo maldito, no era más que un arrimado. Que no me metiera en su vida y la dejara en paz. Esa vez estuve a punto de coger mis cosas y marcharme. Pero Mariag, llorando, me suplicó que no los dejara, que si yo me iba el hogar se le hundiría del todo sin remedio. Que tuviera, por favor, un poco de paciencia con esos muchachos locos que no sabían lo que hacían ni decían. "¡Bellacos!", pensé. "Lo que sí saben es faltarme al respeto".

Cuando le conté los problemas a mi amigo Solórzano, me miró a los ojos con rabia y dijo:

—Eres un perfecto güevón, poeta. ¿Cómo es que te fuiste a vivir con esa mujer?

Le recordé con pueril ingenuidad que había sido él quien me aconsejó que "me la cuadrara" y entonces replicó:

—¡Claro! ¡Fui yo! Te aconsejé que lo hicieras porque estabas solo y es una buena mujer. ¡No que te fueras a vivir con ella! Déjala ya y regresa a tu apartamento, de donde nunca deberás volver a salir. Eres un bicho del Centro y no te concibo viviendo fuera de él. ¡Y menos tan mal acompañado!

En lo sucesivo, cada vez que nos veíamos me preguntaba si ya había dejado a Mariag. Su obsesión de amigo del alma persistió hasta minutos antes de morir, cincuentón, víctima de un cáncer de próstata que los mediquillos de su EPS dejaron desarrollar por no tratarlo adecuadamente desde el principio, ahorrándoles drogas, cirugías y gastos a los avariciosos empresarios de la salud, como sucede en Colombia desde la aprobación de la catastrófica, inhumana y tramposa Ley 100.

Volviendo a las locuras de mi bella dama, como le fascinaba que la llamara, meses más tarde vio un pequeño apartamento que estaban vendiendo en la calle San Juan y me dijo que lo iba a comprar. "¿Con qué?", pregunté. Me contestó que con un préstamo de Conavi, a muy largo plazo y con mínimos intereses. "Pero, ¿te vas a endeudar más aún? Mira que las deudas te están arruinando hasta la salud". "Sí, pero ahí voy con ellas", contestó. Vi el apartamento y me pareció bueno, barato y central. Sin embargo, como había que realizarle necesarias adecuaciones, tuve que respaldarla haciendo el negocio en compañía. Para empeorar la situación se le antojó comprar también la terraza, pretextando que allí se podía hacer otro apartamento para alquilar. Firmamos los papeles con la entidad crediticia y empezamos a pagar las cuotas y a construir la dichosa terraza. Conseguí oficiales y todos los días iba y venía comprando materiales. Agoté mis recursos e incluso vendí un Cristo del Ubital, obra del escultor Rodrigo Arenas Betancur. Finalmente, los trabajos del tercer piso debieron paralizarse por falta de dinero. Menos mal que después se vendió y logramos desahogarnos un poco.

Entretanto, la segunda muchacha, que había conseguido un buen puesto después de concluir el bachillerato y se costeaba una carrera universitaria, se independizó, cortándole la ayuda económica al hogar. Por esa misma época, la mayor se había marchado a vivir y trabajar a Bogotá con una supuesta amiga de la radióloga y ya sólo quedábamos en el apartamento Mariag, el muchacho y yo. Pero sucedió que un diciembre la mayor regresó muy flaca y pálida y con nuevos líos, al parecer graves, según los continuos cuchicheos a mis espaldas y los bruscos silencios que generaba mi aparición. Y una tarde estalló la trágica noticia: la radióloga había sido asesinada y la Fiscalía andaba investigando a todos sus amigos y relacionados.

"Prepárate, mi bella dama. Pronto vendrán por tu hija", advertí a Mariag. "¿Y por qué? ¿Acaso ella la mató? ¡Era su amiga y la quería mucho!" "Es posible. Pero la investigarán, sin duda alguna". Así fue. La muchacha resultó implicada en el proceso y encarcelada poco después.

Sin posar de profeta, aunque la más antigua definición de poeta fue esa, era la segunda vez que yo acertaba con el futuro de la joven. La primera fue una tarde dominical que Mariag y yo viajábamos en el metro desde San Javier. Sentado junto a la ventanilla miré hacia una colina y pregunté qué era el feo edificio que la coronaba. "La cárcel de mujeres el Buen Pastor", me contestó ella. "Ahí va a parar tu hija", dije, sin ninguna intención ni saber porqué. No respondió pero me miró en silencio con un claro asomo de terror.

Cuando se habló de abogado defensor yo sugerí uno de oficio. Pero la madre puso el grito en el cielo y dijo que, a pesar de ser pobre como una rata, haría todo lo posible por buscar y pagar un buen abogado. "Pero, mujer, por Dios", dije. "Los abogados comen más que el cáncer. En pocos meses estarás al borde de la locura". "Lo sé. Sin embargo, no puedo abandonar a mi muchacha". "Allá tú", repliqué, y yendo al reducido espacio en donde trabajaba (desde la salida de mi apartamento tenía toda la biblioteca en cajas de cartón bajo las camas), volví con $200.000.00 y se los entregué. "Esto te puede servir para empezar. No tengo más. Y escúchame bien: no quiero verme involucrado en asuntos penales. Yo no sé nada, ni mucho menos conozco los líos en que tu hija haya podido meterse. Ojalá sea en verdad inocente. Se lo deseo de todo corazón".

El primer abogado, un pícaro de marca mayor, comenzó a pedir y a pedir plata y Mariag a desesperarse. Muchos amigos le colaboraron pero ninguna ayuda era suficiente. Recurrió a sus más poderosas e influyentes relaciones. En vano. El proceso seguía. Y ella sufría lo inimaginable. Perdió el sueño y por la noche no hacía más que suspirar y lloriquear. Enflaqueció y debió achicar la talla de los vestidos.

De tanto verla y oírla sufrir, yo empecé a perder la poca tranquilidad que me quedaba. Iba casi semanalmente a que me clavaran agujas y me mandaran gotas homeopáticas. Hasta que un día ya no resistí más y resolví regresar a mi apartamento. Menos mal que se lo había arrendado a un joven bibliotecario y escritor (algo así como mi discípulo) y él me lo desocupó y entregó en cuestión de una semana, recomendándome que no lo volviera a abandonar ni mucho menos fuera a cometer la locura de vender-lo.

Mariag puso el grito en el cielo pero logré calmarla asegurándole que la relación no terminaba y que si me alejaba de ella era para preservar mi salud y, sobre todo, mi serenidad para escribir.

Al irme a vivir con ella había vendido los muebles, la nevera, la estufa, casi todo. Regresé apenas con mi cama, mi computador, mis cajas de libros y mis cuadros. Pero volví a ser feliz. La primera noche dormí como un lirón, dándole gracias a Dios por haberme permitido enmendar el penoso y estúpido error cometido en momentos de obnubilación fomentados por la absurda y loca generosidad de mi corazón, destinado, como don Quijote, a sufrir palizas sin cesar.

Seguimos viéndonos en mi apartamento, y queriendo aislarme completa y definitivamente del asunto judicial, le pedí que, por favor, no me contara nada referente al tema. Así lo hizo en adelante, aunque cuando hablaba por teléfono siempre captaba detalles espinosos que procuraba olvidar o disimular.

El proceso parecía congelarse entre los sucios meandros de la burocracia de un sistema en el que siempre se ha dicho y reconocido que "la justicia es para los de ruana", porque los ricos, validos del dinero y las influencias políticas o sociales, todo lo arreglan y solucionan a su favor con celeridad increíble.

Entretanto, los intereses del préstamo de Conavi comenzaron a subir de manera escandalosa y llegó el momento en que no pude seguir pagando las mensualidades, sufriendo en carne propia el certero y

81

urticante aforismo de Mark Twain, que dice que "el banquero es un señor que nos presta el paraguas cuando hace sol y nos lo quita cuando empieza a llover", y desconociendo aún, por desgracia, el profético concepto de Thomas Jefferson, uno de los padres fundadores de Estados Unidos y su presidente durante el período de 1801 a 1809: "Si el pueblo americano permite un día que los bancos privados controlen su moneda, los bancos y todas las instituciones que florecerán en torno a los bancos privarán a la gente de toda posesión, primero por medio de la inflación, enseguida por la recesión, hasta el día en que sus hijos se despertarán sin casa y sin techo, sobre la tierra que sus padres conquistaron". El vaticinio se cumplió al pie de la letra con la crisis de Wall Street en el 2009, cuando estalló la burbuja inmobiliaria, hipotecaria y financiera creada por ambiciosos tahúres de sacoleva que estafaron y dejaron sin empleo, sin casa y sin ahorros a millones de personas, hecho que, por efectos de la globalización, arrastró al desastre a las demás economías del mundo y constituyó el principal problema del recién iniciado régimen de Barack Obama, sucesor de George W. Bush.

Obama ayudó al salvamento de los bancos, pero es tal la codicia de éstos que pronto estaban, otra vez, multiplicando ganancias y abusando de los clientes, por lo que el bienintencionado salvador, justamente malhumorado, dijo en el programa de televisión 60 minutos: "Yo no llegué a la Casa Blanca para ayudar a un puñado de gatos gordos de Wall Street". Gatos gordos y ratones flacos: he ahí los protagonistas del capitalismo salvaje en la primera década del siglo XXI . Y de siempre, por desgracia. Mariag y yo fuimos en el caso Conavi los ratones flacos, flaquísimos.

Rehilvanando nuestra historia, ante la crisis financiera nos pusimos de acuerdo y vendimos el apartamento, cancelando la deuda. De lo contrario lo hubiéramos perdido totalmente como ocurrió con millares de familias en todo el país. Nuestro infame sistema financiero, auspiciado tradicionalmente por regímenes corruptos y entreguistas, nunca ha controlado sus intereses de agio que arrasan con los pobres y frenan la aparición y crecimiento de innumerables empresas pequeñas. Así es como se ha levantado una perversa economía de papel en beneficio de las minorías y de espaldas a la inmensa mayoría de los colombianos, buena parte de la cual termina desplazándose ilegalmente al extranjero en busca de trabajo, o lo que es peor, dedicada a la delincuencia común, a la subversión o al negocio del narcotráfico en sus diversas vertientes de cultivo, producción y mercadeo.

De la venta de los dos apartamentos no me quedó ni un miserable peso. ¡Nada! Del saldo sobrante después del pago de la deuda debían tocarme, a duras penas, tres millones, pero cuando Mariag los retiró del banco para entregármelos dizque la atracaron y se los robaron. Al menos eso fue lo que me dijo, aunque nunca lo creí del todo. La conclusión más lógica y verosímil es que la suma fue a parar al bolsillo roto de los abogados.

Vendido el apartamento, la hija menor le arrendó otro en un sector cercano, estrato cinco, y yo me comprometí a pagarle los servicios públicos. Allí viviría con el hijo, que después de perder varios trabajos buscaba o decía buscar algo mejor.

Ubicado en el tercer piso de un buen edificio, el nuevo apartamento era muy cómodo pero demasiado grande para dos personas. Antes de alquilarlo les sugerí que buscaran algo más pequeño y modesto, cuyo arriendo resultara menos caro y cuyo estrato no elevara demasiado el costo de los servicios públicos. No fue posible. Para equiparlo bien la señora empezó a fiar muebles finos, cortinas, cuadros, matas y materas y había tardes de sábado que por el apartamento desfilaban empleados diversos, entre ellos fabricantes de cortinas, tapiceros y jardineros.

El hecho de estar acoyundada por tantísimas deudas casi impagables y de luchar contra la voracidad insaciable de los abogados, no era suficiente para que Mariag sentara cabeza, rectificara sus extravíos y actuara de una vez por todas en concordancia con su verdadera situación económica.

Yo la visitaba varias veces por semana y algunas noches dormía con ella. El muchacho vivía hablando por teléfono y a veces lo hacía hasta acostado. Las cuentas no paraban de subir pero las pagaba con rabia y en silencio. Deseaba evitar problemas y, sobre todo, no agravar los que ya tenía y se autoaumentaba constante y morbosamente la mujer.

Al cabo de un año la muchacha que pagaba el apartamento se casó y le dijo a la madre que debía buscar algo más pequeño a causa de que no podía seguir pagándole un arriendo tan caro. Consiguió un apartaestudio en Laureles, tan estrecho que no cabía sino ella, por lo que debió malvender rápidamente todas las matas, muebles, cuadros, cortinas y demás lujos y el hijo tuvo que buscar para dónde irse.

Tanto trasteo y tantos problemas incrementaron las dolencias de Mariag, que seguía yendo semanalmente donde todo tipo de médicos y aplicándose inyecciones y tomando pastillas de continuo. Por esa época, incluso, fue operada de reflujo gastroesofágico. Me opuse a la intervención, diciéndole que buscara mejor un buen médico naturista, ya que a veces este tipo de medicina, tan nueva y poco apreciada todavía en el país, lograba curaciones sorprendentes sin necesidad de cirugías, no siempre bien hechas o provechosas. En vez de servirle, la operación empeoró sus problemas. Para colmo de males, el apartaestudio era estrecho y oscuro como un túnel, por lo que debía mantener la luz prendida. Amante del sol, de los espacios abiertos y de la naturaleza, entre esas mezquinas paredes yo añoraba la casa de Campo Valdez, con su patio soleado y su mango amigo, a cuya sombra había disfrutado tanto el libro del desdichado Kennedy Toole.

Pasados unos meses, el yerno perdió el empleo y la hija le notificó a Mariag que, definitivamente, ya no podría seguirle ayudando en nada: debía asumir todos los gastos del hogar mientras el hombre volvía a emplearse.

El asunto era gravísimo y yo me preocupé mucho. "Ahora", pensé, "¿qué va a suceder con esta pobre loca?"

Ya no tenía para dónde coger. Quedaba a la total intemperie. Y, como tampoco podía contar con la familia, que era muy pobre, sólo me tenía a mí. ¿Entonces? ¿Qué hacer? ¿Esquivarle el pecho al asunto? De ninguna manera, aunque, en lo íntimo del corazón, sabía que eso hubiera sido lo mejor para mi propia tranquilidad. Una noche me senté en la sala de mi apartamento, invoqué a Dios y le pedí que me iluminara para tomar la decisión justa y adecuada.

—Señor —le dije—. Desde el principio he arrastrado con esta mujer. He soportado sus locuras y sufrido las groserías de sus hijos. Pero ahora no sé qué hacer. Tengo muy claro que si la traigo a vivir conmigo me amargará la vida, pues vendrá con todos sus líos. Pero, Señor, ¿cómo abandonarla ahora que más me necesita?

Estuve meditando durante largo rato y al final tomé la resolución de darle la última oportunidad, haciendo un esfuerzo más. Sí, la acogería bajo mi techo. No podía hacer algo distinto. Ni mi torpe y blandengue corazón ni mis principios morales me lo habrían permitido. Sobre todo después de haber perdido tantos años, remolcándola para sacarla de su terrible atolladero.

La llamé y le dije que podía vivir conmigo siempre y cuando procurara no mezclarme en sus locuras. Contestó, muy agradecida y comprometida a no fallarme. Entonces recordé que cuando estábamos luchando con los apartamentos de San Juan una vez me sugirió que vendiera el mío para pagar la deuda en Conavi y terminar el del tercer piso con el fin de que me fuera a vivir allá. Como si adivinara la magnitud de la catástrofe que nos tenía preparada el destino, por primera vez le dije, con toda energía y seriedad:

—¡Olvídalo! Eso nunca. La casa es nuestra segunda piel. Jamás venderé lo único que poseo y me garantiza cierto nivel de estabilidad y de seguridad ante los azares del futuro y de la vejez.

Criticó con furia el hecho de que estuviera tan apegado a "unos putos ladrillos viejos" pero, finalmente, no tuvo más alternativa que respetar mi decisión.

Ya en mi apartamento, segura y sin necesidad de pagar arriendo, servicios ni nada, suspiró como quien se quita de pronto un enorme peso de encima. Mas, transcurridas algunas semanas, empezó a condolerse del hijo.

—¡Pobrecito! Está en la universidad haciendo una carrerita y lo acaban de echar de la casa en donde vivía con un amigo.

Guardé silencio. Los comentarios prosiguieron. Y, nuevamente, mi estólido corazón de gelatina me forzó a darle una oportunidad "al pobre muchacho desvalido", que fue a parar al cuarto deshabitado en donde había una cama y estaba la mesa de planchar.

—Si te acojo aquí —le advertí— no es por gusto sino por tu mamá. Las condiciones son muy simples: cero teléfono, no traer a nadie y llegar por las noches máximo a las nueve. Esta es la llave del edificio. Deberás tocar en el apartamento y si llegas tarde no te abriré. ¿Entendido?

—Sí. Gracias.

Al principio cumplió con el horario pero más tarde empezó a llamar para pedir prórrogas, aduciendo razones diversas. Cambió varias veces de trabajo, anclando después en una importante empresa de telefonía móvil. Sin embargo, la plata no se le veía, porque no le daba ni un peso a la mamá ni compraba siquiera su propio jabón de baño. "Es que no le están pagando al pobrecito", comentaba Mariag. "Déjame dudarlo", argüí. "¿Cómo es que una empresa tan seria no va a pagarles a los empleados? Esa mentira no te la tragas sino tú".

Por último, el bribón, todo inflado y engallado, comenzó a llegar tarde y la madre le abría. Surgieron las discusiones y los enfrentamientos. Le llamé la atención enérgicamente, y, por último, cogió sus cosas y se marchó sin decir nada. Supe que durante un período anduvo dando tumbos de casa en casa hasta que le perdí el rumbo y me despreocupé.

No obstante mi ayuda, Mariag continuaba de mal en peor. Todos los días llamaban a recordar cuotas atrasadas de clubes. El problema judicial de la muchacha seguía sin resultados favorables, mientras la rotaban de cárcel en cárcel y la madre hacía esfuerzos enormes para visitarla o mandarle algún dinerillo para llamadas telefónicas, toallas sanitarias, papel higiénico, desodorantes, dentífricos y jabones.

La mujer ya casi ni dormía. Se pasaba todas las noches dando vueltas en la cama. Sus problemas de salud se intensificaron hasta el punto de que yo nunca había visto tanto fármaco junto. "¡Demonios!", reflexioné. "Esto ya no parece un apartamento de escritor sino una farmacia". Drogas, en uso o desuso, en la cocina, en el baño, en el comedor, en el nochero, por todas partes. Radiografías y más radiografías. Exámenes y más exámenes de laboratorio: negativos la mayoría. Médicos y más médicos. El manicomio y la intérmina farmacopea de todas las enfermedades reales o imaginarias.

El estrés estaba acabando con la mujer y, en derechura, con nuestra accidentada y quebradiza relación de pareja. Amante fogoso e incansable, ya ni me provocaba hacer el amor. ¿Con quién? ¿Con una mujer que era un haz de conflictos y quejumbres y que siempre estaba hablando de enfermedades? Finalmente le dije:

—Como tú no puedes pegar el ojo y yo tampoco porque te siento removerte de continuo, ¿no te parece mejor que te vayas para la cama del cuarto libre?

—¿Me estás echando de tu lado? —preguntó.

—Te estoy sugiriendo una opción lógica de sana convivencia. Sola tendrás mayor libertad. ¿No te parece?

—No me parece. Pero me iré. ¡No quiero estorbar!

Y comenzó el año más terrible de nuestra historia. Todo era un pretexto y un motivo para altercados. Quería imponerme cosas que no me gustaban. Criticaba mi sentido de la independencia y la forma como actuaba. Decía que era soberbio y egoísta y que eso lo sabían y comentaban todos mis colegas. Que como escritor debía moverme más, mostrarme más, hacer mayor presencia. Olvidando que siempre había vivido de mis libros, que por entonces se reeditaban de continuo y que gracias a ello había podido apoyarle todas sus locuras, osaba compararme con escribidores de reconocida mediocridad, cuyo único "mérito" consistía en intrigar, poner zancadillas, hacerse invitar hasta a la inauguración de un sanitario y darse vitrina a toda hora y en todas partes.

—Tus colegas dicen que vives encerrado, que no vas a nada ni te dejas invitar a nada.

—Es cierto. Vivo encerrado haciendo lo que ellos no hacen, que es escribir. Yo trabajo, rasgo, pulo, repulo y me esmero en lo mío. Ellos hablan paja, beben y lagartean. Ese no es mi estilo, como sabrás.

—¡Ellos figuran y tú no!

—Prefiero figurar en los cheques de mis editores.

—Sí, pero…

—¡Por favor! —corté, finalmente entigrecido—. ¡No más peros! ¡Métete en tus cochinas cosas y déjame en paz! Desde la juventud he sido un tipo independiente, un trabajador obsesivo que no le rinde vasallaje ni le quema incienso a nadie, y no vas a ser tú, con tu ignorancia y tu lagartería, quien me haga cambiar ahora.

—¡Con razón dicen lo que dicen!

—¡Que digan hasta misa los ministros plenipotenciarios de la mediocridad y el arribismo! No me importa. Al fin y al cabo no tengo que rendirle cuentas ni pedirle nada a nadie para vivir dignamente. ¡Y tú, cállate y no me jodas tanto! Bastante tengo ya con aguantar tus malditos problemas.

Por primera vez se puso histérica y le dio por llorar a grito pelado. Sin decir nada salí del apartamento y la dejé sola. Estas escenas comenzaron a repetirse periódicamente por una u otra razón de la sinrazón, con el agravante de que violaban una norma esencial, de la cual yo, como uno de los propietarios del edificio de propiedad horizontal, era guardián severísimo: preservar siempre el silencio, la privacidad y el respeto por la tranquilidad de los habitantes.

Los escándalos siguieron presentándose con tanta frecuencia que hasta una señora del segundo piso, que me estimaba bastante, me preguntó una vez por qué no echaba a esa loca y me conseguía una mujer más serena. "Hágalo, vecino, que usted con su pinta y su prestigio puede conquistar otra mejor y menos chillona en un santiamén". "De pronto me sale una peor y ahí sí me acaba de llevar el diablo", le respondí, tratando de ponerle humor a lo que sólo inspiraba rabia y aburrimiento. "Pues la echa también y se consigue otra. ¡No hay problema! ¡Viejas sobran!", argumentó mi intrépida admiradora, haciendo méritos tal vez para que la candidatizara al título eternamente vacante de Defensora Universal de los Hombres Torturados por Locas Jodonas e Insoportables. "¿Sabe, vecina?", reí. "Me voy, mejor, antes de que usted me eche a mí también".

De repente, la mujer comenzó a hablar de irse al extranjero. Entró a clases de inglés y pronto las dejó. Después dijo que era mejor un país de habla hispana, como España, por ejemplo. El euro estaba muy cotizado y trabajando allí en unos años podría cancelar todas sus deudas y quedar libre de problemas y preocupaciones.

Aprovechando que trabajar en el periódico le ayudaba bastante, pues en Colombia todo el mundo considera muy importante tener buenas relaciones con los medios, así algunos sean una verdadera porquería, hizo llamadas, movió influencias de todo género, buscó padrinazgos y, al final, comenzó a conseguir la plata para el viaje. Prestada y con enormes intereses, claro.

Mientras esto ocurría, alguien le dijo que perfeccionara el manejo de algunos programas de computador, así como el conocimiento de la Internet, pues, como secretaria, eso podría ayudarle bastante en la

Madre Patria. Le pagué cursos extrarrápidos. Después le aconsejaron que, por si las moscas, no resultaba de más estudiar manicure y pedicure. Y la gran dama, la señora bonita y elegante que solía hacerse arreglar cada cierto tiempo manos y pies, como cualquier burguesa de dedo parado y billetera abultada, se olvidó de su orgullo y realizó también dicho curso. Pagado por mí, naturalmente. Me amargaba la vida, me hacía escándalos feísimos, me comparaba con oscuros, ripiosos y caóticos escritorzuelos, pero yo, por alguna ignota e incomprensible fijación sadomasoquista, seguía ayudándole. Por último, faltándole apenas un mes para el viaje y con todo listo, me dijo que tenía que aprender a manejar las escaleras eléctricas. La miré con estupor. "¿Y eso?", pregunté sin poder evitar una sonrisa. "¿Necesitas algún posgrado acaso?" "¡No te burles!", me reprendió con hosquedad. Y me contó que, estando muy joven, había visto a una anciana accidentarse y morir en una de esas escaleras y que desde entonces les había cogido un miedo terrible, prefiriendo siempre las escalas normales. "Te enseñaré", prometí. Y el gran impaciente que siempre he sido batió, extrañamente, récords de paciencia benedictina acompañándola a bajar y subir escaleras en diferentes edificios de la ciudad.

Al principio gritaba, se resistía, dudaba, hacía gestos infantiles de terror. Pero, poco a poco, fue dominando el miedo y aprendió. Sin duda, al gran cronopio Julio Cortázar le hubiera encantado conocerla antes de escribir sus "Instrucciones para subir una escalera". Como por gracia de mi enigmático y paradójico destino yo tuve tal experiencia, pude después escribir, de manera distinta pero en idéntica onda juguetona, mi

Decálogo para subir una escalera eléctrica

Primero: Tener dos pies, uno izquierdo y otro derecho. Por favor comprobarlo con el fin de que no haya exceso ni carencia.

Segundo: No necesariamente ambos pies han de tener su parte de animal, o sea estar forrados en piel de vaca, ternero o gamuza. De poseer dicha cobertura, los animales deben estar bien muertos, claro está, porque, si no, corres el riesgo de que te pateen o empiecen a bramar, con lo cual podrían asustarse las escaleras y salir huyendo, o, de pronto, hasta patearte. Si sufres de várice esto podría ser bastante peligroso.

Tercero: Procura que el pie que avance sea el derecho, porque el izquierdo, por conocidas razones ideológicas, te puede boicotear el paso, con lo cual te irías de bruces.

Cuarto: De ninguna manera puedes levantar los dos pies al mismo tiempo. Eso sería levitar y es muy difícil, por no decir imposible, poseer los poderes de la Virgen de la Asunción, o, en su defecto, de Remedios la Bella, con sábanas o sin ellas. Sobra decir que lo de las sábanas, si bien resulta pintoresco y atractivo por su evocación de las alfombras voladoras, no es un recurso imprescindible.

Quinto: Siguiendo el orden prodigioso de las historias orientales, imagina, no más, que el peldaño móvil y ascendente es como un corcel que te sube a las nubes, desde las cuales, con un poco de suerte y un buen telescopio, podrás espiar mucha gente aprendiendo a subir escaleras eléctricas, como tú, por ejemplo.

Sexto: Al avanzar el pie derecho no olvides el izquierdo, porque, como bien sabes, o debes, al menos, sospecharlo, ambos son gemelos y se necesitan por razones elementales de equipo y supervivencia. ¿Y qué tal si el abandonado se pone a llorar o a gritar por la ausencia de su querido hermanito? Es bien sabido que los gemelos y mellizos no pueden separarse ni un momento porque ello les ocasiona crisis aspaventosas, aunque, en este caso, sin las peripatéticas pataletas.

Séptimo: Una vez pisado el peldaño no te muevas y, por ningún motivo, vayas a devolverte porque no llegarías nunca.

Octavo: Si por alguna razón se te olvidó el pie izquierdo, cuando llegues arriba no podrás desandar los peldaños. Andando a la patasola, dirígete a la escalera de al lado y baja a recoger al pobre huerfanito.

Noveno: En caso de que, por un descuido imperdonable, hayas olvidado abajo no uno sino los dos pies, no te preocupes. Significará que eres un sinpiés, y, como tal, no los necesitas ni para caminar ni, mucho menos, para subir escaleras eléctricas.

Décimo: Por efecto de alguna curiosa ley de compensación poética puede suceder también que, como no tienes pies, tengas alas, y, entonces, ¿para qué demonios necesitas subir escaleras eléctricas?

Cuando comenzó la planeación del viaje, Mariag me preguntó qué opinaba de él, y yo, siempre franco aun contra mi bienestar y mis propios intereses, le respondí que me parecía una locura más de las suyas. Y argumenté, como razones de fondo, su edad y su endeble salud. "Existe un viejo dicho cubano que afirma que la suerte está en los pies, o sea que hay que buscarla caminando. Sin embargo, tú eres una mujer madura y vives de médico en médico. Si fueras joven y sana estaría bien correr el riesgo y la aventura. Pero, en tus condiciones…". "Soy madura pero no vieja", respondió, de no muy buen modo que digamos. "Y en cuanto a mis problemas de salud, estos se deben única y exclusivamente al estrés por mis deudas. Cuando esté ganando buenos euros y pagando mejoraré sin duda". "¡Dios te oiga!", le auguré.

Llegó la fecha del viaje y tuve que acompañarla a Bogotá. Había pagado clase económica pero, para sorpresa suya y mía, la muchacha que le revisó y selló el tiquete en el aeropuerto Eldorado le anunció que, debido a su especial calidad y simpatía, que la hacían una persona encantadora y poco común, viajaría en primera clase por cortesía de la empresa de viajes.

—¿Te das cuenta cómo por fuera me estiman más que en la casa? —ironizó a mi oído.

Pensé replicarle que tal vez se debiera a que, como decía el refrán, era "luz de la calle y oscuridad de la casa", pero me callé para no aguarle la fiesta. Nos despedimos sin un beso siquiera. Yo había estado siempre ayudándole y ahora se iba hondamente herida y resentida conmigo. Así es la vida. ¡Qué le vamos a hacer!

Regresé feliz a Medellín y nuevamente disfruté, casi con sagrada emoción, la calma y el silencio de mi apartamento. Estar solo otra vez en él era como renacer a la vida después de la muerte o como regresar del infierno al paraíso perdido.

Pero ahí no paró el asunto. Mariag consiguió trabajo en Madrid cuidando a una anciana viuda y comenzó a llamarme para quejarse de todo: del frío del invierno, del calor del verano, de la melancolía del otoño, de la fiesta de la primavera, de la rudeza de los españoles, de las dificultades del inmigrante sin papeles. Para ahorrarle el gasto de celular le saqué un correo electrónico en Yahoo y empezó a escribirme y a lamentarse y yo a darle voces de aliento: "¡Ánimo, triunfadora!" "¡Adelante, heroína!" "Por el camino se arreglan las cargas". "Cada día trae su afán". "Recuerda lo que dijo Chaplin: Mañana cantarán los pajaritos". "Prográmate para el triunfo, la salud y la alegría, no para la derrota, la enfermedad y la tristeza". "Aprende a sumar lo que posees y no te lamentes de lo que careces". "Tienes techo, trabajo, comida, percibes buenos euros y estás en Madrid, la ciudad más bella y amañadora del mundo. ¡Ojalá yo pudiera estar allá también!" "Cómo recuerdo la Gran Vía, el Paseo de la Castellana, el Retiro,

Recoletos, cierta terraza de Cibeles en donde una mañana me tomé un café con Ernesto Sábato". "Todo en Madrid es un encanto: los periódicos, los cines, las librerías, el teatro, los cafés, las presentaciones de libros". "¡Ah, con cuánta emoción evoco la vez en que leí mis poemas en el Club del Arte, afectuosamente acompañado por unos amigos tan gentiles como entusiastas!"

Estas conversaciones llovizadas de saudade me hicieron recordar un poema escrito después de mi viaje a España, durante el otoño de 1983. Había sido publicado en una revista literaria que tuve con Solórzano y otros amigos y ya lo había olvidado. Lo rescaté, le di una revisión definitiva y se lo envié, como prueba objetiva de que mis elogios sobre la ciudad del oso y del madroño eran verdaderamente sentidos y no inventados con la única intención de animarla. Agradeció el gesto con entusiasmo y prometió compartir con sus amigos hispánicos

Poema de otoño con gorriones

En Madrid el otoño
deshoja su lenta margarita de asombros,
su clima de gorriones
que vuelan de aquí para allá
y se posan
y pían
en el árbol del gozo.

¡Ah, los gorriones de Madrid,
palpitando entre el incendio
de tanta luz
herida de milagro!

Te sientas en una terraza del Paseo Recoletos,
pides tu Coca-Cola con limón,
cierras los ojos
y, nauta de una atmósfera de recuerdos y sueños,
ves pasar, de pronto,
a Bécquer,
anunciando golondrinas,
a García Lorca,
musitando su canción andaluza,
a Miguel Hernández,
todavía oliendo a sus cabras de Orihuela,
a don Antonio Machado,

haciendo su camino al andar,
a León Felipe,
con su tierno corazón de huracán.

¡Ah, los poetas amados!
¡Ah, los gorriones picoteantes!

Después pasa Cervantes
con su pobreza a cuestas,
seguido de don Quijote sermoneando a Sancho.
Más tarde llega y pasa también
don Paco de Quevedo,
instruyendo al Buscón en picardías.
Detrás, jalando al ciego,
avanza el Lazarillo de Tormes.
Entonces aparecen Góngora y Fray Luis de León,
tañendo diestramente sus liras de oro puro.
Y siguen los poetas gimiendo sus cantares
mientras fluye el otoño
cual río por las calles.

¡Ah, las hojas doradas
cayendo en Recoletos!
¡Ah, su adiós volandero
de tumbo en tumbo huyendo!

Pasa Colón, el soñador
que redactó su obra en cuartillas de encrespados océanos
y trajo a las Cortes las guanábanas del trópico
y los aborígenes engalanados de plumas de guacamayas
que al llegar a Madrid
de seguro han debido pensar
que tanta luz
cernida de gorriones
bien valía la pena de una selva lejana.

Y después de Colón pasan
Jiménez de Quesada,
Hernán Cortés,
Balboa,
Belalcázar,
Pizarro
y tantos otros locos asperísimos
que en olvido de deudas y prisiones

un día levaron anclas
y emigraron
en busca de un futuro
de tigres y doncellas.

¡Ah, los aventureros de la aurora!
¡Ah, los coleccionistas de bravíos crepúsculos!

Pasa Unamuno,
que se va muriendo.
Pasa Ortega y Gasset con su código de entrañables señales.
Pasa Gregorio Marañón del brazo de Ramón y Cajal.
Pasan Goya y Picasso con sus pinceles ebrios.
Pasan Iriarte y Samaniego, afilando estiletes.
Pasa Manuel de Falla con Albéniz.
Pasa la gloria.
Quedan los gorriones.

Pasa Francisco Franco con su treno de sangre
y su clavel violeta.
Pasan Azaña y Primo de Rivera.
Pasan el Rey Juan Carlos y Felipe
con su verde guirnalda entre las manos.
Pasa la historia.
Quedan los gorriones.

Además de mensajes electrónicos le enviaba paquetes carísimos de medicinas diversas, sobre todo unas hormonas que debía consumir cada mes para controlar los calores y malestares de la menopausia, adelantada vía quirúrgica al principio de nuestra relación. "Los calores de Queta", los llamaba ella con humor. También llegué a enviarle algunos dolarillos. Asimismo había decidido, voluntariamente y sin ninguna insinuación o presión de su parte, ayudarle con el pago de algunas deudas, entre ellas las de los clubes en diferentes almacenes del Centro: Fantini, Bon-bonite, Excepciones, Tania. Poco a poco y uno a uno fui cancelando todos los créditos. Cogía los recibos y los destruía con enorme placer. Y cuando las vendedoras me pedían que le dijera a doña Mariag que les había llegado surtido nuevo, muy bonito, y que siempre a la órden, yo les contestaba que se olvidaran, que la mujer estaba en Europa y nunca volvería al país. "¡Qué lástima!", decían. "¡Con lo buena clienta y lo cumplida que es! Saludes, de todas maneras". Le pagué también varios compromisos bancarios. Después sólo quedó debiendo en una cooperativa y en un banco, para cuyas cuotas mensuales me envió puntualmente el dinero correspondiente. Como es costumbre, las parejas se ayudan mutuamente en sus profesiones o actividades. Ella tenía fama de ser una excelente empleada. En el día de la secretaria, en Navidad o en su cumpleaños (curiosamente nació como yo un 5 de abril, tenemos el mismo grupo sanguíneo —A Positivo—, su ex marido se llama también Máximo, ambos tuvimos tres hijos, dos mujeres y un varón) le llovían llamadas, felicitaciones y regalos de todas partes, incluso de los más altos personajes de la vida nacional, con los cuales tenía contacto permanente por el hecho de ser una de las secretarias de la dirección del periódico. Del presidente de la República para abajo todo el mundo le pasaba al teléfono. Conocía o era amiga de todas las colegas y todas, sin excepción, la estimaban y elogiaban con creces.

Servía siempre con prontitud y generosidad. Incluso llegó hasta hacerle devolver la columna de opinión, que le habían quitado, a un congresista amigo de Uribe, que después le dio la espalda, como es la usanza en esa fauna de trepangos y corrompidos. Sólo a mí no me era útil sino en la cama.

Una vez necesité que me digitara algo y arguyó que estaba muy cansada. En varias ocasiones le pedí que me consiguiera algunas direcciones y me devolvieron las cartas con notas de "Dirección equivocada" o "Dirección no existe". No descarto, sin embargo, que esto se debiera, al contrario de mala voluntad o poco interés por lo mío, al hecho de que confiaba demasiado en su memoria. Recordaba centenares de teléfonos y cuando necesitaba alguno lo marcaba sin tomarse el trabajo o la precaución de confirmarlo. En cambio yo, que uso la memoria sólo para cosas muy especiales y procuro no atiborrarla de basura, verifico cuidadosa y reiteradamente cada dirección que escribo o cada teléfono que marco. "Eres un inseguro", me criticaba de continuo. Cuando me veía repasar y repasar o corregir y corregir mis textos (sin ningún ánimo arrogante de comparación, soy como Flaubert, que pasaba horas enteras limando una frase y no como Balzac, que escribía cuarenta páginas en una jornada) se extrañaba mucho y hasta llegó a decirme, a guisa de reproche, que los redactores del diario hacían las cosas de un tirón y les quedaban muy bien. "Es que los escritores somos muy brutos y los periodistas unos genios", satiricé yo, eludiendo fatuas defensas o explicaciones superfluas.

Cuando viví con ella siempre tuve mi propia criada, una vez por semana, porque nunca me lavó ni planchó una camisa. Ni yo se lo pedí tampoco. A lo sumo hacía un almuerzo o una merienda de tarde en tarde, honrando su condición de cocinera maravillosa que amaba la culinaria hasta el punto de conseguir y coleccionar cuanto libro o fascículo salían sobre el tema en los periódicos.

Pensando en ella, algunas veces evoco al magnífico y hondísimo Nemer Ibn el Barud cuando escribió:

> Acompáñame a conocernos,
> acompáñame a interrogarnos,
> acompáñame a olvidarnos.

Tras la marcha de Mariag permanecí solo durante casi seis meses, pero al fin empecé a buscar compañía. Monógamo como soy, prefiero una pareja estable y mientras la tengo nunca incurro en promiscuidad ni en infidelidad, aunque, como advirtió Marguerite Yourcenar, una mujer que escribía con bríos masculinos, "el adulterio es a menudo una forma desesperada de la fidelidad". La afirmación es válida en la medida en que si la esposa o la amante son inapetentes o aducen con frecuencia jaquecas o achaques similares (lo que también podría confirmar el chiste de que "un marido sin cuernos es como un jardín sin flores"), una piel nueva, cálida, acogedora y fugaz puede contribuir a salvar la convivencia conyugal. Empero, yo insisto: ¿por qué y para qué arriesgar lo seguro por lo incierto? Como recuerda el refrán, más vale malo conocido que bueno por conocer.

Al principio de mi búsqueda de nueva mujer puse los ojos en una muchacha de buen físico, pero pronto me aburrió porque, además de tener un trabajo esclavizador, que no le dejaba tiempo para nada y de parecer bastante fría en materia sexual, carecía del más mínimo sentido del humor. "Si hay que hacer el amor lo hago", me dijo una noche que le toqué el tema, enfatizándole que para mí eso era fundamental, "pero, a decir verdad, no es que el asunto me desviva mucho que digamos". Tampoco leía. Y, además, como Tirofijo, el histórico guerrillero colombiano, decía "haiga" en vez de haya, lo que en mí actúa como grave depresor sexual. "Tranquilo, poeta", me dijo Farans cuando le conté el caso. "Esas brutas son las mejores pichadoras, porque como no usan el cerebro se esmeran en lo demás. Y no te preocupes por la frialdad, que una fría bien calentada vale por dos calientes". Su horizonte cultural era mínimo. Y si bien es cierto que no me gustan en absoluto las sabelotodo también lo es que las tontas me irritan porque presentan un problema: ¿qué hacer con ellas después del amor? ¿Bostezar? ¿Dormirse? ¿Vestirse y largarse? No hay nada mejor que poder hablar con una mujer inteligente. Es la única manera de salvarse de la melancolía post coitum.

Dejé pues la boba insulsa y frígida y seguí buscando pacientemente, hasta que al final encontré a Mirta, una pecosa piernona y muy agradable. Entró a este salón y ocupó la mesa 46. Al verme sonrió, saludándome con un cordial "¡Hola, maestro!" Me gustó y hablé con ella. "¿Me conoces?", pregunté. "Claro", respondió. "Soy profesora de Español y Literatura en un colegio y he leído con mis estudiantes varios de sus libros". La invité a mi mesa y seguimos hablando. Debía andar por la treintena. Era soltera, por el momento no tenía relaciones ni compromisos sentimentales y vivía con la madre en Envigado.

Después de estudiarla bien y de hablar con ella todas las tardes durante un tiempo prudencial, como no acostumbro darles demasiadas vueltas a los asuntos sino ir directo a ellos, le expuse, fría y pragmáticamente, lo que deseaba y lo que podía ofrecerle:

—Ya te has podido dar cuenta de que me encantas. Estoy separado y busco algo firme contigo. Una relación seria y adulta pero libre. No quiero volver a casarme con nadie, ni a vivir con nadie, ni a pelear con nadie, ni a soportar a nadie, ni a sacrificarme por nadie. Ni siquiera a dormir con nadie. Aunque Julio Cortázar diga: "Ven a dormir conmigo: no haremos el amor... él nos lo hará", dormir con la pareja mata el amor y termina en incomodidad, sudor y flatos. No puede uno estirarse, ni patear, ni roncar. No hay como hacer el amor frescos y acabados de bañar. (Hice una pausa, escrutándola a los ojos para calibrar su interés y proseguí). Si te interesa mi propuesta y la aceptas tú sigues en tu casa y yo en la mía. Nos encontramos, compartimos, vamos a comer, a cine, a pasear. Hacemos el amor mínimo dos veces por semana: mi dosis personal. Y, para que veas que para mí las mujeres son también seres sociales con necesidades materiales y no sólo "cuerpo, lengua y orificios", como diría un personaje de Rubem Fonseca, en contraprestación te ayudo económicamente en la medida de mis posibilidades. Soy consciente de que, como pareja activa, debo aportar. Detesto la tacañería y sé que a las mujeres hay que ayudarles. ¿Qué dices?

Guardó silencio, muy sorprendida. Por un instante pensé que mi carga de caballería la había asustado. A lo mejor el plantear la relación como un asunto casi comercial le había disgustado también. "Y este pendejo, ¿quién diablos cree que soy yo? ¿Una puta?", imaginé que pensaba. Sorbía calmosamente su café, mirándome casi con frialdad.

—No tienes que contestarme ahora —atenué—. Piénsalo y me avisas. Sobra decirte que me encantaría una respuesta afirmativa, pero si no es así está bien, lo acepto y seguimos de amigos. La ventaja de la madurez es que uno aprende a comprender y a asimilar negativas.

—Siempre ando escasa de dinero —dijo— y tu ayuda podría serme muy útil. Los sueldos de los maestros son una miseria. Además, emprendí unas mejoras urgentes en la casa y se me acabó el dinero. Ahora precisamente necesito un préstamo.

El asunto me sorprendió de manera muy desagradable, aunque debo reconocer que ella no hacía más que seguir mi línea. La miré a los ojos, sin disimular mi desconcierto y pregunté:

—¿Y cuánto necesitas?

—Medio millón de pesos.

—Mañana a esta hora lo tendrás.

—Gracias —dijo, ablandando su actitud—. Te devolveré el dinero en quince días con los respectivos intereses.

—No soy agiotista ni financista. Te lo prestaré sin más interés que el placer de servirte.

—Gracias —repitió.

Cuando nos despedimos ni siquiera le dí el beso en la mejilla a que ya la tenía acostumbrada. Un maledicente diablillo interior se empeñaba en convencerme de que esa mujer no me convenía, pues carecía de prudencia. ¿Cómo era posible que contestara a mi propuesta pidiendo un préstamo? ¿Cómo se explicaba que, después de escucharme, no hubiera tenido la elemental delicadeza de cerrar el asunto siquiera con un sencillo "lo pensaré"? Por lo visto lo único que le interesaba era el dinero.

Esa noche la pasé muy mal, cavilando en el asunto. Todo parecía indicar que tendría que buscar pareja por otro lado y olvidarme de Mirta.

Sin embargo, siempre fiel a mis promesas, al atardecer del día siguiente tomamos café, le pasé discretamente el dinero por debajo de la mesa, hablamos unas cuantas banalidades y nos despedimos. Tampoco le di el beso.

—Llámame —invitó con una de sus más lindas y luminosas sonrisas.

Por supuesto, no la llamaría. Dejaría pasar el tiempo. No me importaba siquiera que me devolviera el dinero, lo que constituía una posibilidad nada descartable. "Mejor perder una vez que dañarse la vida con una mala relación", medité. Ella sí me llamó en varias ocasiones, dejándome incluso recados en la contestadora. Los borré sin responderlos y seguí buscando con quién reemplazar ese bello sueño frustrado. A los quince días exactos me dejó un nuevo recado, citándome para pagarme el dinero. Nos tomamos un par de cervezas y no volví a llamarla, pero ella insistió. Mi desconfianza y frialdad continuaban.

Consecuente, sin embargo, con mi vieja manía de ponerme en el lugar del otro para tratar de comprender sus razones, acciones y reacciones, un día, finalmente, opté por olvidarme del tema, concluyendo que pedir un préstamo cuando se necesita con urgencia no tiene nada de raro, así las circunstancias no sean las más adecuadas para ello.

Seguimos viéndonos varias veces por semana, hablando de libros, de cine, de nuestros trabajos, de casi todo, menos de lo esencial: la relación. Un domingo nos encontramos, almorzamos y la acompañé a un almacén. Compró un vestido por club y yo le regalé otro. Se lo midió y le gustó. "Gracias", dijo, "está bellísimo". Después fuimos a ver una película iraní y terminó llorando y explicándome que le recordaba algo del pasado. Le acaricié la cabeza y le besé los ojos húmedos. "Ya sé a qué saben tus lágrimas", dije.

A partir de esa fecha, una vez más, mi corazón empezó a escuchar cantos de pájaros felices en la arboleda de los sueños. Al parecer, Mirta se estaba apegando a mí. Los ojos le brillaban y sus sonrisas anunciaban los lentos pero firmes progresos de un sentimiento dulce e inevitable.

Una tarde, al contarme, muy triste, que le acababan de robar el reloj, le regalé un D'Mario. Los ojos se le encendieron de alegría y al decir ¡Gracias! supe que la palabra le brotaba desde lo más íntimo del corazón. "¡De nada, mi amor!", respondí. "Para mí siempre será un placer poder proporcionarte algo que te haga falta y que te guste". "Se ve que tú sí sabes mimar a las mujeres". "¿Y para qué crees que sirven estas canas?", pregunté, tocándome la cabeza.

La relación mejoraba cada día. Yo no quería presionarla ni precipitar las cosas, aunque comprendía que, tratándose de personas mayores, ya habíamos desperdiciado demasiado tiempo en prolegómenos. No obstante confiar en el aforismo italiano que aconseja ir lento para llegar lejos —*chi va piano va sano e va lontano*—, una tarde decidí plantear el asunto del sexo. La soledad del bajo vientre aullaba por los montes y praderas del deseo y Ramoncito levantaba la rígida y poderosa cabeza con una desesperación que podía interpretarse como: "¡Qué hubo, pues, pelotudo! ¿Acaso no eres capaz de conseguirme una buena chimba? ¿De qué te sirven tu experiencia, tus versos y tu condenada verba cabrona? No haces más que suspirar y aguantarte las ganas como un bobo. ¡Vamos! Desarrúgate, güevón y ponte las pilas que esta abstinencia me está enloqueciendo. Paso todas las noches ardiendo y soñando huecos mientras a ti lo único que se te ocurre es ponerme bajo la ducha fría. ¿Quieres que no me vuelva a parar nunca más? Y ni pensar en la paja, pues con el cuento de que tras el raspado de próstata que te hicieron no echas ni para pegar una estampilla, ni siquiera eso te anima. ¡Muévete, poetastro! ¡Despierta! Pon a esa fulana en su lugar y consíguete otra. En la calle hay muchas. Y más jóvenes. Recuerda que todos los días te dan papelitos, ofreciéndote servicios de todo tipo. Atenea, Barcelona, Venus, Las Alejas, Fantasía Show, Estambul, Vanessa. Cualquiera de esos sitios tiene chicas bien entetaditas, enculaditas y rebuenonas. Y no me digas que es que te aterran las gonorreas y el sida, que para eso existen los condones. ¡Anímate de una vez, gran pendejo! ¿O decidiste dedicarte exclusivamente a prestar plata sin intereses y a malgastarla obsequiando vestidos y relojes?"

Bajo la presión de la mente en ascuas y de Ramoncito, que era algo así como juntar el deseo y el hambre y la gasolina y el fuego, miré a los ojos a Mirta y le pregunté: "¿No crees que ya es tiempo de ponerle piel a este asunto?" Dijo que sí con toda naturalidad. Así lo hicimos. Y descubrí que era una amante limpia, bienoliente, comprometida y maravillosa, que se entregaba en cuerpo y alma y que, como cualquier geisha clásica, parecía consciente de que debía esmerarse en complacer a su pareja.

Después de tanta abstinencia era apenas lógico que yo quisiera repetir a menudo la dichosa experiencia, pero la realidad empezó a mostrar la dramática escasez del tiempo de Mirta. Era una profesora muy responsable y se dedicaba demasiado a los alumnos con dificultades de comprensión o asimilación. Para agravar las cosas llegaba a la casa por las noches y debía corregir cerros de tareas y arreglar y preparar su ropa para el día siguiente, ya que no le gustaba que la madre le ayudara en eso.

—Mi gran problema es que no tengo el tiempo que tú necesitas y que yo quisiera dedicarte —me dijo una noche—. Pero, de todas maneras, trataré de esforzarme hasta donde pueda.

"¡Qué putería!", pensé con irritación. "Definitivamente soy un tarado. Entre todas las mujeres que existen vine a fijarme en la que no tiene siquiera tiempo para dedicarme".

Ella no tenía la culpa, pero yo resultaba afectado y eso no me gustaba ni pizca. Algunas veces llegaba a nuestras citas cansada y enfurruñada, bebía un par de brandys, hacíamos el amor y salía a las volandas, mirando el reloj. En una ocasión llegó tan alterada que le dije: "Cuando no quieras, no vengas mejor. Llegas hecha una furia, como para cumplir un compromiso forzoso e ingrato. A veces ni siquiera esbozas una simple sonrisa durante el acto. Permaneces fría, lejana, inmutable. Eso me inhibe sexualmente y me genera serias dudas sobre tu interés en el asunto. No debemos hacer nada simplemente por cumplir o por no quebrantar un pacto. Las cosas así no sirven. Quiero una mujer para el amor, para la salud y la vida, no para que me cree problemas ni me vuele la piedra. Si queremos funcionar bien debemos poner algo de nuestra parte. De lo contrario es mejor y más saludable olvidarnos de todo". Para complicar la situación me contó que había noches que cuando llegaba a la casa la estaban esperando dos sobrinos para que les ayudara a hacer las tareas y que a veces hasta la llamaban al colegio para decirle que no se demorara mucho porque estarían rendidos del sueño". "¿Y entonces...?", inquirí yo. "Si no podemos hacer el amor tranquila y normalmente porque tú tienes que volarte a realizar tareas, esta relación carece de futuro. Entre otras cosas, me sorprende mucho que, siendo maestra, no sepas que las tareas son para los alumnos y no para los mayores, sean padres o parientes. ¿A quiénes calificas tú? ¿A los mayores alcahuetes o a los educandos? Es obvio que éstos asisten a clases para responder y demostrar después si entendieron o no lo enseñado. Uno observa en las bibliotecas (que ya no son centros de cultura general sino meras fábricas de tareas), cantidad de angustiados padres de familia xeroxcopiando documentos, mientras los hijos pierden el tiempo con videos, juegan fútbol en las calles, ven televisión, chatean por Internet o hablan pendejadas por teléfono. Pero bueno, allá tú. Lo que quiero que comprendas es que, por mi trabajo de escritor necesito estar bien, sereno, sin conflictos ni rabietas". "Perdóname, mi amor", pidió. "Últimamente estoy muy nerviosa por mi exceso de trabajo y obligaciones. Como si fuera poco, ando nuevamente urgida de dinero, pues las condenadas reformas están saliéndome más caras de lo previsto". "¿Cuánto necesitas ahora?", pregunté. "Lo mismo de la otra vez", dijo. Saqué el dinero y se lo di. "Toma. Y procura autocontrolarte. Eres una mujer hecha y derecha y no es bueno que te comportes como lo haces".

Las cosas mejoraron en las semanas siguientes. Pero después volvieron a dañarse. Cansado y nervioso resolví irme unos días para el mar. La llamaba por la mañana y por la noche y todo parecía bien. La sentía serena y enamorada. Sin embargo, a mi regreso, cargado de energía copiosamente renovada por el descanso, el sol, la sal del mar y la dieta de pescado, la encontré otra vez muy extraña.

Llegó al apartamento, se sentó, recibió los regalitos que le traía sin dar siquiera las gracias, rechazó el brandy y dijo que tenía mucho afán, pues debía llegar rápido a la casa a preparar a los sobrinos para un examen del día siguiente. "¡Vida puta!", pensé yo. "¡Vieja puta!", pareció rectificar Ramoncito, desperezándose y empujando como un dinosaurio después de un sueño de siglos. "Chao. Nos hablamos", dijo, y se fue, mientras yo me sentaba a reflexionar, sintiéndome el cabrón más desdichado y ridículo del mundo. "Esta fulana es más rara que un perro a cuadros. ¿Quién demonios la entiende? ¡Que no vaya a resultar una loca como Mariag! Otra así no sería capaz de aguantármela".

Al día siguiente no me llamó, como acostumbraba. Lo hice yo y la noté gélida, elusiva, desinteresada. "¿Qué te sucede?" "Quiero estar sola". "¿Cómo así? ¿Y yo qué? ¿Qué pasa con lo nuestro? ¿Acaso hice algo que te molestó? Si es así, dímelo, por favor. ¿Te contaron algún chisme?" "No me han contado nada. He estado pensando mucho las cosas y he resuelto seguir sola. No creo ser capaz de cumplir con nuestro compromiso. Además, como tú quieres estar siempre encima y no concibes otra forma de relación...".

Al escuchar esto primero se me enfrió el alma y después me dominó la más cruda indignación. Me sentí traicionado, insultado, utilizado como cualquier imbécil del montón. ¿Cómo era posible que esta profesorcita de pacotilla me tratara así? Pensé aventarle el teléfono y mandarla donde debía, pero me contuve a tiempo. "¿Sabes que no entiendo tu modo de actuar?", dije. "Te consideraba una mujer seria y ahora me sales con actitudes de increíble inmadurez. Así no se trata a un tipo como yo. Según parece me equivoqué contigo. ¡Qué lástima! Pero bueno, como dice el refrán, al mal tiempo buena cara". "Después te llamo", me cortó. "Debo atender a un padre de familia. Hablamos. Chao". "Si no me llama yo tampoco lo haré. ¡Piojosa del diablo!"

Un mes más tarde me citó en el Salón Málaga, bello y tradicional café musical y especie de museo iconográfico del cancionero popular, pues las paredes están decoradas con retratos de artistas de todos los géneros y épocas. El sitio le gustaba mucho y allí tomábamos algunos tragos cuando no hacíamos el amor. Llegué primero y la esperé. Apareció más fría e indiferente que nunca. Piedra pura, hielo neto, iceberg arrasador en zona de naufragio.

—Qué hay —dijo como único saludo.

—Qué hubo —respondí.

Pidió una cerveza light, llenó el vaso, tomó un sorbo y, abriendo el bolso, sacó el reloj que le había regalado, empacado otra vez en su estuche original.

—Mira —dijo—. Te devuelvo el reloj.

Fruncí el ceño con ira.

—¿Cómo?

—No me siento bien conservándolo.

—Pues es tuyo. Bótalo, regálalo o haz con él lo que quieras. No acostumbro ni quitar ni volver a recibir lo que doy. ¿Me crees tan mezquino como para eso?

—Pero es que yo no puedo seguir contigo.

—Ya lo sé. Y no te voy a rogar. Fundé en ti muchas esperanzas pero estoy aterrizando en la más profunda desilusión. A lo mejor me mentiste y tienes otro tipo.

—Te equivocas. Dije la verdad. Estoy sola. No tengo tiempo ni siquiera para mí. En cuanto a mi deuda, te la pagaré muy pronto. Ya te llamaré.

Nos despedimos sin darnos siquiera la mano. A pesar de su indiferencia mortal se veía hermosa, vestida con una blusa blanca, un pantalón vaquero, un collar artesanal de florecitas rojas y unos aretes de plumas oscuras.

Cuando llegué a mi casa prendí el computador y leí, casi con tanta cólera como desengaño, un poema que le había escrito originalmente en italiano y que dice así, traducido al español:

Señora de amor

Muchas gracias, señora de amor,
por traerme el fuego de tu juventud
a mi frío otoño de hojas que caen.
Mis estaciones no son ya
cuatro sino cinco:
Primavera, verano, otoño, invierno y tú,
la estación donde florece el amor,
relámpago de gozo para el alma,
rayo de maravilla para el cuerpo.
Señora de amor,
gloria de la vida,
señora de amor,
dulce compañía.

Los días siguientes fueron terribles para mí. Estaba ansioso de sexo y con un humor infernal. A pesar de sacar fuerzas de flaqueza, de acudir a mi voluntad habitualmente poderosa y de empeñarme por encontrarle a la mujer más defectos que virtudes, no podía desplazarla ni de mi corazón ni de mis deseos. La condenada estaba viva y fuerte, engrandecida y aferrada tenazmente a mis entrañas. Era como un contagio viral, como una septicemia. Mientras más luchaba contra su recuerdo más crecía dentro de mí. Creía sentir su perfume en mi cuerpo, sus emanaciones de mujer sana y placentera, su poderío sensual densamente regado por cada uno de mis poros y miembros. Cerraba los ojos y la veía. Por la noche invadía mis sueños, contorsionándose debajo y encima de mí, flotando en mi alcoba y en mi alma.

Desesperado por los reclamos de Ramoncito y cansado de ponerlo bajo la ducha, un domingo al mediodía llamé a una amiga joven, buena lectora y medio poetisa, que andaba asediándome y con la cual había estado en el mar, durmiendo separados y sin ningún contacto, pues no quería traicionar a mi pecosa. Era pequeña, robusta, muy blanca, tenía una linda cara de niña inocente y unas enormes tetas rosadas. Lo que nunca imaginé fue que al desnudarse y quitarse la faja, la barriga y las tetas causaran algo tan parecido a un derrumbe de carretera.

Acostumbrado al buen yantar y no obstante sus penosas urgencias, Ramoncito estuvo casi a punto de declararse en huelga, por lo que debí postergar un poco el acto y meterme una pepa homeopática para poder cumplir como se debía. Con un intervalo de un par de horas hice el amor dos veces, casi con furia, pensando en Mirta, con los ojos cerrados para no establecer comparaciones odiosas y sin siquiera besar a la muchacha. Muy tierna, animosa y gemidora, ésta quedó sorprendida y feliz de mi desempeño. "Eres un gran amante", dijo. "Nunca imaginé que a tu edad pudieras tener tanta energía. Me gustó. Qué digo: ¡me en-cantó! Lástima que no beses, con lo bueno que es, y que hayas hecho todo como con rabia o como si quisieras vengarte de algo o… de alguien".

Semanas después Mirta me llamó y nos encontramos otra vez en el Málaga. Continuaba helada y remota. Sacó el dinero y me lo entregó. Y mientras bebía la cerveza que acababan de traerle le propuse que en vez de concluir la relación por qué, mejor, no hacíamos una pausa de reflexión. En sus ojos hubo un vislumbre de interés.

—Podría ser —dijo.

—Fija el lapso que quieras. Quince días, un mes, dos… Yo esperaré pacientemente, sin buscar a nadie ni comprometerme.

—¿Estaría bien dos meses?

—De acuerdo. Si te decides antes, magnífico. Borrón y cuenta nueva.

—Gracias. Quizás me precipité en mi decisión. Debo contarte algo. Tengo algunos problemas sicológicos. Por épocas me agarra la tristeza y no me resisto ni yo misma. El sicólogo me sugirió que tomara las cosas con calma y pensara que mi vida no debe reducirse únicamente al trabajo y a las tareas de los sobrinos. También me recordó que el amor y el sexo son muy importantes para la salud y que debo prestarle atención a mi proyecto de vida como mujer y ser humano.

—Eso es sabio y lógico. Debemos sobreponernos a todo. La vita é breve.

Como todavía tenía el dinero en la mano, quise devolvérselo pero lo rechazó.

—Lo he prestado para pagártelo.

—Pues retórnalo y te ahorras los intereses.

—De ninguna manera. Gracias.

Nos despedimos y empezaron a transcurrir los días. Y a los quince o veinte me llamó al móvil. Quería que nos viéramos nuevamente en el Málaga.

Como si nada hubiera pasado, pleno de alegría, la recibí con una rosa roja, un beso en la mejilla y un ¡Hola, mi amor!

La relación tuvo un proceso de reingeniería que la mejoró bastante y la puso a fluir en términos relativamente coherentes y pacíficos. Hablábamos todos los días por teléfono, nos veíamos algunas veces, hacíamos el amor, bebíamos nuestros brandys, almorzábamos juntos, le pagaba uno que otro club, le regalaba libros y rosas, la invitaba a cine, la acompañaba al bus. Además le ayudaba con el pago de los servicios públicos.

Pero la armonía no duró. La mujer volvió a caer en sus abismos de hielo con una frecuencia inusitada y, de nuevo, la situación se tornó insoportable para mí. Como la mayoría de sus congéneres, amaba los almacenes y, sobre todo, estrenar cosas. Compradora y fiadora compulsiva, padecía el síndrome crónico de las vitrinas. Por peor surtidas y adornadas que estuvieran, ante todas y cada una de ellas se detenía como magnetizada, igual que las chapolas ante las bombillas eléctricas. No empecé que me gustaba más por lo que se quitaba que por lo que se ponía, a veces le regalaba unos zapatos o un vestido y no se contentaba con ellos sino que, por su parte, se compraba otros. Copia en minúscula de Mariag, el dinero a duras penas le alcanzaba para pagar deudas de almacenes y otros compromisos, menudos pero abundantes. Trataba de concienciarla, advirtiéndole que no debía salirse de la línea de su realidad económica, pero, en vez de escuchar, se ponía a discutir. "Siempre he sido y he vivido así. Compro lo que me gusta. Para eso trabajo y me esfuerzo tanto". "Pero es que con esa gastadera nunca podrás levantar cabeza y siempre estarás ahogada en las deudas", persistía yo. "Mírame a mí. No soy rico pero sé administrar mis recursos. Nunca me endeudo. Cuando quiero algo ahorro el dinero y lo compro. Jamás he tenido deudas, ni clubes, ni nada que me esclavice. En cambio tú… Nunca te alcanza la plata. Mientras más te ayudo peor estás. Además, vives obsesionada por las marcas, como si fueras una muchacha inexperta e inculta. ¿Cuándo aprenderás que hay productos tan buenos y a mucho menor precio que los que compras tan caros? Hay que saber comparar y elegir lo mejor sin caer en las trampas coactivas de la publicidad y del consumismo. Al fin y al cabo uno lo que compra es calidad, no marcas. Esa mentalidad infantiloide y tercermundista es típica de trepadores sociales". "Te equivocas. Yo no compro solamente marcas. Compro también diseños, materiales, colores que funcionen con mi estilo personal. Además, yo soy así. ¡Y punto!"

Ahora llegaba malhumorada por lo general y no hacía sino que se dejaba hacer el amor sin el más mínimo entusiasmo. Cero besos, abrazos, caricias y demás efusiones. "¡Móntate!", decía. "Pero, ¿así, sin más ni más?" "Sí. ¿Para qué más? ¡Móntate y haz lo tuyo! ¿No es meter lo que quieres?" "Obvio que quiero, pero no así...". Pronto me adapté, sin embargo, a tan peculiares circunstancias y empecé a cumplir mi faena imaginándome que estaba con una puta cualquiera, mientras ella callaba con los ojos cerrados.

Popularmente, esto es denominado "La vaca muerta". La mujer se desnuda, abre las piernas y se desentiende de lo demás, cual si pensara, ignorando que si no agarra al hombre por abajo muchísimo menos lo logrará por arriba: "Hagas lo que hagas a mí no me importa". En ocasiones parecía enroscarse como una serpiente. "Esta vieja no menstrua sino que cambia de piel", pensé un día.

La última vez que le hice el amor mostró tal cara de tedio mezclado de tortura y sufrimiento que no resistí la tentación de evocar las imágenes de los antiguos esclavos o prisioneros trabajando bajo el látigo implacable de guardianes y capataces. Nada más parecido al dilema de cumplir o morir.

Al terminar se vistió y salió corriendo, mirando el reloj. Ocho días después volvió más seria y fría que de costumbre. Se tomó un brandy, se dio un duchazo y se tendió, desnuda en la cama. Lucía tan inabordable que casi intimidaba. Me acosté al lado, desnudo, y me limité a observarla.

—¿Qué te ocurre hoy? —pregunté—. ¿Estás enferma? Te noto más enfurruñada que de costumbre.

—Tuve un día horrible. Además, toda la tarde me ha dolido la cabeza.

—¿Quieres una aspirina? Te mejorará rápidamente.

—No. Hagamos la cosa y me voy. A eso vine.

Sentí una sorda exasperación.

—Si estabas mal has debido llamarme y decirme que no podías venir. Así ahora estarías en tu casa tranquila.

—¿Sí? ¿Para que tú te encolerizaras?

—Habría comprendido. Todos nos enfermamos.

—Haz lo tuyo, mejor, y así me voy más ligero.

No me moví de mi sitio.

—No te haré el amor —anuncié, pensando que lo del dolor bien podía ser cierto pero también una excusa más para justificar el empeoramiento de su actitud—. No soy una bestia. Soy un ser humano y comprendo. Vístete y vete.

—Pero mira que estoy lista —arguyó con rabia.

—Falso —repliqué—. Estás desnuda, no lista. Eso es distinto. Lista para la vaca muerta. Como lo has venido haciendo últimamente. El amor es de dos, no de uno solo. Estoy harto de esta situación. Me parece miserable e indigna. ¿Crees que merezco esto? No podemos seguir así.

—Pero, no seas terco. Haz lo tuyo. Como siempre.

—No, señora. Así no volveré a estar contigo.

Permaneció en silencio como un cuarto de hora y después se levantó, se vistió y salió dando un portazo.

Al día siguiente, sábado, me llamó al celular y no contesté. Había resuelto castigarla un tiempo largo. Al otro sábado volvió a llamarme y tampoco contesté. Al tercer sábado estuvo preguntando por mí en el Astor e incluso me dejó saludes. Pasó el tiempo y casi a los dos meses hablamos. Le dije que la relación seguía interesándome siempre y cuando ella mejorara su papel en la cama.

—Soy un ser humano —dijo—. Hay veces que no quiero hacer el amor y, sin embargo, debo hacerlo contigo por nuestro compromiso. Trabajo mucho, vivo muy cansada y tú no comprendes.

—Yo sí comprendo. Pero una relación de pareja normal se funda en el sexo. Si no hay sexo no hay nada. Yo necesito el sexo para vivir. Como el aire y el sol. Como respirar o comer. Es otro ejercicio vital, pese a mi edad. Y mientras tenga energía, ganas y potencia quiero una mujer que me cumpla.

—Tú lo que quieres es una máquina de follar. Y yo no soy eso.

—Y tú lo que quieres es un cajero electrónico. Y yo tampoco lo soy. Soy generoso pero no imbécil.

Se fue furibunda. Pero a los dos días, un viernes festivo, me telefoneó para decirme que tenía una propuesta para hacerme. "¿Será que va a cambiar para salvar la relación?", pensé. "Ojalá, pues esa condenada me encanta y si mejora sería maravilloso".

Nos reencontramos en la zona de comidas del segundo piso del centro comercial Mayorca, en la estación Itagüí del metro. Estaba más hosca, impenetrable y odiosa que nunca. La invité a comer algo y sólo aceptó un tinto. Yo pedí otro con un pastellillo de carne. Nos sentamos.

—Tú dirás —dije.

—Como en esta separación no he tenido tu ayuda y estoy, como supondrás, en un serio problema económico, mi propuesta es simple...

Hizo una pausa, mirándome a los ojos con invasiva frialdad de témpano rodando desde los despeñaderos helados de su alma. Después continuó:

—Te propongo hacer el amor por última vez si me das 300 mil pesos, que debo cancelar mañana temprano, pues me van a cortar los servicios.

Al oír eso experimenté algo así como un mazazo en la cabeza y como si a la vez me hubieran lanzado un baldado de mierda al alma. Las lágrimas trataron de humedecer mis ojos pero las frené haciendo un esfuerzo supremo.

—Te equivocas. Un polvo de vaca muerta no vale esa suma —estallé—. En Medellín, cerca de mi apartamento, puedo tener todas las jovencitas que quiera a 40 mil pesos. Pero, para desdicha infinita, a mí me gustas tú, a pesar de todo. Podría regalarte ese dinero. Mas no lo haré. Lo que me has dicho es lo más inmundo que podía imaginar y me ratifica en la idea de que nunca me quisiste y simplemente te estabas vendiendo. Mal, por lo visto. O eso creías, al menos. Estoy furioso y desencantado.

Saqué el celular y agregué:

—Voy a borrar ya mismo tu número para no volver a tener siquiera la tentación de llamarte. Ahora botaré a la basura tu retrato de la biblioteca. También te borraré de mi carpeta especial del correo electrónico para que no tengas el fastidio de recibir nunca más mis columnas dominicales. ¿Tienes ahí la llave de mi edificio?

—No. Está en otro bolso.

—Pues, cuando puedas, me la dejas en un sobre por debajo de la puerta.

Me levanté, petrificado de frialdad.

—Adiós —dije—. Vine con la esperanza de salvar, una vez más, la relación y me encontré con la mierda y la náusea. Pero no es culpa tuya. ¡Tú eres así!

Ahora, después de meses, cuando nos encontramos en la calle por casualidad, nos saludamos con un simple "Hola" y nada más.

Sin embargo, como mi curiosidad intelectual es insaciable y a veces procuro buscarle raíz y explicación a las cosas, así sea a posteriori, pensando en el raro comportamiento sexual de la mujer he recalado en cierta historia que me contó alguna noche en la cual estaba en paz y armonía conmigo y consigo misma. El hecho es muy simple. En un difícil período de soledad del alma y del cuerpo puso los ojos en el marido de una amiga. Éste, un larguirucho extranjero y maduro, no tardó en corresponderle y terminaron en la cama. Pero la relación, furtiva y presurosa, no generó sino unos cuantos encuentros porque la esposa, mujeruca poco agraciada pero emprendedora, posesiva y autoritaria los descubrió y obligó al sujeto a romper de manera drástica y absoluta. No solamente peleó con la amiga traidora sino que le decretó enemistad de por vida. Y para colmo de infortunios de Mirta los caminos de ambas confluían con asiduidad y cada vez que se encontraban había pelea fija.

—¡Quitamaridos! —le gritaba, mientras Mirta callaba, ruborosa y avergonzada—. ¿A quién más le has dañado el matrimonio? ¡Quien no te conozca pensará que eres una dama decente!

En cierta ocasión Mirta iba con un amigo en el metro y le hizo el escándalo de costumbre, involucrando al acompañante al preguntarle:

—¿Sabe que esta mujer me iba a quitar a mi marido? ¡Mucho cuidado con ella!

Muy rápido de pensamiento y de humor, el tipo respondió:

—¿Y quién le dijo a usted que yo tengo marido? ¡Respete, señora! ¡Yo no despacho por la trastienda!

La peleadora guardó silencio, sorprendida, mientras el amigo de Mirta agregaba:

—¡Valórese, señora! ¿No le da rubor ventilar sus problemas conyugales de una manera tan poco digna? ¿Por qué más bien no piensa en qué falló usted para que su marido la cambiara? Le tengo una mala noticia: los maridos no dejan a sus mujeres sin una buena causa. ¿Sabe por qué lo hacen generalmente? Porque no les dan la talla en la cama o porque son muy jodonas, pedigüeñas e insoportables. Por eso, señora. Así que lo mejor es que calle el pico y deje de molestar a mi amiga, que es una mujer libre y puede acostarse con quien le plazca.

La arpía enrojeció mientras Mirta miraba con gratitud al defensor.

Pero la rival no deponía sus escaramuzas y a cada encuentro le aplicaba su dosis de veneno. Algunas veces se encontraban y lo primero que hacía Mirta era enterarme de todo. Se sentaba en el sillón grande, ponía a un lado la cartera y la carpeta llena de tareas para revisar, y decía:

—Adivina con quién me acabo de encontrar.

—Supongo que con la bruja del extranjero.

—Exacto. ¡Ya no sé qué diablos hacer con esa loca!

—Yo sí lo sé: ignorarla.

Mirta calló, mientras yo, de acuerdo con mi vieja costumbre galante, le quitaba los zapatos, le daba un beso en cada pie y le ponía unas babuchas para que estuviera cómoda mientras le servía un trago.

—Buen consejo —admitió.

—Tengo otro mucho más útil.

—¿Cuál?

—Procura buscar polvos menos complicados. Como los míos, por ejemplo. Lo que no comprendo es por qué te enredaste con un tipo casado y menos siendo el marido de tu amiga...

—Ni yo misma lo sé. Acababa de romper con alguien y estaba muy confusa, desorientada y desanimada. Éramos vecinos y nos teníamos mucha confianza. La loca administraba un restaurante, y el tipo, ingeniero, tenía su oficina en la casa. Yo iba allí de tarde en tarde a imprimir alguna carta en su equipo. Él era muy deferente y atento conmigo. Una vez me invitó a tomarme un jugo. Después de hacerlo cogió el vaso y empezó a lamer lentamente el borde por el cual yo había bebido. "¿Por qué haces eso?", pregunté. "Porque me encantas, porque me muero por ti, porque quisiera..." "¿Qué?" "Hacerte el amor, ¿no te gustaría? La sirvienta anda en sus cosas y estamos solos. Tú no tienes compromisos. Eres libre". "¡Pero tú no!" "¿Y eso qué importa?" "Sí importa. Y mucho. Si mi amiga se entera..." "No tiene por qué enterarse. Anímate. Estás muy decaída y un poco de acción te vendría bien". Así empezó todo, casi sin yo quererlo ni racionalizarlo. El tipo, conservador y organizado como buen europeo, sólo quería pasarla bien conmigo y no deseaba perder la familia. Pienso que se aprovechó de mis difíciles circunstancias y me envolvió con su encanto de extranjero mundano. Fue una torpeza. Lo reconozco. En ocasiones creo que mi problema de frialdad e inapetencia sexual se debe al bloqueo surgido de esa relación, pues yo no era así antes. Por el contrario: gozaba y me encantaba hacer el amor. Cosas de la vida. ¡Qué le vamos a hacer!

—Quiero ayudarte —le dije—. Aunque tienes tu propia EPS, podría llevarte donde mi bioenergético o donde algún buen sexólogo. Dime, no más, cuándo vamos.

—Sabes bien que no tengo tiempo.

—Pero la salud...

—La salud debe esperar por ahora.

—¿Te consigo algún estimulante, pues?

—Yo no voy a tomar pendejadas.

Ya con la necesaria visión de perspectiva y convalidando aquello tan hermoso de que "el amor es eterno mientras dura", de Vinicius de Moraes —de nuevo el brasileño— se me ocurre pensar que tal vez Mirta tenía razón y que ese asunto, unido a sus problemas ciclotímicos, influyó de alguna manera para dar al traste con nuestra relación, de la cual queda el siguiente minicuento:

La amante desganada hizo tan bien el papel de "vaca muerta" que cuando terminó lo estaba de verdad.

Don Luis de Góngora y Argote consignó en un poema algo que bien podría acomodarse a mi situación, explicándola, de paso, con bastante certeza: me empeñé "... en ser labrador de amor/ a costa de mi caudal".

Mariel, Olvil, Marid, Marrut, Mariag, Mirta. Sesenta y seis años más seis mujeres, en las que amé, según dijera don Antonio Machado, "cuanto ellas puedan tener de hospitalario". Cabeza gris y corazón muchacho. El cuerpo felizmente sano y rebosante de energías, de bríos y de ganas de seguir viviendo a plenitud. Madera fina. El leño todavía arde, el corazón salta alambradas como un potro en busca de yerba verde y yegüa nueva y el alma, indómita y juvenil, canta como alondra de primavera bajo el esplendor de los cielos azules.

Sin querer desafiar al destino ni mucho menos "sacarle la lengua" como el jugador de Dostoievski —al fin y al cabo todo en la vida es un juego en el cual se pierde o se gana— después de estas seis mujeres con las cuales conjugué febrilmente la erótica y la cólera, la esperanza y la frustración, la pena y la ilusión, me jugaré el futuro con la séptima. ¿En dónde está? No lo sé. Sigo buscándola. La encontraré. ¡Vive Dios que la encontraré!

SEGUNDA PARTE

Con todos los fierros

Polvo serás mas polvo enamorado
Francisco de Quevedo y Villegas

Como anoté al principio, todas las mañanas, muy temprano, salgo a caminar al parque San Antonio y empiezo a darle vueltas rectangulares de norte a sur y de oriente a occidente. Por lo general, el lugar está semidesértico y el ambiente es de una apacibilidad deleitosa. Sólo los trabajadores del aseo y los vigilantes se mueven con diligencia. Después, poco a poco, van llegando pequeños grupos de promotores comerciales, que se sientan en las bancas de granito a informar a sus coordinadores sobre los resultados de la gestión del día anterior y, de paso, a recibir nuevas instrucciones de mercadeo.

Mientras los barrenderos recogen la basura, varios muchachos accionan larguísimas mangueras y echan agua y desinfectante al áspero olor de los orines de los noctámbulos, que beben como locos y mean como condenados. Regaderas inagotables, todo lo contaminan: las raíces de los árboles, los muros, las bases de las tres esculturas de Botero (un tronco masculino, una mujer desnuda yacente y un pájaro, al lado del que fuera semidestruido por un atentado dinamitero realizado el 10 de junio de 1995, en el cual perecieron veintitrés personas, incluidos niños y jóvenes), las paredes de la Alianza Francesa y la magnífica puerta de Ronny Wayda. Los impertérritos meones no respetan nada. Son, ni más ni menos, serios competidores de Juancho el meón, personaje del poema homónimo del humorista paisa Manuel Uribe Velásquez, una de cuyas partes dice así:

> Necesito una musa generosa
> que venga a retemplar mi numen flaco;
> que no me huela ni a jazmín ni a rosa
> sino a la pura esencia de amoníaco.
> Una musa que hieda a cierta cosa
> semejante a chicote de tabaco,
> pero, eso sí, que si me da su apoyo,
> donde vaya a mear que deje el hoyo.

Mientras camino a paso vivo durante mi hora cotidiana y subo y bajo y voy y vuelvo, observo, medito y planeo los proyectos o actividades del día. El jardinero ha llegado por entonces y empieza su tarea de remover y abonar la tierra, de limpiar las plantas y de podar los arbustos.

Siempre atento con todo lo del parque —verdadero corazón popular de la ciudad— pregunto por el arbolito que murió después de ser trasplantado.

—¿Qué le pasó?

—El parasiempre es muy difícil de cultivar —responde el jardinero—. Le luché mucho pero al fin se secó.

—¿Cuándo lo va a reponer?

—Cuando pueda conseguir otro. Es una especie escasa.

—Y muy hermosa —anoto, mirando hacia el costado noroccidental, en donde se levanta uno, el único, pequeño, verde y cuya copa semeja una perfecta sombrilla. Pero, sin duda, el árbol más bello del parque es el guayacán amarillo que está en la acera de la vía que separa los dos segmentos del parque, el superior donde están las estatuas y el inferior donde se alza la iglesia. No es muy alto ni grueso pero cuando está florecido, como ahora, semeja un incendio de oro que me alegra la vista y el alma. Bajo uno de esos quiero que mis cenizas de amor y de guerra sean discretamente sepultadas. ¡Qué hermoso sentirse custodiado por los pájaros y alegrado por la musiquilla inocente de sus cantos mañaneros!

Continuando mi caminata me encuentro frente a la Alianza Francesa con el encargado de alimentar a las palomas. Llega, empieza a regar generosamente puñados de arroz y al instante se oye el vuelo de las aves, surgidas de no se sabe dónde. Poco después, tímida y humildemente, llegan también las tórtolas.

—Cutu, cutu, cutu —digo, recordando a mi madre en la infancia lejana.

Un momento después, cuando la alfombra de grano despeja el pavimento bajo el ávido e incesante picoteo de las aladas comilonas, aparece un fraile franciscano de la iglesia de San Antonio, quien les lanza otras manotadas. Nuevamente el asfalto queda limpio en unos minutos. Entonces el religioso echa a correr como un niño juguetón, llamando a las aves con la voz y las manos: "¡Vengan! ¡Vengan!" Y, como si obedecieran a los mismísimos San Francisco de Asís o San Antonio de Padua, las avecicas lo siguen, despertando mi asombro y el de unos indigentes que llegan a oír misa.

Entretanto, el sol empieza a calentar y los estudiantes mañaneros de la Alianza acuden a enriquecerse con la lengua de Voltaire. Pasan las muchachas recién bañadas y perfumadas. Pasan los obreros, los vendedores de tinto, los oficinistas encorbatados. Fluye, en fin, la gente, rumbo a sus disímiles ajetreos de vida y esperanza.

Después aparece la señora amiga de la gata preñada que habita un agujero en el proscenio del teatro. La gata es oscura y joven. Y cada vez que el paseante la ve le dice miau, como el niño grande que es, y ella le responde por partida triple.

La señora rubia y provecta empieza a realizar, frente al escenario, su ritual de calistenias fisioterapéuticas. El animal se echa al frente, la observa fijamente con sus bellos ojazos amarillos y, como cualquier comadre que se respete, inicia la conversación con sus miaus más complacientes y gentiles.

Una mañana escuché, al pasar, que la dama le dijo al jardinero que no le llevaba comida a su amiga porque no quería acostumbrarla mal.

—¿Quién lo hará cuando yo deje de venir? —preguntó, explicando a continuación: —Le haría un daño enorme porque dejaría de cazar y moriría de hambre.

Tal como he observado, la gata caza con maestría singular: se acerca cautelosamente a las raíces de un árbol, se camufla entre el jardín y la hierba y espera con paciencia, inmóvil y atenta. Cuando las tórtolas descienden a picotear y se acercan, cándidas y desprevenidas, de súbito, ¡zas!, surge el rayo colmilludo y las atrapa, corriendo después con la presa sangrante hacia su agujero. Lo que no impide que yo, de cuando en cuando, le diga a la señora, charlando, que no se le olviden "los ratones" para el animalito. Ella apenas sonríe, mientras su mano sarmentosa acaricia el lomo cálido y sensual del felino, que prodiga sus miaus como si dijera:

—Me gusta mucho que me acaricies, amiga, porque siento que tu mano me ama.

Al contrario de la mayoría de las veces, hoy estoy silencioso y desanimado y hasta el tinto con que inicio todas las mañanas mi caminata y que disfruto y saboreo con delicia, me supo amargo y feo. No sé por qué amanecí con la recordadera alborotada. Desde que salí a las seis de la mañana no he hecho más que recordar. Mientras camino voy pasando las imágenes de mi prehistoria literaria, como en aquella maquinita que alquilaban en la infancia para ver escenas de las películas de Tarzán, el Hombre Mono. Una vuelta de rodillo y aparecían Tarzán y Jane. Otra y surgía Chita, montada en Tantor. Otra más y Tarzán saltaba, pegado a un bejuco, volando de rama en rama por la selva misteriosa y profunda. He aquí mis imágenes, mis escenas:

Un niño que escucha todos los días, a las dos de la tarde, los cuentos que el viejo maestro les transmite a sus alumnos descalzos, en un sabio y provechoso intento por enriquecer y humanizar la pedagogía con Andersen, Perrault, los hermanos Grimm y Oscar Wilde. Leticia, la tía política que distrae su insomnio contándole, con palabras cuidadas y memoria envidiable, las historias mágicas de Las mil y una noches. También por las noches, todas las noches, un muchacho campesino que, madurado por la influencia de todos esos cuentos, lee a Victor Hugo, a luz de vela, después del largo cansancio de los días. Un padre adusto que se levanta a orinar al solar y que gruñe y repite, de tarde en tarde, las mismas palabras demoledoras: "Apagá esa vela y dejá de leer güevonadas, que vas a gastar los ojos y un campesino con gafas no sirve ni pa' culo". La mano callosa que va llenando un cuaderno con las primeras historias... Las imágenes siguen pasando. A los veinte años el lector y cachorro de escritor siente que el horizonte se le cierra entre las montañas campesinas y con una sensación de asfixia decide emigrar. La imagen me muestra echando mis libros y mis pocas prendas de vestir en una caja de cartón y saliendo, con un adiós seco y resuelto, hacia el pueblo. Luego aparezco montado en un carro, rumbo a la ciudad donde me espera otra tía que confía en mis sueños. Ya en la ciudad me veo aprendiendo a escribir con un dedo —el índice de los señalamientos— en una vieja y ruidosa Underwood y trabajando como corrector de pruebas editoriales. Después las imágenes muestran que, borrando, tachando, rasgando y volviendo a empezar, me hice poeta, narrador, columnista, que se editaron mis novelas, cuentos y poemas para niños y jóvenes y que desde entonces me dedico exclusivamente a escribir y, por supuesto, a leer, porque sólo escribiendo y leyendo puedo sentirme vivo en mi soledad, muy bien guardada y cada vez más acre y descreída.

Horas después estaba en esta mesa 47, recordando una vez más lo recordado y como flotando, absorto y desasido, en una galaxia gaseosa, cuando alguien me habló al lado:

—Perdón, señor…

Aterricé en la realidad y dije:

—A sus órdenes.

—Soy sociólogo, historiador y antiuribista —dijo el hombre, presentándose— y quiero expresarle mi solidaridad con la línea general de sus columnas.

—Parodiando a Rubén Darío, que decía ¿quién que es no es romántico?, yo diría: ¿quién que es no es antiuribista? —contesté—. Uribe ha incumplido todo lo que prometió en su primera campaña.

—Claro —asintió él—. Lo único que ha hecho es limpiar las carreteras de guerrilleros y posibilitar, a costos astronómicos, las famosas caravanas festivas de Vive Colombia, viaja por ella, en las que, dicho sea de paso, sólo pueden ir los ricos y los pudientes, ya que los pobres escasamente logran salir de sus barriadas al centro de las ciudades para tratar de sobrevivir como mendigos o vendedores ambulantes. Vive peleando con todo el mundo. Recuerde lo que acaba de afirmar de los contradictores: que dizque son terroristas en traje de civil. Una verdadera irresponsabilidad, indigna de un Jefe de Estado que se respete. ¿Y qué me dice del retrovisor? Cada vez que le critican algo sale a decir que hay que investigar a sus antecesores. Ese tipito es un fascista peligrosísimo y lo malo es que los ricos andan felices amontonando plata con él. ¡Como está desgobernando para su provecho y beneficio! Para ellos es el Gran Estadista, el Mesías Prometido, el Espíritu Santo de la Gran Política, el Salvador de Colombia, cuando en verdad no pasa de ser el pequeño sátrapa tropical, caprichoso, lengüilargo e irreflexivo que usted denuncia con tanto valor civil en sus columnas.

—¿Quiere sentarse y tomarse un tinto conmigo? —invité.

—Gracias, señor. Me están esperando en otra mesa. Salí del baño y al reconocerlo decidí saludarlo. Deseo sí, por si pudieran serle de interés documental para algún escrito futuro, recordarle algunas de las cosas que ha dicho y contradicho el hombre. (Abrió una agenda, la hojeó y leyó). Escuche: "Estudié el marxismo, el maoísmo y las revoluciones china y cubana, pero siempre me ha convencido más el Estado de Derecho". Ahora se lo pasa por la faja. "No podemos luchar contra el clientelismo si practicamos el clientelismo". Nadie lo ha impulsado tanto como él. "No soy partidario de la reelección inmediata porque le introduce más politiquería al ejercicio del gobierno". Sus propios hechos lo confirman en todos los planos. "Los funcionarios que vayan mal y no den resultados, que presenten la renuncia". Sostiene a todos los mediocres contra viento y marea. "A mí como Presidente me da mucha dificultad dar buen ejemplo". Claro. Dar mal ejemplo es más fácil. "Todos los días le pido a Dios dos cositas: energía y prudencia". Por lo visto Dios es sordo y sólo le da la primera para dinamizar la imprudencia... Tengo anotadas muchas más perlitas de éstas, pero ya he abusado bastante de su atención y paciencia. Excúseme una vez más.

Me estrechó la mano con fuerza y concluyó:

—No deje de criticar. Aquí nos mean y los medios arrodillados y comprados dicen que está lloviendo.

Perturbado y ya sin deseos de nada, tomé mi muy mencionado tomo de Hamsun, que sigo releyendo a ratos para descansar de la escritura, y salí. En la puerta estaba, como de costumbre, Leoncio, el lotero a quien llama el guarda León XIII y, como siempre hace a mañana y tarde, con terquedad tan admirable como irritante, me ofreció:

—Mire, doctor, tengo el 13.

Martes 13, silla 13, piso 13. Este día no es 13. Pero lo parece.

Junto a mi sitio se ha organizado hace poco la que yo llamo la mesa de los quinientos años, que bien puede servir como representación o microescenario de lo que está sucediendo políticamente en Colombia con el gobierno de Álvaro Uribe Vélez y su reelección presidencial. Ocupada por seis ancianos jubilados, varios de ellos como gerentes o altos ejecutivos del empresariado local, cada uno tiene mínimo ochenta y un años y el más viejo, denominado por mí el Padre Eterno, cumplió ya los noventa y cinco. Saludable, recto, alto, solemnísimo, como si padeciera síndrome de estatua, aparece siempre, llueva o haga verano, enarbolando un largo paraguas.

Todos, con excepción de uno llamado don Fáber, que nunca se pone saco ni corbata y casi no habla, limitándose a escuchar o a fingir que escucha, visten terno completo e impecable. Llegan por las mañanas de lunes a viernes a eso de las diez, piden tinto, que paga siempre don Charlie el declamador (a quien llamo así porque ama la poesía y no desaprovecha coyuntura para echarse sus buenos sonetos) y empiezan a comentar los sucesos políticos de la fecha, difundidos y repetidos hasta la saciedad por las cadenas de radio.

Desde mi mesa 47 escucho cómo defienden o atacan al Presidente, que cada vez crea más líos con su manía de hablar y opinar sobre todo lo humano y lo divino.

—Uribe es el mejor presidente de toda nuestra historia —afirma el Procu, un abogado amigo mío y de Farans, que fuera hace tiempos fugaz Procurador General de la Nación——. Miren, si no, cómo le está dando plomo a la guerrilla. En cambio el bobalicón de Pastrana le entregó el Caguán y la puso a crecer como nunca mientras se burlaba de él y del país.

Como don Charlie el declamador, antiguo laureanista de línea dura, es ahora pastranista, salta de inmediato en defensa de su jefe.

—Pastrana prometió la paz e hizo lo del Caguán buscándola. Es un hombre bueno y bien intencionado. No tuvo la culpa de que los bandidos de las Farc lo traicionaran y pusieran en ridículo. Uribe prometió acabar con la guerrilla y gastó un cuatrienio sin lograrlo. Y nunca lo logrará por la sencilla razón de que está demostrado que por la fuerza ni el país podrá acabar con la subversión ni ésta acceder al poder. Con la guerrilla hay que negociar tarde o temprano, como ocurrió con el M19, por ejemplo. Yo apuesto cualquier cosa a que Uribe gastará su período de reelección sin ningún resultado en ese campo. Pero eso no es todo. Su gestión es un desastre. Pruebas al canto: el desempleo anda desbocado; la economía dizque está creciendo pero eso no se percibe sino en los balances de las grandes empresas bancarias y financieras; la corrupción ha aumentado escandalosamente; se rodea de la peor gentuza que pueda imaginarse. Dizque iba a acabar con la coca y nunca hubo tanto cultivo, producción y exportación como ahora…

—Pero es que las cosas necesitan tiempo y no se hacen de la noche a la mañana —replicó el Procu.

—Con ese pretexto tienen para seguir reeligiéndolo siempre.

—¿Sabe que sí? Por mi parte votaré por él cuantas veces sea necesario. ¡Uribe es un verraco!

—¡Sí! ¡Pero un verraco promesero como todos los políticos! ¡Porque es igualitico a todos! Promete e incumple. Se parece al novio que pide "la pruebita", ofreciendo matrimonio y cuyos versos dicen:

Prometer para meter
y después de haber metido
no cumplir lo prometido.

Don Charlie rió su apunte, mientras don Fáber bostezaba y el Padre Eterno miraba hacia algún incierto y nebuloso lugar del aire desde donde las ánimas de sus antepasados tal vez le decían, como al Niño Dios en las novenas de Navidad: "¡Ven! ¡Ven, no tardes tanto!"

A veces, en mitad de esas discusiones, don Fáber el silencioso se acercaba a mi mesa y hablábamos un poco.

—¡Qué bueno para usted, poeta, que viene aquí a leer y a escribir y no a hablar ni a escuchar tonterías! —me dijo una mañana.

—Trato de aprovechar el tiempo al máximo... Están como alterados los contertulios hoy, ¿no?

—Esos loros viven así. El Procu defendiendo a Uribe y Charlie atacándolo. No se cansan de argumentar lo mismo. ¡Qué jartera!

—Y a todas esas, ¿qué opina el Padre Eterno?

—Sienta cátedra como siempre. A veces hasta se echa sus discursos patrioteros. ¡Y mete unas mentiras!

Como mi mesa 47 es la última en el extremo nororiental del salón y por ahí pasan, hacia el baño, todos los viejos y jóvenes, algunos clientes conocidos se detienen de cuando en cuando a saludarme o a comentar cualquier suceso nacional o literario. Los oigo a todos, atento y sin meterme en discusiones ni tomar partido y se van contentos de haberse desahogado.

La mesa de los quinientos años me recuerda siempre el problema de la jubilación. Cada vez que se jubila alguno de mis amigos no puedo evitar pensar en la tragedia que para muchos constituye tal estado. Los vagos, naturalmente, se ponen felices porque ya no van a tener que dar explicaciones ni justificaciones por tardanzas o incumplimientos y podrán olvidarse de la tiranía del reloj despertador, de los trancones en las vías y de la desazón producida por los lunes y las mañanas invernales. Por el contrario, los amantes del trabajo comienzan muy pronto a añorar las rutinas que durante décadas les hicieron la vida más llevadera y más blando y leve el paso del tiempo, que cuando no estamos ocupa-dos en algo se nos torna poco menos que eterno.

A muchos de estos últimos la situación se les vuelve en ocasiones dramática, poniéndolos casi al borde del suicidio, pues ni pueden volver al trabajo ni tienen labores o entretenimientos alternativos (no leen, no ven cine, no juegan ajedrez ni dominó, no practican deportes, no salen a caminar). Para empeorar la problemática deben aguantarse a la momia enmarronada de la esposa, que cada vez que están oyendo radio o descansando en la sala y pasa barriendo o trapeando, dice con el ceño fruncido: "¡Levanta las patas!" El pobre reo del hogar obedece y el espanto doméstico pasa y repasa. Las piernas, generalmente artríticas, suenan como goznes oxidados al subir y bajar. Otras veces la extraña criatura pasa con la cara verde de emplastos de aguacate y pregunta, como quien no quiere la cosa: "Oye, ¿por qué no te vas a dar una vueltica por ahí mientras arreglo la casa?" O, ya impaciente por la continua e inevitable presencia del pensionado, exclama: "¡Qué jartera tener al marido siempre estorbando!" Finalmente, cuando amanece de buen humor, formula esta "ingenua" y "amable" preguntita: "Mijo, ¿no será posible que te consigas por ahí otro trabajito, aunque sea por horas o medio tiempo?"

Estas incomodidades, que en vez de disminuir aumentan, terminan obligando al jubilado a irse a la calle. Sentado en un café o en la banca de un parque, pronto comienzan a llegar otros colegas a hablar de las dolencias y problemas del corazón, los ojos, los huesos, los pulmones, los riñones, el hígado, la tensión arterial, el colesterol, los triglicéridos, el colon, el pene (el "pájaro" o "canario", como dicen algunos, confesando con ingenuo y tristón humorismo que "ya no lo levanta ni un milagro", entre otras causas y efectos porque la cónyuge "está tan fea y tan vieja que no provoca ni malos pensamientos y no se la come ni el óxido"). Otro tema es el de los muertos. "Adivinen quién se murió" "¿Sabían que mi hermano se está muriendo de la próstata?" La próstata siempre irrumpe, indiscreta, inevitable y fatal. Y de tanto hablar de ella y de sus asiduos e impertinentes goteos, cuando la noticia es que la mujer de alguien se acaba de morir, no falta el distraído que pregunte si fue de... la próstata.

Mi amigo RJ acaba de jubilarse, y aunque proclama estar feliz con el hecho, no descarto la posibilidad de que, enamorado de la naturaleza y adicto al turismo ecológico como es, muy pronto opte por visitar los mosquitos chavistas del Orinoco o por viajar a las Islas Galápagos a curiosear un poco los hábitos sexuales de las tortugas centenarias. También es muy probable que deba madrugar a marcar tarjeta al Astor, a Versalles o al Salón Málaga. Menos mal que es buen lector y que sólo esta rara avis puede soportar cualquier evento desdichado sin perder la calma y sin tener que renegar de su estatus de pensionado.

Regresando a la mesa de los quinientos años, Charlie el declamador, de ojos azules y rostro rojizo salpicado de costras blancuzcas, también pasa por mi lado y casi siempre me obsequia con algún poema delicioso. Esta vez, tras la discusión política con el Procu, se levanta a mear y al regreso me pone la mano cariñosa en un hombro y me suelta, "con inspirado acento", el soneto Adiós, de José Eustasio Rivera:

Todo en nosotros muere con esta despedida:
los dos desde este instante cambiaremos también...
Sombra serás mañana por mí desconocida,
distinto seré entonces del que tus ojos ven.

El viento, que hoy deshoja la rama florecida,
luego de los retoños alegrará el vaivén.
Se estrechan nuestras manos antes de la partida;
qué pronto a extraños seres les brindarán sostén.

¡Adiós! Cruenta palabra que inventó la tristeza,
eco de lo que acaba, grito de lo que empieza,
súplica de los ojos que no quieren llorar…

Me abrazas y vibramos en un solo gemido,
tú por la angustia efímera del recuerdo querido,
yo por la certidumbre de que voy a olvidar.

Mientras saboreaba un tinto le dije al visitante que acababa de llegar a interrumpir mi escritura:

—Antes que escribir su hija debe leer con mucha atención cosas
muy buenas y escogidas. Para mí constituye un error que los chicos
escriban y no lean. Si no leen, ¿cómo van a aprender a escribir?
¿Cómo van a aprender a pensar, a razonar, a distinguir lo malo de lo
bueno, a elegir siempre lo mejor? Incluso, ¿cómo van a aprender orto-
grafía, gramática, sintaxis? ¿Cómo van a generar y transmitir cultura?
En la medida en que estimulen hábitos de lectura, a través de buenas
selecciones y recomendaciones, los docentes mejorarán todo el proceso de enseñanza-aprendizaje, facilitando, por ende, su propio trabajo.
De lo contrario sólo estimularán loros repetidores de sandeces.

Le entregué un fólder y agregué:

—Le devuelvo el poemario. Hace ocho días estaba esperando que
su hija viniera por él.

El papá del proyecto de genio con faldas se levantó, tomó el original, me estrechó la mano dándome las gracias y se alejó, no muy contento que digamos.

Una vez más acababa de repetirse lo de siempre. Una chica que
"escribió" su primer libro de poemas sin leer nada de poesía. Me
llamó por teléfono y me dijo que deseaba que le diera mi opinión. Le
pregunté si había leído a los grandes poetas como Porfirio Barba-
Jacob, Rubén Darío, Pablo Neruda, Antonio Machado, César Vallejo,
y me contestó que para qué leer nada si se sentía tan inspirada. Le
argumenté que quien no leía jamás podría aspirar a escribir bien y
mucho menos a publicar, pues su pretensión era conocer mi concepto
antes de acudir a la imprenta. Para no crearme problemas le dije que
estaba muy ocupado y carecía de tiempo. Insistió. Le aclaré que, mejor dicho, no quería, de pronto, defraudarla con una opinión negativa
porque no acostumbraba decir mentiras. Siguió insistiendo. Por último, para quitármela de encima, acepté que me dejara el trabajo con
Fernando, el guarda. Como preveía no encontré sino un proyecto de
escritura primaria con los tics de costumbre. La llamé y le di el concepto. Se disgustó mucho y me dijo: "Qué tan raro que a usted no le

hayan gustado mis poemas. ¡A mi profesor de Español y Literatura le encantaron!" "Pues entonces has debido quedarte con su concepto y no buscar el mío, ¿no te parece?", contesté. "¡A él tampoco le gusta lo que usted escribe!", reatacó, como buscando irritarme para sacarse el clavo. Respiré profundo y rematé el diálogo lo más serenamente que pude: "Te advertí que era muy sincero y te diría solamente la verdad. Como no te agradó, asunto concluido. Te dejaré el original en el Astor. En cuanto a tu profesor, tiene tanto derecho a no gustar de lo mío como yo de lo tuyo. Espero lo comprendas". A regañadientes me dijo que el papá recogería el trabajo.

Así ocurre casi siempre con los picateclas primíparos. Piensan que todo lo que hacen es perfecto. Y lo grave es que la mayoría no leen. De sobremesa, como en el caso citado, dan con profesores ineptos o acríticos que, muchas veces por mera solidaridad mimosa con la juventud o por una errada intención de estímulo, les aplauden todo, sin pensar en el enorme daño que les hacen con ello.

Un buen ejemplo de la forma como deben tratarse los jóvenes que empiezan a escribir dando palos de ciego en la búsqueda de su género, su estilo y su identidad literaria, es el de Flaubert con su amigo Maupassant. Al mostrarle éste sus primeros poemas, el maestro le dijo, con la franqueza y lealtad que merecen los principiantes: "Yo no sé si usted tendrá talento. Esto que usted me ha traído demuestra una cierta inteligencia, pero nunca olvide, joven, que el talento, según lo dijo Buffon, no es más que una larga paciencia. Trabaje". Más tarde, cuando Laure, la madre del joven, le pregunta si éste podría dejar el empleo que tiene en un ministerio para dedicarse a escribir, el autor de Madame Bovary no vacila en responderle a su amiga de la niñez: "Aún no. No hagamos de él un fracasado". Si lo hubiera elogiado falsamente y sin merecerlo lo habría perjudicado. Por el contrario, al criticarlo le fomentó el espíritu de la autocrítica y del rigor profesional que, superado el sarampión de la poesía, lo condujo finalmente al cuento y la novela, campos en los cuales fue el más exitoso y vendido autor de su tiempo y uno de los inmortales imprescindibles de la literatura francesa.

El que he referido atrás no es el primer chasco que me ha pasado con jóvenes o viejos "talentos". Una vez venía para acá cuando me paró a la entrada un tipo y me mostró dizque un soneto que acababa de hacer. Lo leí y guardé silencio. "¿No le gustó?", preguntó. "Esto no es un soneto", traté de explicarle. "Para empezar, carece de la estructura clásica. Un soneto consta de dos cuartetos y dos tercetos de versos endecasílabos rimados entre sí". "Ah, ¿sí?", contestó. "Entonces lea este otro a ver". Y me entregó otra cosa sin rima, ritmo, sentido, pies ni cabeza. "Lo siento. Aquí tampoco hay nada de nada". El tipo, un sesentón de bigote repulido, jugador de ajedrez y vago consuetudinario, frunció el ceño y me soltó esta perversa andanada: "Mire, señor, yo sé que usted vive en el Astor esperando que le llegue el Premio Nobel de Literatura, pero eso no lo autoriza para despreciar mi producción". Ni siquiera le contesté. Sonreí simplemente y me alejé.

A veces llegan aquí tipos a pedirme que "les eche una miradita" a sus originales, "una miradita no más", y yo, después de hojearlos y de pescar al vuelo dislates ortográficos y gramaticales de toda especie, los remito donde RJ, que revisa y corrige todo pero cobrando caro. "Eso vale tanto", dice, y los tipos salen corriendo, pensando que la tal "miradita" no gasta tiempo, ni ojos, ni constituye trabajo alguno merecedor de remuneración. Sin embargo, tampoco puedo quejarme demasiado debido a que en esta mesa 47 también he realizado asesorías muy gratas y trabajado igualmente con algunos jóvenes poetas amigos de RJ, que crecieron leyendo mis libros y que ahora ensayan sus primeros versos. Colaborar con jóvenes talentosos y disciplinados resulta muy satisfactorio. Lo demás, lo desagradable como los episodios mencionados, debe ser el precio de la ¿fama?... ¡Bah! La fama, la gloria. ¡Basura! La única gloria que existe es la que nombra el poeta Carlos Castro Saavedra en un soneto jocoso a Jeremías, quien vive

Sentado en una silla giratoria
y dictándole cartas a la gloria:
La secretaria, Gloria de Muñoz.

Entre los lectores de mis columnas figuraba George Nueva York, a quien llamo así porque como tiene varias hermanas y la madre nacionalizadas en Estados Unidos y residentes en esa ciudad, viaja con frecuencia allá y luce casi siempre vistosas camisetas con rótulo en inglés al estilo de, verbigracia, Te amo, Nueva York. Este simpático y entusiasta barranquillero, docente jubilado de inglés y francés, incluso las xeroxcopiaba y distribuía de mano en mano y hasta le pagaba a un amigo para que las pegara en carteleras públicas. Generoso y amiguero por naturaleza, a su mesa llegan personas de todo el país y hasta del extranjero y a todas las atiende sin remilgos. Uno de sus más frecuentes visitantes y contertulios es un viejo mimo llamado Remberto, usuario del nombre artístico Pillín Pillao. Alto, flaco, con blanca barba triangular, sombrero de caña y camisetas con los colores amarillo, azul y rojo de la bandera colombiana, resulta fiel copia de don Quijote de la Mancha, así que cuando aparece en el Astor con su antañosa y simpática estampa todas las imaginaciones convergen a la inmortal obra del Manco de Lepanto. "Miren al Quijote", exclaman todos, y hasta alguna vez un chistoso dijo en mi mesa, señalándolo con un guiño de ojos: "Coño, Máximo. ¡Llegó el machucante de Dulcinea!". Al mencionar a George no puedo evitar un breve interludio para citar a un hermano suyo. Extrañamente y al contrario de mi amigo, il suo fratello detesta al Imperio. Lo invitan de continuo a visitarlo y se niega. Por más que le anuncian enviarle los pasajes de ida y vuelta, atenderlo como a un jeque petrolero e incluso llevarlo a Disney World o adónde le plazca, él permanece inflexible. La madre le ruega y le ordena. Nada. No se inmuta. "¿Y yo para qué diablos voy a ir allá a morirme de jartera?", razona. "Me gusta Medellín. Su clima. Aquí estoy en lo mío. Tengo mis amigos. Todo". "Es que mamá quiere verte", acosan los hermanos. "¿Y para qué? ¿No me conoce desde chiquito? ¡Díganle que no he cambiado casi nada. Sólo que me he puesto un poco más gordo, viejo y feo. Nada más". "Sí, pero es que también quiere hablarte", insisten los otros. "¿Y acaso no vivimos hablando por teléfono?" "Comprende, hombre, que la viejita…" "La viejita, nada. ¡Vayan ustedes y déjenme a mí tranquilo aquí y no me jodan más con eso!" Le han insistido y rogado tanto, que no obstante sus enérgicas negativas, contradiciendo su voluntad y haciendo un enorme esfuerzo, en varias ocasiones ha viajado a Bogotá a realizar las deprimentes y largas colas en la embajada gringa, logrando siempre que le nieguen la visa. ¿Por qué quiere ir a nuestro país?", le preguntan los rubios y antipáticos funcionarios. "No quiero ir. Lo que pasa es que mi mamá, que vive allá, insiste…", contesta. Los desangelados sobrinos del sombrerón y barbudo Tío Sam desorbitan los ojos con asombro. No pueden creer lo que oyen. "¿Usted no quiere ir? ¿De veras?" "No quiero ir. Nunca he querido ir. No me interesa". "¿Y entonces? ¿Por qué está aquí?" "Ya lo dije. Porque mi mamá insiste. Sólo por eso". Naturalmente, y con muchísimo gusto, los tipos le niegan la visa, mientras él dice "¡Gracias!" desde lo más hondo de su sinceridad. Y, al contrario de la mayoría de los rechazados, que salen con cara de pielroja enfurecido, murmurando el clásico "¡Gringos hijueputas!", él lo hace sonriente y feliz, exclamando: "¡Hurra, me negaron la visa!"

Volviendo a las columnas, también circulaban en el Astor y algunas veces eran leídas en voz alta en la mesa de los quinientos años. Al hacerlo, don Charlie el declamador sacaba pecho, afinaba la tonalidad de su voz y se esmeraba en la más correcta pronunciación. Los uribistas callaban y el Procu miraba hacia mi mesa, en la cual yo seguía concentrado en la escritura o en la relectura del tomo de Hamsun.

Cierta mañana de lunes, después de su rito lector, el buen Charlie me llamó y yo me acerqué.

—¿Para qué soy bueno? —pregunté.

—Quiero felicitarlo ante mis amigos por sus artículos. Usted critica en Uribe los más graves defectos, que son los del carácter y el modo de ser y de hablar sin pensar las cosas. El hombre parece que no actuara como el presidente de Colombia sino como el capataz de El Ubérrimo, su finca de Córdoba.

—Todo lo que usted dice, poeta, es cierto y lo hemos oído todos — concedió el Procu—. Pero, para mí, lo que don Charlie llama defectos y usted trata como tales, no son más que simples expresiones de la autenticidad del carácter presidencial.

—¡Qué autenticidad tan dañina! —comentó don Charlie.

—Todo es según el cristal con que se mire —refraneó el Procu—. A mí me gustan esas cosas.

—A ustedes los uribistas les gusta todo lo del patrón. ¡Hasta sus nexos con los narcoparacos que, según los medios, incluidos los oficialistas, en la sola Costa Atlántica le aportaron trescientos mil votos en la primera elección. ¿Y qué me dice usted de los congresistas que lo apoyaron y que ahora están enjuiciados o en la cárcel? A Samper lo jodieron y casi lo tumban porque el Fernandito Botero recibió para su campaña dólares del Cartel de los hermanos Rodríguez Orejuela. En cambio a Uribe le perdonan todo. Hasta reconoció que había recibido donaciones de La Gata Enilce López. "Yo sí recibí una platica de esa señora, pero fue muy poquita", admitió sin ningún rubor. Por ese solo y simple hecho debería haber sido procesado y destituido ya. Pero, por el contrario, sigue subiendo en las encuestas amañadas de los medios amigos, en los cuales le abren micrófonos mañanas enteras y le preguntan sólo lo que le conviene, dicho sea de paso, con una lambonería y una sumisión que dan ira. Y cuando, por algún azar, los directores quebrantan el libreto, tal vez pensando en rescatar un poco de independencia e imparcialidad informativas, el hombrecito se sale por la tangente y contesta lo que le da la real gana. Siempre es así. Le preguntan una cosa y responde otra. ¡Y que no le vayan a contradecir nada porque entonces se vuelve una tatacoa e insulta a todo el mundo! Recuerden, si no, lo que le pasó al Santicos director de la revista Semana. Lo volvió chicuca en un santiamén.

—¡Bien hecho que no se haya dejado joder de ese güevoncito! — aplaudió el Procu.

—¡Ve! ¡Qué raro! ¿Y será que ese güevoncito, como usted lo llama, no es acaso de la misma sangre de Pachito, el Vice y de Juan Manuelito, el Ministro de Defensa? Pero, claro, los dos primeros asienten y doblan la cerviz, cuidando sus puestos y dándole la espalda a la noble sombra liberal y democrática del ex presidente Santos, y en cambio el joven incomoda porque cumple con su función de no ocultar, "editar" o tamizar la verdad.

Siguió la discusión, y no sé por qué, yo, que siempre he tratado de mantenerme al margen de ese tipo de enojosas y desgastadoras esgrimas verbales, opiné o contesté algo que no le gustó al Procu, poniéndolo furioso y manoteante. Después de escucharlo con la serenidad y la sangre fría que la circunstancia aconsejaba, le dije:

—Cálmese, doctor. Está muy alterado y puede darle un patatús. Respeto sus opiniones, aunque, por supuesto, no las comparto. Sólo quiero anotarle algo. ¿Se acuerda cuando, antes de la primera elección de Uribe, yo lo defendía ingenuamente, diciendo que iba a votar por él porque me gustaba la coherencia de su discurso, sobre todo en lo de "acabar con la guerrilla", y tanto usted como Farans, que lo conoce mejor que nosotros dos, decían que yo estaba equivocado y que ese no era el hombre para gobernar a Colombia? Haga memoria. Efectivamente, yo voté por Uribe, lo que no hicieron ni usted ni Farans. Después, cuando el tipo comenzó a fallar en todo lo prometido, me desencanté y empecé a darle palo en mi columna. Sin embargo, sucedió algo muy raro. Mientras yo rectificaba el rumbo como tantos otros electores defraudados, usted se volvió el más uribista de los uribistas. Sus razones tendrá. Allá usted. Pero, por favor, mérmele a la adrenalina, que es más peligrosa que una rabieta o una amenaza de Uribe. (Sonreí, poniendo una mano en el hombro del declamador). Cambiando de tema, invito, mejor, a don Charlie a que nos deleite con alguno de sus amados sonetos clásicos.

Agradeciéndome el hábil timonazo, el viejo despejó la garganta con varias tosecillas y empezó a recitar Oración, uno de los hermosísimos sonetos místicos que publicó el poeta bogotano Alberto Ángel Montoya, cansado ya de sus extravíos y excesos de amor y herido o sublimado en su espiritualidad por la gracia divina:

Quise vivir la vida como en un paraíso.
Serpiente y fruta a un tiempo tentóme la mujer.
Dócil a los pecados y a la virtud remiso,
hostia y vino en las bocas me ha brindado el placer.

Soberbio y al imperio de los goces sumiso,
soñé vender el alma por miedo a envejecer.
Vana quimera inútil: el Tentador no quiso
comprarme el alma anoche cuando la fui a vender.

127

Dadme, Jesús, la tuya y ampárame en tu manto.
No más la cruz satánica de unos brazos abiertos
donde crucificado de amor desfallecí.

Dadme, Jesús, la gracia de estar entre los muertos.
¡Yo bien merezco el premio! Que habiendo amado tanto
tengo que odiarlo todo para quererte a ti.

—¡Bravo! —aplaudimos todos.

Antes de regresar a mi mesa, le di una palmadita en la espalda al Procu y exclamé:

—Uribe Vélez es banal, poco fiable, desechable y olvidable como todos los políticos y pasará algún día. Pero la buena poesía no pasará jamás. ¡Que ella nos una mientras él nos separa!

Pese a mi situación privilegiada en el Astor, mi tranquilidad, mis lecturas y mi escritura en ocasiones se han visto interrumpidas no solamente por las ya comentadas impertinencias de presuntos escritores en busca de asesoría sino también por la actitud de un par de clientes que, sin causa alguna, se convirtieron de la noche a la mañana en mis enemigos gratuitos y desafiantes.

El primero era un tipo a quien llamaban "el doctor". Cincuentón, gordo, moreno, ventrudo, usaba unos vestidos grasosos y llevaba el saco siempre abotonado de arriba abajo. Usaba bigote y portaba un maletín del que sacaba papeles que simulaba estudiar o revisar. A menudo llegaba acompañado de mujeres de pinta y aire puteril o lo visitaban jovenzuelas ingenuas, a quienes, según afirmaban las monjas caderonas, engañaba con promesas de empleo.

Al fulano le dio por sentarse siempre frente a mí. Llegaba, pedía un tinto, abría el maletín, desplegaba sus papeles sobre la mesa y empezaba a mirarme de manera insidiosa y amenazante. Al principio la actitud me desconcertó pero después opté por no prestarle la menor atención. "Este malnacido parece un envidioso o un resentido", pensaba. "Como ve que la gente me respeta y las monjas se esmeran por atenderme mientras a él le sacan el cuerpo y lo ignoran, debe sentir rabia". A veces lo observaba de reojo, procurando que no se diera cuenta. Era a todas luces uno de esos individuos marcados por el mal y a los cuales se les nota fácilmente el aura demoníaca.

Una vez le pregunté a una de las monjas qué le pasaría a ese sujeto conmigo y me contestó: "No lo mire, don Máximo. Es un maluco y anda muy mal acompañado. A muchas de nosotras nos produce miedo y fastidio".

Pasó el tiempo y finalmente pudo más mi indiferencia que su deseo de provocarme. Después desapareció del Astor por una temporada. Pregunté por él y me dijeron que algunos clientes se habían quejado a la Administración de que los molestaba, que le llamaron la atención y, como no cambió, le prohibieron la entrada. Después volvió a aparecer. "¿Y ese maloso?", averigüé. Varios de sus compinches habían enviado una carta pidiendo que volvieran a permitirle la entrada, pues dizque "el doctor era una persona muy importante". "¿Importante ese guache?", discutí. "Pero, por Dios, si basta echarle una ojeada para descubrirle el alma de malandrín".

Por un tiempo se sentó en el segundo salón y yo ni siquiera lo miraba al pasar. Allí tuvo un problema grave con otro cliente de su calaña, quien incluso lo retó a salir a la calle para romperle el alma a puñaladas. Más tarde lo echaron definitivamente. Llegó al mediodía, pidió un café con leche y apenas se lo llevaron abrió el maletín, sacó un sándwich envuelto en papel aluminio y empezó a comérselo con toda tranquilidad. Una de las administradoras observó la escena y, ni corta ni perezosa, se le acercó y le dijo: "Mire, señor. Aquí sólo se puede consumir lo que vendemos. Por favor, vaya a comerse eso a otra parte". "¿Por qué, si estoy pagando el café?" "Pues no lo pague, señor, pero váyase o llamo al vigilante para que lo saque". "Bueno, ya me voy, vieja malparida", contestó el bribón y nunca más volvió a verse siquiera por el paseo Junín.

Muchos meses después, una noche casi nos tropezamos al entrar al Éxito de San Antonio. Lo miré con indiferencia y el rufián hizo el gesto ostentoso de desabotonarse el saco, como quien va a extraer un revólver de la pretina. Me alejé en silencio. Cuando le conté el caso a un amigo que lo conocía me hizo reír con su respuesta: "¡Qué revólver iba a sacar ese bellaco! ¡Te iría a matar con un banano!"

La segunda crónica irritante y molesta corrió por cuenta de cierto calvo bajito, blanco, pálido y bastante agrio, que trabajaba de profesor de idiomas y pregonaba haber estudiado en la antigua Unión Soviética. Este sujeto también "me la montó", para emplear un término muy usado en Medellín. Como si se hubiera puesto de acuerdo con mi anterior malqueriente, llegaba todas las mañanas, se sentaba en una silla frente a la mía, pedía un vaso de leche y empezaba a mirarme con cara y gesto de enemigo mortal. Tampoco le había hecho nada y ni siquiera sabía su nombre. El odio de sus perversos ojillos de anémico no podía ser más inexplicable y morboso. "¿Otro puto loco?", pensé. "Me la gané yo. Me libro de uno y aparece el reemplazo. ¡Ni porque hubiera matado un cura!"

Así ocurrió durante meses. Procuraba no mirarlo, pero en ocasiones, involuntariamente, al levantar los ojos de lo que leía o escribía, tropezaba siempre con su mirada mala. Parecía como si estuviera sometiéndome a algún rito hipnótico o satánico.

De pronto resultamos con amigos comunes. Al comprobar que estos me trataban con respeto y cariño bajó automáticamente la guardia, cesando su insoportable y fastidioso acoso visual. Una tarde, mientras yo departía con uno de nuestros amigos, apareció acompañado de su mujer. Se acercó a la mesa, muy demacrado y amarillento y contó que había sido sometido a una cirugía de corazón abierto y que estaba haciendo precisamente la primera salida.

Como yo acostumbro por norma elemental de salud no acumular odios ni rencores contra nadie, ni siquiera contra quienes me hacen daño de verdad, le dije que le deseaba una pronta recuperación. "Tengo varios amigos que han estado en las mismas condiciones", agregué. "Las superaron y continúan viviendo con normalidad. Así que serénese. A veces las preocupaciones desencadenan efectos catastróficos". Sonrió, entre sorprendido, agradado y purificado por la gracia del perdón y del olvido. Por un tiempo volvimos a saludarnos pero después dejamos de hacerlo cada vez que nos vemos en la calle o en el Astor. Al menos ya no me causa fastidio ni malestar verlo.

En análogo orden de personajes de conductas anormales, debo recordar, asimismo, a un par de hermanos que montaron en el Astor un consultorio "médico". Profesor jubilado, setentón parlanchín de mirada ávida y escrutadora, sobre todo en tratándose de mujeres más o menos atractivas, el mayor se presentaba como terapeuta sexual, y el menor, de unos cuarenta años, como su asesor y secretario.

A la mesa que solían ocupar, situada en un rincón contra la pared suroriental, llegaban muchachas sencillas y hablaban con nerviosismo. A veces hasta lloraban contando sus cuitas mientras el viejo les sobaba las manos, diciéndoles palabras dulces, como éstas que escuché cierta tarde al pasar junto a ellos: "Tranquila, mamita hermosa. Deje de llorar, que nosotros le solucionamos ese problemilla. Ya verá, mamita, ya verá". Cada día tenían una "paciente" distinta, por lo que parecía que el asunto marchaba con velas desplegadas.

Hablando con Farans, que conocía muy bien a los fulanos, me contó que se trataba de un par de pervertidos sexuales. El viejo aplicaba un "tratamiento" especial para las muchachas tímidas, frígidas o anorgásmicas, consistente en hacerlas enfrentar y solucionar sus problemas en la práctica. Y, naturalmente, la práctica, o las prácticas, mejor, se realizaban en un apartamento cercano. El viejo las ablandaba con su verborrea seudocientífica, sometiéndolas a las terapias que son de imaginar, mano y lengua incluidas, y después el asesor remataba la faena como indica Natura. "En esa forma se han comido a más de una tonta", terminó mi amigo.

Los embaucadores desaparecieron al fin, después de ser descubiertos por la policía en plena acción y llevados a una comisaría en donde fueron posteriormente liberados por falta de denuncios formales de las víctimas, asunto tal vez explicable por el hecho de querer evitar careos y problemas familiares. Según Farans, el mayor falleció más tarde atropellado por una motocicleta y el asesor no pudo seguir cultivando la "clientelita", por lo que terminó abandonando la ciudad y radicándose en Bogotá.

Parece que el destino se empeña en que, no obstante romper y separarme de mis amantes, ellas persistan en mantener contacto conmigo y añorar mi sombra de hombre maduro y protector. Este curioso y poco frecuente fenómeno es idéntico a lo que en nuestra cocina nacional se denomina "arroz en bajo", o sea cuando se deja algo en la estufa o en el horno para que no se enfríe y poder consumirlo después. Dejar ahí a ver qué pasa más tarde. Relaciones, sentimientos, expectativas o historias en suspenso o espera. Comúnmente, suele decirse que "donde hubo fuego cenizas quedan" y tal vez a eso obedezca todo. No pocas parejas se apartan casi siempre violenta y definitivamente y en ellas no persisten sino malos recuerdos, fastidio y desamor. Ahí no hay nada qué hacer, ni qué soñar, ni qué esperar. Pero otras, por el contrario, pese a que rehacen su vida, se reenamoran y fundan nuevas familias, continúan mirando hacia atrás y, acaso debido al rescate mnemotécnico de los buenos períodos vividos, parece como si pensaran que es mejor tener esperanzas por si las cosas fallan algún día.

Es el caso de Marrut y Mariag. La primera me ha llamado mucho, después de que la mandé a freír espárragos con su niñita. Docenas de veces me ha visitado. Estoy leyendo o escribiendo, tranquilo y desprevenido, cuando, de pronto, al levantar la vista, la veo acercarse, sonriendo, alegre e ilusionada de verme y de que no la rechace con los ojos o el gesto sino que le sonría también. Al hacerlo pienso: "Ahí viene, otra vez, esa loca". Sé a qué viene. Qué espera de mí. Qué va a decirme. Se trata invariablemente de lo mismo. "Te amo, Máximo. Nunca he dejado de amarte y creo que siempre te amaré". "Eres el único hombre inteligente y generoso que he tenido". "Te añoro muchísimo. Pero tú no prometes nada". "¿Y qué demonios voy a prometerte? Ya no estoy para bregar locas sino para vivir en paz. Por eso pierdes tu tiempo conmigo, aunque, a decir verdad, todavía estás muy buena y me gustas mucho. Si quieres echamos uno que otro polvo, pero, eso sí, sin prisas, jodas ni compromisos". "¿O sea que para eso sí estoy buena y para vivir conmigo no? ¡Pues no, caballero, no!" "Entonces tú te lo pierdes, porque yo no me voy a volver a amargar la vida contigo. ¡Ni por el Putas!" "¿No ves que contigo no se puede? Te busco siempre y oye lo que dices. Eres imposible". Al final siempre se despide con un beso y un "¡Llámame, ingrato!" Por supuesto, ni la busco ni la llamo, aunque lo del polvo sigue en pie.

Por su parte, Mariag me llama por todo y para todo. Para darme noticias del clima, de la salud, del trabajo, de su anciana y enferma patrona que, tras la muerte de su marido, ya ni siquiera desea vivir; para agradecerme las columnas dominicales que le envío, vía e-mail, después de que salen publicadas en el diario; para preguntarme por qué no la llamo o le escribo; para regañarme y pelear cuando me acosa demasiado y se me sale el bárbaro que llevo dentro, y hasta para informarme sobre los galanes hispánicos que la rondan.

Cuando me habló de un Paco, rentista inmobiliario y lector de biblioteca pública, me alegré y le aconsejé que rehiciera su vida sin dudarlo ni un minuto. "Aprovecha, mujer, aprovecha". El tipo le prestó euros para que pagara sus deudas en Medellín y parece que la sacaba a pasear por los alrededores de Madrid y se hacía acompañar de ella, en auto o en motocicleta, cada vez que iba a cobrar la renta de sus propiedades urbanas y suburbanas. "Me interesa sólo como amigo. Nada más. No me gusta porque es muy desordenado y descuidado en el vestir y vive en un apartamento lleno de basura". "Eso es natural si no tiene mujer. Debes agradecer que te ayuda y dejar, de una vez por todas, esos putos remilgos de falsa señora burguesa. Si el tipo es honrado, te trata bien y además tiene el bolsillo lleno de euros, ¿qué demonios esperas para aceptarlo? ¿No has pensado que un matrimonio con español te posibilitaría rápidamente la legalización de tus papeles y el acceso a la ciudadanía comunitaria? Aprovecha, mujer, y déjate de vacilaciones y escrúpulos que en vez de ayudarte contribuyen a frenar tu progreso. Si bien es cierto que ahora tienes un trabajo tranquilo y liviano cuidando a esa señora, también lo es que ella, como me has contado, está muy vieja y jodida y puede morirse de un momento a otro. ¿Qué harías en esa eventualidad? ¡Comenzar a rodar y a buscar trabajo de nuevo! En cambio, si aceptas al Paco, lo solucionarías todo de una buena vez. Trátalo con generosidad y gratitud y deja de buscarle defectos. Recuerda que todos los seres humanos somos distintos y tenemos nuestras manías. Él parece simplemente un hombre práctico y aterrizado. ¡Reacciona, por favor! ¡No pienses más y échale mano a ese tío lleno de oro! Ahí está la solución que buscabas y a lo mejor Dios te lo puso en tu camino para eso". "Pero el Paco es, además, un tacaño de marca mayor". "¿Y es que crees que todos los hombres son tan manirrotos como yo? ¡Olvídate! ¿Por qué, mejor, no agradeces sus préstamos?" "Él me presta pero cobrándome intereses". "¿Y qué esperabas? ¿Qué te prestara gratis? ¡No seas descarada!"

En estos y similares términos fluyen y refluyen nuestras conversaciones por celular y nuestros correos electrónicos, terminando, de su parte, casi siempre con férvidas declaraciones al estilo de "Te amo, mi amor, y nunca dejaré de hacerlo".

El tercero de mis casos de "arroz en bajo" es el de Mariel, con quien hablo periódicamente y a quien también envío cada mes mis columnas periodísticas. Cuando enviudó hablamos y me preguntó si estaba solo. Estaba con Mariag y se lo dije. "Lástima", expresó, "pues yo siempre pensé que, algún día, tú y yo podríamos compartir nuestras vidas". Al saber que Mariag era separada y con hijos estudiantes, frunció el ceño y comentó con sabiduría: "Un náufrago no puede agarrarse a otro náufrago porque terminan hundiéndose ambos". Varias veces hemos tomado café y charlado y reído, e incluso ambos protagonizamos en alguna ocasión sendos programas de televisión sobre el tema de la casa como centro y ambiente del hombre.

De mis seis mujeres amadas, gozadas, sufridas y dejadas hoy sólo hablo con Mariag, Marrut y Mariel. Con Marid no volví a hacerlo debido a que tras nuestro último encuentro cesó toda comunicación. En cuanto a Olvil, después de la separación me hizo algo tan sucio e inmerecido que prefiero omitirlo y olvidarlo para no oscurecer ni demeritar las partes gratas de nuestra vida conyugal. Debo anotar, sin embargo, que desde entonces me inventé un río lleno de pirañas que impide e impedirá por siempre jamás cualquier tipo de acercamiento entre los dos.

A través de estas páginas me he referido a mis ex amantes como locas. Lo son, por supuesto. Y yo también soy loco y no en menor medida. Como el rey Salomón decía, citado por Erasmo de Rotterdam en su Elogio de la locura, "yo soy el más loco de todos los hombres" y como San Pablo en carta a los corintios, evocado también por el mismo, "hablo a lo loco porque lo soy más que nadie". Locas para el loco. Cada loco con su loca, que coloca y disloca y trastoca la vida, los sueños, los sentimientos, las emociones y la economía. Sobre todo esta última. Pero Erasmo, que dijo asimismo que "no creo que las mujeres sean tan locas para agraviarse porque les diga locas", defendió lúcidamente la locura como "la irracionalidad insustituible para la vida", agregando que "hay que confesar que la locura es la mejor recomendación de las mujeres para con los hombres. Éstos toleran todo a cambio de la voluptuosidad, ¿y acaso no es ella una locura?"

Reconociendo que conmigo Erasmo dio el martillazo en el clavo, es justo recordar, en honor a la estricta verdad y en elogio de un lector sencillo e inteligente, que gracias a Fernando el guarda, quien me hablaba con frecuencia del libro del filósofo, volví a releerlo con tanto asombro y admiración como la primera vez.

Las mujeres atrás mencionadas, en realidad, son ya meros fantasmas del pasado que tañen las campanas del recuerdo. Sobre todo ahora cuando después de tanto buscar y buscar en cada cuerpo, en cada rostro, en cada gesto o sonrisa amables, acabo de encontrar, por fin, la mujer con la cual aspiro quemar mis últimos cartuchos de amante sano, fuerte y cumplidor no obstante mis sesenta y seis años.

A esta edad, la mayoría de los hombres en Colombia se consideran ruinas andantes, han olvidado el sexo y sólo piensan en rezar y prepararse para un buen morir. Son los maridos pacientes, los abuelos alcahuetes y los "cuchos", como dicen los jóvenes. "Oye, cucho". "Mira, cucho". "Cucho, necesito...". "Cucho, dame...". "Cucho, te mandan decir del colegio...". Cucho por aquí, cucho por allí, cucho por allá, cucho por todas partes. Hasta los choferes gritan cuando uno se distrae al pasar una calle: "Fíjate en el semáforo, cucho". También los mendigos, drogadictos o vagos usan irrespetuosamente la denigrante palabreja: "Cucho, dame una moneda".

Un cuñado mío, tan pequeño como Uribe, cuenta dos casos que al principio lo sacaron de casillas pero que ahora lo hacen reírse de sí mismo y de su edad, casi igual a la mía. Cierta mañana que estaba sentado en el quicio de la puerta de su casa, recibiendo el sol, se le acercó una niñita rubia y bella a preguntarle algo. Cuando le contestó, ella se quedó mirándole la cara arrugada y, como si dudara de que fuera un niño viejo o simplemente un viejo pequeño, le preguntó con toda la cándida audacia de su tierna edad: "¿Cierto que usted es un cuchito?" "¡Culicagada malcriada!", replicó él. Tiempo después estaba subido en una escalera temblequeante, cambiando una bombilla de su fachada. Pasó un grupo de escolares, y uno de ellos, mirándolo, les comentó a los otros: "¡Miren! Ese cucho se va a caer y se va a quebrar el culo". "¡El culo te lo quiebro yo a vos si te cojo, hijueputica!", amenazó, furibundo, *il mio cognato*.

La dirigencia colombiana, inculta y perversa, no respeta ni valora a los viejos y los considera tales casi desde los cuarenta años. Después de esa edad es muy difícil encontrar empleo aquí, no importa que medien experiencia y conocimientos profesionales o técnicos muy importantes. Alguna vez, una tipa que era ministra de Trabajo del presidente Alfonso López Michelsen, se refirió a los viejos como chatarra. Yo que, a mucho honor, me he nutrido de la sabiduría y la experiencia de los mayores tanto como de los libros, estaba muy joven y todavía recuerdo el hecho con renovada indignación.

Las hojas de vida laborales son, en general, para los jóvenes de 20 a 25 años. Por eso el desempleo crece más de la cuenta cada día y Uribe ha fracasado estruendosamente en sus supuestas políticas de creación e incentivo de oportunidades laborales. Ésa también ha sido, además de los desplazamientos multitudinarios producidos por la violencia guerrillera y paramilitar, causa importante del vasto y constante fenómeno de emigración de nuestros connacionales hacia el extranjero, antes a Venezuela y a Estados Unidos y hasta hace poco a los países de la Unión Europea, especialmente a España.

En Colombia, la sociedad y los gobiernos gradúan, pues, "cuchos" a granel. Pero yo, aunque lo parezca, no soy un "cucho" ni me siento como tal. No obstante mis bien guerreados sesenta y seis años poseo una energía, un alma y una voluntad de cuarentón. "¿Te parezco viejo?", le pregunté una vez a la joven señora de un amigo. "¿Viejo?", contestó ella, que no era precisamente muy amante de los piropos. "¡Vieja tu cédula! Ojalá mi marido, con veinte años menos que tú, tuviera tus ánimos, tu alegría y tu salud". Después agregó: "Él me contó —aquí entre nos— que has debido dejar varias viejas porque ni siquiera te daban la medida en la cama. En cambio él echa un polvito, y no muy bueno ni movido que digamos, por ahí cada quince o veinte días. Me mantiene siempre a dieta".

Bueno, infidencias aparte, el hecho es que estoy feliz con mi nueva dama.

Como el distraído que busca las llaves teniéndolas en la mano, el lápiz o bolígrafo olvidado en la oreja o las gafas llevándolas encima de la cabeza, la andaba buscando, pero ella (¡designios del destino voluble e impredecible!) estaba cerca, hablaba frecuentemente con ella, simpatizábamos más de lo común, incluso nos gustábamos, mas nunca se me había ocurrido nada, ni mucho menos me había detenido a pensar en ella como posibilidad de pareja.

Sucedió entonces que una perdida y melancólica tarde de domingo (de esas como para bostezar, llorar o suicidarse), estando con Luisjuanfer, un amigo que escribe en un diario local, viendo meseras suculentas meneando sus traseros invitadores en un salón de billares, él pareció notar el deseo y la nostálgica avidez de mis ojos y preguntó:

—A propósito de nenas sabrosonas, ¿cómo va tu búsqueda de nueva pareja?

—Aún no resulta nadie que valga la pena.

—¿Y la dama con la que te he visto algunas veces?

—Se trata de una simple amiga.

—Es bella, parece seria y tiene buena edad para ti. No es ni muy joven ni muy vieja. Además, he notado cómo le brillan los ojos cuando están juntos. ¿Por qué no intentas algo con ella? Yo no lo dudaría. A no ser, por supuesto, que no te guste.

—Me gusta, pero... no sé. Nunca se me había ocurrido pensar en ella.

Callé por un instante, sumando virtudes, calculando probabilidades y descartando dudas y objeciones.

—Tienes razón —dije luego—. Podríamos formar una buena pareja.

—Claro —me animó Luisjuanfer—. Inténtalo. Nada pierdes. Más arriesga la pava que el que le tira.

"¡Anímate!", acució Ramoncito, tensionándose. "La hembra está que se come sola. Cuádratela. O al menos inténtalo. Recuerda que hace tiempo me tienes ayunando. ¡Despabílate, señor de las dos piernas y media! Hay que gozar y pichar porque el mundo se va acabar".

Mientras las meseras pasan y pasan, contoneándose y empollando deseos alrededor, Luisjuanfer y yo miramos hacia los billares, en los cuales jóvenes y viejos entizan tacos, apuntan logros, calculan ángulos, directrices y trayectorias de giro y aciertan o yerran carambolas, todo ello con gestos desilusionados y estruendosas exclamaciones groseras como "¡Por fin hice una malparida! ¡Hurra, campeón!" o "Vida malparida, ¡hoy no le acierto ni a la puta tierra!"

Una de las meseras mayores me guiña el ojo. Muy alta, acuerpada y empitonada, tiene una cara linda y un precioso color aduraznado. A pesar de sus michelines y su tamaño pienso que debe ser un polvo excelente. Además, hay algo en ella que me recuerda a la putica madura que, como ya conté, una vez en la juventud me dijo con gran ternura después de una buena y sudorosa faena: "Vuelva pronto, que aquí está su mamita sinvergüenzoncita".

Sin perder oportunidad para lo suyo, cabeceando entusiasmado, Ramoncito vuelve a escalar la mente y ataca: "Vamos, Trípode. Compremos un caucho y metámosla al hotelito de la esquina. ¿Quién quita que nos guste bastante? ¡Anímate! Comámonos ese bocadazo de delicioso colesterol"

El oculto personajillo acosa más que un hambriento en la cocina o un burócrata buscando puesto.

Resuelto a cambiarle el rumbo a la relación, ahora estoy con la mujer en lo que defino como jardinería romántica. Su nombre es Mara y, curiosamente, acaso por algún misterioso signo favorable, al revés Mara significa Amar. Es morena, alta, bien formada, con dentadura perfecta, senos pequeños pero altivos, huesos y músculos firmes y un aire de inteligencia y seriedad que proclaman su estirpe de excepción. Graduada en administración de empresas, trabaja cerca del Astor gerenciando la seccional de una firma de telefonía móvil.

La conocí en una librería hace tres años, cuando andaba ya en gravísimos problemas con Mariag. Es casi tres décadas más joven que yo. Viste siempre vaqueros y blusas sencillas pero elegantes. Su nota de informalidad y modernidad la refuerza el hecho de que no use carteras convencionales sino bolsos de tela, en los que lleva siempre uno o varios libros, como fervorosa lectora que es. Pienso que esa condición y mi profesión de escritor influyeron bastante en nuestra mutua simpatía y final aproximación.

Jardinería romántica es para mí un encadenamiento de pequeños pero significativos regalos: tarjetas, notas, rosas rojas, chocolates, poemas, una que otra revista, un ejemplar dominical del periódico en que aparece mi columna, mis libros, uno por uno cariñosamente autografiados.

Como descreo de la modestia porque la considero virtud de bobalicones y excusa de mediocres, debo anotar que casi todas las mujeres celebran mi peculiar condición de hombre detallista y romántico, quejándose, en contraste, de la mayoría de mis congéneres que, según una de ellas declara, "no nos conocen e ignoran que a nosotras, más que los regalos caros o suntuosos, nos conquistan mejor con los pequeños detalles dados en la circunstancia y el momento precisos". Tal vez tengan razón mis queridísimas hijas de Eva si consideramos que los regalos costosos pueden eventualmente interpretarse como compra o soborno, mientras que los detalles hablan más de la galantería, finura y delicadeza espiritual de quien los ofrece.

Según me contó, Mara estuvo casada durante diez años, el mismo lapso que yo viví con Mariag, y se separó, sin hijos, por la época en que mi ex tomó rumbo a Madrid. Tras la separación tuvo otra relación insatisfactoria, que la llevó a la decisión de seguir libre y sola por un buen tiempo.

Aún no le he explicado mi cambio de actitud ni mi nuevo interés por ella, pero debe intuirlo porque es bien sabido que lo que callan tímida o cautelosamente las palabras lo revelan los gestos, las miradas o las actitudes.

Cuando por alguna circunstancia dejo de visitarla durante uno o dos días, es ella quien aparece al atardecer en el Astor, con el pretexto de que desea tomarse un café conmigo. La invito a algo más pero nunca acepta.

—Gracias, Massimo. Sólo un cafecito —dijo en esta ocasión.

Al preguntarle por qué pronuncia mi nombre con doble s y no con x respondió, creando un vínculo más de afinidad entre nosotros:

—Porque yo, como tú, amo no sólo el idioma italiano sino todo lo relacionado con el arte, especialmente el del Renacimiento. Estuve en Italia durante un mes recorriendo museos y casi siento el llamado Síndrome de Stendhal, confirmado por la psiquiatra italiana Graziella Magherini a finales del siglo XX. ¿Sabes de qué se trata?

—Algo recuerdo de los escritos de viaje del escritor por la Toscana y Nápoles. Pero refréscamelo, por favor.

—Se dice que el autor de Rojo y negro una vez se desmayó en Florencia, sobrecogido y conmocionado de alma y cuerpo por la hechizante hermosura de las obras de arte que acababa de contemplar o, mejor dicho, por lo que empezó a conocerse como "sobredosis de belleza". Parece que en Italia, a partir de ese incidente, ha habido otros casos idénticos. Y no sólo allí. Yo misma tengo un amigo psiquiatra que adora la pintura y me contó que cierta vez en un museo de Nueva York sintió un impacto tan fuerte ante una obra de Van Gogh que empezó a llorar. Muy extrañado, quien lo acompañaba le preguntó qué le pasaba y él contestó que se sentía tan rara y profundamente conmovido que si no lloraba se infartaba. El hecho es que, en una suerte de explosiva mezcla de hermosura, sensibilidad y patología, la gente se trastorna y no resiste tanto esplendor y maravilla. Y con razón. Tú y yo también tenemos —¡gracias a Dios!— ese bendito y envidiable mal. Pero bueno, volviendo a nuestro asunto, yo conocí el italiano a través de las canciones de algunos baladistas famosos, como Nicola di Vari, de quien hasta me enamoré, tanto que empezaba a cantar y yo a "mojarme", tú entiendes. Desde entonces ese idioma me dispara la libido. Y aunque no lo domino puedo entenderlo y hasta leerlo un poco.

—Yo lo aprendí en esta mesa, estudiando durante muchas horas su gramática. Aquí también escribí mis primeros poemas en él y cuatro amigos italianos, dos romanos, una toscana y un parmesano me los revisaron mientras tomábamos café. El deseo de aprender italiano me persiguió desde la juventud, después de leer en español los libros de Edmundo de Amicis, Alberto Moravia, Giovanni Guareschi, Giovanni Papini y Pietro Aretino. Este último es un poeta del Renacimiento que escribió, entre otras cosas, los Sonetos lujuriosos, conjunto de dieciséis piezas que ilustran los dibujos eróticos con los cuales su contemporáneo, el pintor Giulio Romano, mostró otras tantas posiciones del acto sexual. Aretino, llamado por Ariosto "poeta divino" —me salió en rima— fue protector y consejero de Miguel Angel y Tiziano y gozó del patrocinio del Papa León X. Algún día, de pronto, te recito uno de sus audaces sonetos. Pero de los italianos me deslumbró sobre todo Salvatore Quasimodo, Premio Nobel de 1959, que aprendí a amar desde el primer poema que le conocí: "Cada uno está solo sobre el corazón de la tierra/ traspasado por un rayo de sol: / y de pronto anochece". El original italiano, tomado por Carlos Viola Soto para su versión bilingüe de la edición de Sur, dice: *"Ognuno sta solo sul cuor della terra/ trafitto da un raggio di sole:/ ed é subito sera"*… Bueno, siguiendo con el idioma, apenas hace cuatro o cinco años decidí meterle el diente, después de que supe que Baldomero Sanín Cano, una de nuestras glorias literarias injustamente olvidadas, había aprendido alemán en la juventud sin salir de su natal Rionegro. Si Baldomero aprendió solo el alemán, un idioma tan difícil, me dije, ¿por qué yo no puedo aprender la lengua de Dante, aprovechando tantos cursos espléndidos y, sobre todo, los recursos multimediales modernos?

—Conocí a Amicis desde niña, pues mi abuela paterna, que era cultísima, en vez de los cuentos infantiles tradicionales me leyó Corazón durante un montón de noches. Me enamoré de ese libro, emocionándome hasta las lágrimas con sus enternecedoras historias llenas de fuerza moral y sentimental. ¿Recuerdas De los Apeninos a los Andes, la historia de Marco, el pequeño genovés que viaja hasta Buenos Aires buscando a su madre?

—Obviamente. Incluso la edité, en letra grande e ilustrada, en una colección juvenil que fundé durante mi última etapa laboral.

—Qué bueno releerla… Volviendo al italiano, me pica la curiosidad por conocer alguno de tus poemas.

—Escucha la versión española de

León cansado

En la cueva del pecho
mi corazón duerme
como si fuese
un león cansado.
Pero a veces
despierta,
ruge
y hace temblar la selva.

—Ahora en italiano, por favor.
—Ahí te va

Leone stanco

Nella cava del petto
il mio cuore dorme
come se fosse
un leone stanco.
Però talvolta
si desta,
rugge
e fa tremare la selva.

—Me gustan ambas versiones. Sólo que me asalta una preguntita.
—Dila, por favor.
—Tú, que pareces tan suave y cerebral, ¿en realidad eres así de bravo?
—A veces soy mucho menos o mucho más. Depende de las circunstancias. Debes saber que, como dijo Paul Valéry, "el león no es más que una suma de corderos digeridos".
La miro al fondo de los ojos, perro viejo rastreándole el alma. No puedo negarlo: estoy contento. Más que contento, ilusionado.

El ambiente está hoy más caldeado de lo habitual en la mesa de los quinientos años. El Procu amaneció con el uribismo exacerbado. Los escándalos nacionales crecen cada día, aumentados por las revelaciones hechas a raíz de la parapolítica, o sea la relación de los políticos uribistas con los grupos paramilitares. Según Mario Iguarán, Fiscal General de la Nación, no fueron los paramilitares quienes corrompieron a los políticos, como venía comentándose, sino éstos a aquéllos. La afirmación es bastante cuerda y coherente debido a que, conociendo a la gran mayoría de los políticos colombianos, salta a la vista que fue así, aunque ellos pregonen por todas partes que lo hicieron bajo la amenaza y la extorsión.
—Definitivamente, este es el régimen más sucio y corrompido que haya existido en Colombia —dijo Charlie el declamador, después de recomentar las noticias de la mañana—. Y Uribe, el gran beneficiado de esas infames alianzas narcoparacas, muy tranquilo, como si la cosa no lo implicara moral y políticamente también a él.
—Claro que está tranquilo —replicó el Procu—. ¿Por qué va a estar preocupado o nervioso? Él no invitó a esos bandidos a votar por él

ni a que lo respaldaran, sino que ellos lo hicieron voluntaria y autónomamente. Ningún candidato puede ni podrá prever o evitar apoyos indeseables.

—¿Sabe por qué lo respaldaron los narcoparacos? Por la sencilla razón de que, acuerdo previo o no, tenían la seguridad de que con él saldrían muy bien librados. Esos bandidos debían entregarse tarde o temprano (como, de hecho, ya lo hicieron algunos) para salvar sus enormes fortunas mal conseguidas o aumentadas con los desplazamientos campesinos, las vacunas y las masacres. El fantasma de la extradición, exigida por Estados Unidos, los ponía y los pone todavía a temblar. El dilema era categórico: entregarse y negociar o perder sus riquezas y ser extraditados, aunque yo no estoy muy seguro de que les cumpla, debido a la presión de los gringos. Las simpatías de Uribe por los grupos de fuerza y presión parainstitucionales son bien conocidas de todos. Basta recordar que fue él quien impulsó y defendió las Convivir cuando fue gobernador de Antioquia y que éstas, según algunos historiadores y analistas, originaron los grupos paramilitares.

—¡Claro! ¡Lo hizo para acabar con los bandidos! —dijo el Procu, empezando a ponerse más escarlata de lo común.

—¿Sí? ¿Y por qué no empleó la policía, el ejército y demás medios legales? Curioso que un gobernador apele a bandidos para combatir bandidos. ¡A mí eso me parece muy raro!

—Pues a mí no, porque si la fuerza pública es frenada o retardada por la tramitomanía del papeleo judicial, debe echar mano de lo que sea para salvaguardar el orden público, la vida, la honra y los bienes de los asociados.

—Pensamiento extraño en boca de un hombre de leyes como usted y, sobre todo, de un liberal curtido en las luchas por la libertad y el respeto de asuntos tan importantes como el debido proceso… Ah, dije liberal. Perdón. Usted dejó de serlo desde que se volvió uribista.

—A mucho honor. Nunca me cansaré de relievar las virtudes de Uribe, que todos ustedes, los opositores, desconocen o desprecian a veces con tanta arrogancia como injusticia. Le expongo algunas de las razones por las cuales me gusta y lo respaldo:

Primera: Uribe es un hombre honrado.

Segunda: Tiene un valor y unas pelotas envidiables.

Tercera: Le sobra buena voluntad para hacer o intentar las cosas.

Cuarta: Posee un carisma irresistible. La gente sin prejuicios ni resentimientos lo admira.

Quinta: No hace más porque los políticos no lo dejan. Todos sabemos que esas mafias son las que mandan en todas partes.

Sexta: La Seguridad Democrática. Dígase lo que se diga en contra está funcionando y el hecho de que la gente haya podido volver a viajar tranquila y segura por las carreteras del país bastaría para sostener a cualquier presidente.

Séptima: Los consejos comunitarios que realiza los fines de semana fomentan su aproximación con el pueblo de todos los estratos y evidencian las vastas corrientes de simpatía popular que hacen de él un verdadero líder. ¿Qué presidente se había untado tanto de pueblo como Uribe? Ninguno. En las campañas presidenciales todos los candidatos hacían el sacrificio de cargar cagones mocosos, abrazar y besuquear negras grajientas, comer sancocho y tomar aguardiente con todo el mundo mientras prometían el oro y el moro. Pero, una vez elegidos, se olvidaban de todo y de todos. En cambio, vea a Uribe. Se le notan el interés, el cariño y el deseo de ayudarles a los humildes...

Don Charlie escuchó atentamente la argumentación y respondió:

—Con todo respeto debo decirle que me asombra mucho que usted caiga en el lugar común de elogiar las pelotas del Mesías, puesto que, si a eso vamos, nadie las tiene tan grandes como los burros campeones de San Antero y no por eso los eligen presidentes. Por lo demás, nadie discute que buena parte de lo que usted acaba de decir es cierto. Sobre todo lo de los políticos, que son, con poquísimas excepciones, unos corrompidos de marca mayor. Por su elección hacen lo que sea, hasta convencer y comprar a los narcoparacos. Pero las charlitas semanales no sirven para nada. Allí Uribe no hace más que prometer como un culebrero cuanto se le viene a la cabeza. Según se ha divulgado, nada o muy poco de eso puede cumplirse. Obvio que, finalmente, algo puede dar. Por ejemplo, cuando un tipo en Cali le dijo: "Presidente, yo deseo una moto para trabajar y no tengo con qué comprarla. ¿Me ayuda con eso?" Se la dio, según dicen. Esas cosas de finquero metido a generoso con la plata del fisco y no de gobernante que se respete, sí le funcionan. Lo demás no pasa de ser un engañabobos mediático y una forma oficial de empobrecer y dañar más aún la telebasura. Pero bueno, ya que usted enumeró lo suyo, déjeme a mí leer parte de una columna de Felipe Zuleta, quien con Ramiro Bejarano, María Jimena Duzán, Daniel Coronell y Antonio Caballero forma parte de los columnistas más críticos y mejor informados del régimen. Felipe, quien es nada menos que nieto de Alberto Lleras Camargo, ese sí un verdadero estadista y un gran gobernante, dice que Uribe no es más que un gran mentiroso. ¿Por qué? Ya lo verá.

Saca un recorte de periódico de la billetera y lee:

Primero: "Mientras critica la corrupción la tolera otorgándoles las grandes concesiones a sus amigos corruptos".

Segundo: "Mientras habla contra la burocracia paga costosos favores con embajadas y consulados".

Tercero: "Mientras habla de las mafias del narcotráfico el primo del mafioso más nefasto del planeta es su principal asesor".

Cuarto: "Mientras en su gobierno matan sindicalistas acusa a los miembros del Polo de guerrilleros de civil".

Quinto: "Mientras habla de austeridad no se baja del avión presidencial, que cuesta mínimo 17 millones de pesos por hora de vuelo".

Sexto: "Mientras dice que no tolera la mentira todas las cifras del Gobierno mienten".

Séptimo: "Mientras invoca a la Virgen María asiste a ceremonias eclesiásticas en donde no creen en la Virgen".

Octavo: "Mientras habla mal de la clase política se apoya en ella".

Don Charlie se levantó, agitó los brazos hacia adelante y hacia atrás para desentumecerse o reactivar la circulación, y terminó:

—Así que, apreciado doctor, "cójame ese trompo en l´uña", como decían antiguamente en las tierras de su pequeño santón paisa. Pero ya no hablo más porque tengo el gaznate reseco como una polvera. Mejor me voy a ver si esta condenada próstata me deja salir un poco de licor dorado, que no espermático, como sería mi deseo.

Cada vez me gusta más conversar con Mara. Es una mujer muy autocrítica, que evalúa su género con un realismo sin piropos y conoce perfectamente las falencias y limitaciones con que la Naturaleza la dotó. Al contrario de algunas mujeres que se creen, como dicen los muchachos, "la última Coca-Cola del desierto", ella ni siquiera se considera bella, siéndolo, ni, mucho menos, esconde o altera la edad. Un día se quejó de que ya empezaban a salirle canas y de que andaba por los cuarenta y un años.

—Tus cuarenta y un años —exclamé— son para mí la más florida juventud. Pese a que un maestro ultraliberal sugería que "los jóvenes deben pichar con mujeres veteranas para que aprendan, los adultos con mujeres adultas para que disfruten y los viejos con jovencitas para que les enseñen", yo a ustedes las prefiero cuarentonas. No me gustan las muchachitas locas. No hay como una mujer hecha y derecha, que sabe lo que quiere y lo que puede, de dónde viene y para dónde va. ¡Qué jartera culicagadas con tetas y culos postizos, llenas de resabios y, además, con cerebros de chorlito! Para que veas que mis palabras son sinceras y no mero halago, voy a decirte el soneto que le dediqué a cierta periodista, con motivo de una columna que publicara declarando que se sentía muy bien con su edad, casi igual a la tuya:

Elogio y defensa de la cuarentona

No cabe duda, no, María Azucena,
que acertó en su defensa cuarentona,
hecha con donosura sabrosona,
vale decir, con garbo y gracia plena.

Eva, para mi gusto, es más amena,
más redonda y frutal y más gozona
después del 4 y 0, que perdona
todo exceso y error, desastre y pena.

Fuera, lolitas tontas, caprichosas,
sin estrenar cerebro ni experiencia,
mero rabo y pechuga, ¡vanas cosas!

Vivan la cuarentona y su destreza
hecha de luz, bondad y gaya ciencia
y en el amor más reina que princesa.

—¿O sea que tú no les jalas a las nínfulas nabokovianas como el pervertido Humbert Humbert ni rezas su jaculatoria de "Lolita, luz de mi vida, fuego de mis entrañas. Pecado mío, alma mía. Lo-li-ta"? Leí a escondidas esa novela cuando tenía 14 años —me la prestó un muchacho mayor que me estaba preparando para la cena, como el buen chef que sería después (risas de ambos)— y debo decirte que me sentía electrizada y con todos los vellos de punta.

—Es natural a esa edad.

—La verdad es que Natura nos jodió —continuó Mara con seriedad—. Las mujeres somos muy débiles y tenemos, por nuestra misma constitución, problemas que a veces aumentan nuestras depresiones cotidianas. ¿Qué te parece el huésped rojo, por ejemplo? Chorrear sangre cada mes durante varios días. Eso es desesperante. Muchas veces vamos en un bus, o estamos en cine, o en el trabajo, o en la calle, y ¡paff!, sale el chorro. A pesar de mis precauciones y de que, en general, soy bastante exacta en mis fechas, me han ocurrido unos chascos terribles. Un día iba de pantalón blanco y me volví una ruina, con el agravante de que no llevaba siquiera con qué taparme mientras llegaba a mi casa. Otra vez me ocurrió en una fiesta. Estaba bailando y quedé fregada. Ese detestable engorro mensual, con el que parece remarcarse nuestra inferioridad o nuestra limitación, me deprime mucho. Imagínate, no más, lo que sucede cuando estamos casadas o tenemos pareja fija. El hombre atacando y nosotras excusándonos: "Lo siento, pero estoy con semáforo en rojo". En cambio ustedes no tienen problemas. Están siempre disponibles.

—Te equivocas. A veces andamos tan nerviosos o deprimidos que no damos pie con bola. Ramoncito, como apodo yo al socio que adivinarás, no reacciona a ningún estímulo. Y eso que es bastante parecido a Uribe en lo acosador y mandón.

—Excelente comparación. Pero que no te oigan los furibistas, como les dicen ahora a esos tontos e insoportables fanáticos.

—Ya que hablaste de la regla, creo que no te disgustará esta copla que me inspiró cierta severa frustración en una noche caliente: Para problemas de regla / que nos abortan placeres, / lo mejor, mis camaradas, / es tener de a tres mujeres.

—¡Descarado! —comentó ella, dándome una palmada en un hombro.

Sonreí, acariciándole las manos.

—¿Sabes? Es la primera vez que oigo a una mujer hablando de temas tan íntimos y tratándose tan mal. Debes aceptarte como eres y no rebelarte, pues eso perjudica tu autoestima. Además, podrías darles tema a muchos detestables machistas.

—A propósito, hace poco bajé de Internet unos conceptos de un machismo horrible. ¿Quieres oír los que se me grabaron?

—Dílos.

—"Los niños, los idiotas, los lunáticos y las mujeres no pueden y no tienen capacidad para efectuar negocios", Enrique VII, rey de Inglaterra. "Los hombres son superiores a las mujeres porque Alá les otorgó la primacía sobre ellas", el Corán. "La naturaleza sólo hace mujeres cuando no puede hacer hombres", Aristóteles. "El peor adorno que una mujer puede querer usar es ser sabia",

Lutero.

—¡Cuántas iniquidades! —exclamé.

—Lo anterior es sólo parte infinitesimal de la tradición mundial, que tanto llanto, humillación y discriminación nos ha producido. Pero, bueno, pese a mis propios cuestionamientos de género, carezco de problemas con mi autoestima. Creo que soy mucho mejor por la parte de arriba que por la de abajo. Por eso prefiero relacionarme con hombres mayores e inteligentes como tú.

—Ya que aludes a la parte de abajo, que en ti me parece buenísima, te voy a contar dos chistes. Primero: Un escolar travieso, con una mano llena de talco, por bromear con las condiscípulas les decía: "Vengan, mis amores, les echo un polvito", y soplaba. Lo vio y oyó la maestra, y, muy disgustada por el doble sentido de la chanza, le preguntó: "¿Por qué no me lo echas a mí también?" Sonriendo, el pilluelo contestó: "¡Porque usted tiene la regla!" (Risas). Segundo: Un tipo llegó a echar un polvo de afán y el compinche no se levantaba. Con muy buena voluntad, la mujer le bregó y le bregó inútilmente. Entonces el tipo, hecho un nudo de nervios y de cólera consigo mismo, exclamó: "Por episodios como este es que a veces quisiera ser gay". Muy desconcertada, ella inquirió: "¿Y eso por qué?" "Porque esos malparidos tienen, al menos, la ventaja de que si no se le para a uno se le para al otro".

Mara rió con toda la gana y después preguntó:

—¿Conoces el chiste del gorila?

—No. Cuéntamelo.

—Una pareja estaba en el zoológico y de pronto se detuvo ante la jaula de un gorila gigantesco. Mirándolo, la mujer comentó: "¿Sabes, amor, que los gorilas son iguales a los hombres en su comportamiento sexual? Observa, no más, cómo reacciona éste...". Miró a todos los lados y, aprovechando que no había gente cerca, se sacó un seno y se lo mostró al animal. Éste empezó a moverse y a gruñir con excitación, empujando los barrotes como si quisiera romperlos. El marido le pidió que le mostrara el otro seno. Y cuando ella lo hizo el animal entró en un verdadero trance de ansiedad y continuó haciéndoles más fuerza aún a los barrotes. "Ahora álzate la falda y muéstrale el trasero a ver qué pasa", insistió el marido. Volviendo a mirar alrededor y a las cercanías ella lo hizo sin tapujos y entonces la bestia reventó los barrotes, saltó afuera y la agarró, tratando desesperadamente de desnudarla del todo. Presa del pánico, ella preguntó entonces: "¿Y ahora qué hago?" Riéndose con toda la gana, el marido le respondió: "Sencillo. Dile lo que me dices a mí con tanta frecuencia: que no tienes ganas; que te duele la cabeza; que estás cansada; que te está molestando la garganta; que sientes síntomas de gripa; que tuviste demasiado trabajo; que el marica del jefe está insoportable, te jodió todo el puto día y por eso no estás de genio para nada; que tan seguido no, descarado; que estás deprimida; que me ponga en tu lugar y te entienda como mujer; que te empezó la regla; que solamente quieres que te mime y nada más. Veremos si este ganoso y peludo pariente te comprende y no es otro maniático sexual que solo quiere vivir montado a todas horas como yo. Anda, repíteselo bien. Y dile, por ahí derecho, que te compre una falda, un anillo, unos aretes, un perfume, unos zapaticos. Mira. Está tan arrecho el man que es capaz de darte lo que le pidas. ¡Aprovecha, querida!"

Cuando finalmente cesaron las carcajadas, propuse:

—Como ya tuvimos nuestra necesaria sesión de risoterapia, ¿qué tal si, cambiando de tema, nos ponemos serios y te leo mi último poema? ¿Quieres escucharlo?

—La pregunta ofende. Dale.

—Aquí va:

Diálogo entre la razón y el corazón

Zurcidora de excusas
contra la felicidad,
la vieja solterona de la razón
aconseja al poeta:
—Cierra los ojos
ante el jardín de gozos de la muchacha
porque ese paraíso ya no te pertenece.
Mírate al espejo y sabrás
que tu novia es oscura.
Siempre loco y joven
el corazón rebate,
imponiendo
sus designios de piel:
—Desoye a la aguafiestas
y como el viejo Adán
disfruta la manzana.
La muchacha hará
de tu otoño primavera,
no importa que los años
exhiban sus oscuras estadísticas.
—¡Que no! —insiste la razón.
—¡Que sí! —apremia el corazón.
Que no,
que sí,
que sí,
que no...
Y entre la razón y el corazón,
con un —¡Vamos, mi amor!,
gana la muchacha.

— ¡Lástima que yo sea una cuarentona y no esa afortunada muchacha!

—Pues lo eres para este canoso y viejo poeta.

—Los hombres canosos como tú no son viejos sino caballeros muy respetables e interesantes. Me consta que muchas mujeres deliran con ustedes.

—Debe ser porque ven en nosotros la imagen del padre, del que, en alguna forma, han estado enamoradas.

—¡Sí, papito! —bromeó Mara, y retornando a la seriedad crítico-quejosa continuó: —En cuanto a nosotras, las canas y la edad son como otra maldición. ¿Y en dónde me dejas las arrugas? Cada vez que aparecen una cana o una arruga empezamos a estresarnos. ¡Como dizque tenemos la obligación de estar siempre jóvenes y bellas para poder pescar marido o amante! Por si todo eso fuera poco, después viene el fantasma de la menopausia con sus horribles calores que, según me han comentado, nos desesperan y ponen más locas de lo habitual. Todavía quedan la osteoporosis, las várices, los problemas de útero y...

—¡Por favor, querida! Olvida ya esos penosos temas y vámonos, mejor, al Málaga, a embodegarnos unos buenos brandys. Si continúas con eso hasta yo puedo empezar a sangrar. Y lo grave es que se me olvidaron los tampones y las toallas sanitarias.

La carcajada de Mara resonó por todo el Astor y la gente la observó con sorpresa.

—No me miren a mí —exclamó, señalándome—. La culpa es de este señor que le saca capul a una calavera con sus chistes.

Y agarrándome del brazo, dijo:

—Vamos a por los brandys, como dicen los gamberros que nos descubrieron y, de paso, se robaron el oro y se comieron las indias.

—Coño, tía. ¡Qué bien informada estáis!

Después de lo anterior, Mara siguió visitándome todas las tardes. Estaba muy contenta y cada vez la sentía más cercana tanto física como espiritualmente. Llegaba a mi mesa con los ojos brillantes y nos dábamos el acostumbrado beso en la mejilla. El asunto pintaba promisorio pero yo no quería precipitar las cosas y había decidido que sólo la besaría en la boca cuando fuéramos a la cama. No había ninguna prisa, aunque el bárbaro comilón de Ramoncito empezaba ya a levantar su ruda cabezota, como protestando: "¿Qué pasa contigo, gran pendejo? ¿Vas a quedarte toda la vida echándole cuentos y versitos a esa tipa? ¿No crees que ya le has gastado suficiente baba? ¿Acaso has olvidado aquello de "dos cucharadas de caldo y mano a la presa"? ¡Comámonos esa vieja, que bien buena está, y dejémonos de vainas!" Desoí y castigué con su correspondiente duchazo al incómodo socio y seguí con mi plan, para afirmar mejor la relación y asegurarle un futuro sólido y duradero, como deseaba después del fiasco con Mirta.

Continuamos hablando de todo lo humano y lo divino, especialmente de los libros y de mi vida literaria.

—Por lo que te veo leer, juzgo que prefieres a los autores viejos —dijo una tarde.

—Por supuesto —contesté—. Los buenos libros son, obviamente, los clásicos universales, que por su calidad inobjetable tienen el visto bueno de los siglos y, aunque parezca audaz afirmarlo, fundan la modernidad.

Algunas veces le leo un fragmento impactante, señalado exclusivamente para ella. Escucha con atención, pues le encanta que comparta con ella mis emociones de lector maduro y cada vez más exigente. A mí no me engañan las falsas invenciones de los medios de comunicación, generalmente ilusión de un día y desengaño de toda la vida. Los escritores madurados a punta de periódico como los aguacates, promovidos por los parloteos vacuos e inanes de la radio o por el brillo idiotizante de las pantallas de televisión, no cuentan ni califican para mí. Como dice el vulgo, "no como cuento ni carreta". Desprecio los best sellers, aunque reconozco que a veces resultan entre ellos un autor o un libro verdaderamente valiosos.

De tales temas Mara y yo pasamos a otros que considero menos gratos pero muy útiles y necesarios para ambos, ante la perspectiva o la esperanza de una relación de pareja madura, sensata y funcional. Le cuento que me encanta el sexo, que cuando tengo compañera fija suelo practicarlo mínimo dos veces por semana y que si esto no es posible me vuelvo triste, irritable, neurasténico y casi me subo por las paredes, explicándole, claro, que esto significa para mí el grado máximo de perturbación y desasosiego.

—El sexo para mí no es una obsesión, una manía o una rutina sino una verdadera y auténtica ne-ce-si-dad. Necesito el sexo para todo: para respirar bien, para estar sereno, para pensar y escribir mejor.

—¿Y entonces qué haces cuando media aquello de que te hablé el otro día? —pregunta.

—Como estoy acostumbrado a no tener más de una mujer a la vez, y como, además, detesto que me pongan cuernos, nunca se los pongo a mi pareja. Conclusión: tengo que aguantarme "a palo seco", vale decir, a sangre fría y sin sucedáneos. Cuido bastante la salud y temo los contagios, como el sida, por ejemplo. Conmigo las mujeres no tienen que cuidarse en absoluto. Ni siquiera usar anticonceptivos. Hace mucho me hice la vasectomía y después, por una hipertrofia benigna, me rasparon la próstata, lo que no me impide gozar como

Dios manda y la mujer exige. Amor en seco, ¿comprendes? "¡Qué bueno que tú no me mojas ni me empegotas y que después de hacer el amor contigo no necesito volverme a lavar!", dijo cierta noche la última de mis seis ex, cuando las cosas todavía funcionaban bien entre nosotros. Y ya que te conté lo del raspado de próstata, escucha el soneto jocoso que le hice a Férez Flórez, mi urólogo:

Acción de gracias por el chorro

Debo dar en soneto sonreído
mil gracias por el chorro poderoso
que el gran Férez, costeño generoso,
cual plomero sin par me ha concedido.

Es hermoso, al final, haber podido
pasar de aquel hilillo tembloroso,
negligente, paupérrimo y penoso
a chorro tan galano y tan lúcido.

¡Ah! ¡Qué felicidad, qué maravilla
no volver a orinarse los zapatos
como cierta senecta gentecilla!

Por eso, en gratitud de altas maneras,
prometo destinar algunos ratos
para rociarle a Férez sus materas.

—¡Qué chispa, querido! —celebró Mara, carcajeándose. Después, recuperando la seriedad y retornando al diálogo interrumpido, dijo: —Hacer el amor y correr a lavarse es bastante molesto. Sobre todo cuando una está en su camita bien arrunchadita y calorosita. En cuanto a las pastillas, para empezar manchan la cara. Y lo del cauchito, ¡qué pereza! Es como consumir salchichón sin quitarle el plástico.

Solté una risotada.

—¡Qué divertida eres, Marilla pechiamarilla!

—Formamos una buena pareja, ¿no crees?

—A propósito de pareja…

Meto la mano a uno de los bolsillos del saco y le entrego un delicado paquetito, advirtiéndole:

— Destápalo con disimulo.

Extrae las braguitas rojas y me mira con ternura mezclada de risa agradecida. Observa la talla M y pregunta:

—¿Cómo sabías que era la mía?

—Mi ojo nunca se equivoca en estas sabrosas minucias.

—Llegó la hora de darte un gran beso —dijo.

Y diciendo y haciendo se pegó de mi boca como una sanguijuela de amor.

—Calma, señora impulsiva, que estamos en un salón de té y las miradas queman. Las monjas caderonas están lelas con tanta efervescencia y calor.

—Pues que se aguanten o se consigan un buen somaro.

—Imposible. Las pobres nunca sabrán que se trata de burro en italiano.

—Que nos pregunten entonces.

Me fascina regalarles a mis mujeres este tipo de prendas íntimas. Me detengo ante las vitrinas para buscar los más bellos y delicados diseños. Una vez elegidos entro en los almacenes con toda seguridad, pido que me los muestren, palpo con delicia su textura, los huelo y compro la talla precisa. Me importa un pito que al verme la cabeza gris alguna de las muchachas que me atienden pueda pensar que soy un viejo verde y que utilizo las prendas para sesiones onanistas o cosas parecidas.

A partir de ese mínimo regalo, como si comprendiera que con él, más que hacerle un sencillo homenaje a su feminidad, yo pretendía formularle una inteligente sugerencia o invitación a consumar el acto inevitable, Mara se fue encendiendo cada vez más. Sus miradas, sus palabras, sus gestos se tornaron resueltamente provocativos. Pero yo dejaría madurar su deseo y sus sentimientos con la paciencia del horticultor que sabe cuándo coger el fruto o del cazador que espera el ángulo adecuado de la presa para disparar y matar. ¿Acaso no era un hombre curtido en mil batallas de cama? Si no aprovechaba la experiencia y volvía a caer en terrenos cenagosos no sería más que un estúpido destinado a seguir sumando fracasos.

El descubrimiento no podía ser más extraño y valioso. Los meseros leen poco, o casi nada, y, en general, se preocupan más por las propinas que por cualquier otra cosa. Y este era un joven mesero lector, que, además, estudiaba literatura.

Comentado el asunto con RJ, también muy admirado con el mozo, me dijo que él le suministraba cuanto papel interesante le caía a las manos: ensayos, poemas, artículos diversos, libros y folletos.

—Hay que estimular al muchacho —convinimos.

Meses después, el estudiante, que trabajaba en un restaurante cercano en donde RJ y yo almorzamos algunas veces en compañía de

Lupo, un editor de textos filosóficos, me buscó en el Astor para decirme que estaba muy preocupado porque el pariente que le ayudaba le había dicho que esa carrera no servía para nada y debía estudiar administración de empresas, economía o algo verdaderamente importante y lucrativo.

—¿Y tú qué le respondiste? —pregunté.

—Que quería graduarme en literatura para enseñar. Que esa también era una carrera importante. Y que, además, pensaba escribir en el futuro. ¿Y sabe qué contestó el viejo, sonriendo con ironía? Que con cualquiera de esas carreritas de pipiripao obtendría la misma cosa: ¡morirme de hambre!

Le aconsejé decirle al bárbaro economicista que cuando terminara literatura le daría gusto estudiando administración, porque era absurdo perder los semestres pagados y estudiados ya. Así lo hizo y el tipo se tranquilizó.

Por supuesto, el mesero va a concluir la carrera y a realizar después lo proyectado. Sabe que cada quien debe estudiar lo que le dicte la vocación y que nadie tiene por qué influir en asuntos tan personales y trascendentes como esos. Y es bueno que lo sepa y defienda sus ideales. ¿Cuántos estudiantes no se han frustrado profesionalmente y arruinado su vida por atender los consejos de quienes todo lo miden con el rasero de la rentabilidad económica? Estudiar lo que no nos gusta es fracasar desde el principio, ya que si podemos superar el aprendizaje nunca llegaremos a ejercer lo aprendido.

Pero la fijación y el hábito utilitaristas no son nuevos sino viejísimos. Giovanni Pico della Mirandola, un brillante filósofo y teólogo italiano (1463-1494) anotó en alguna parte de su Discurso sobre la dignidad del hombre algo que es históricamente crítico y denunciador: "Hemos llegado al punto bien doloroso de que no se considera sabios sino a aquellos que hacen del estudio de la sabiduría una fuente de ganancia, de modo que se puede ver a la púdica Palas, residente entre los hombres por don divino, expulsada, ridiculizada y vilipendiada. No hay quien la ame, quien la secunde, si no es con el pacto de que ella se prostituya y traiga ganancia con su violada virginidad para el cofre del rufián". En Colombia esa filosofía se ha extendido como la mala yerba particularmente en Medellín y Antioquia bajo el influjo original de la idea judeo-vasco-cristiana, catapultada después por Pablo Escobar con su imperio del narcotráfico. Comúnmente, la receta es conseguir plata.

—Consigue plata, mijo —dice el padre.

—Trataré —responde el hijo.

—Trataré no. ¡Consigue plata!

—Pero eso es muy difícil, papá.

—De todas maneras, consigue plata. Sin plata siempre serás un cero a la izquierda.

Cuando Mara llegó esa tarde, el muchacho se estaba despidiendo.

—¿Quién es ése? —preguntó.

—Un mesero. Está estudiando literatura en su tiempo libre y vive muy agradecido conmigo porque lo animo y aconsejo en ocasiones.

Le conté la historia completa y exclamó:

—Ahí están pintados los viejos: siempre presionando a los muchachos para que traicionen sus ideales y hagan lo que a ellos les gusta o les conviene. Robert Musil, en su ensayo Sobre la estupidez, retrata, en cierta forma, ese tipo de sujetos cuando dice que para ellos "un bello espíritu sería al mismo tiempo un bello estúpido".

Se acercó Julia, una de las pocas monjas no caderonas pero sí de las más inteligentes y cordiales.

—Ve, Mara —dije, aprovechando para hacer un chiste con la novela de Vargas Llosa—. Te presento a la tía Julia del escribidor.

Mi amiga sonrió, preguntando:

—Y el escribidor eres tú, ¿no?

—Obvio. Tía, cuéntale en qué página vamos con la historia.

—En la 220 —replicó, sin dudarlo, la monja lisa.

—¡Tan alcahueta esta tía! —chanceó Mara.

Mientras saboreaba una copa de helado y fruta, hablamos de la presencia del rey Juan Carlos y de la reina Sofía, llegados a Medellín con motivo de la inauguración del Parque Biblioteca España en el barrio Santo Domingo Savio, situado en la Comuna Nororiental de la ciudad.

La presencia de los reyes hispánicos se debía también a la presentación en Medellín de la Gramática oficial de la Lengua Española, texto del cual don Juan Carlos dijo que fortalecería "la vitalidad de nuestro idioma porque es la más completa y seria descripción del Español", agregando, con la precisión que le es reconocida, que "los hombres y las cosas pasan pero las palabras quedan. Y así, aunque muchas hayan dejado de utilizarse, no quedan reducidas a letras inertes sino que son células vivas en las que late la historia, que, sin ellas, no existiría".

Los reales cónyuges aprovecharon la coyuntura para montar en metrocable y, de paso, alimentar nuestro connatural complejo de indio, que nos hace adorar todo lo foráneo, máxime tratándose de reyes de carne y hueso. Si antes los voraces conquistadores se asombraron viendo a los nativos y diciendo "¡Miren, los indios!", ahora los antioqueños de principios del siglo XXI se acercaron a los reyes y exclamaron, con la ingenua curiosidad admirativa de quien señala una especie exótica en el zoológico: "¡Miren, los reyes!"

Entretanto, el alcalde de la ciudad, figurón mediático considerado por las revistas light "el hombre más sexi de Colombia", acariciaba sus bucles y entornaba los ojos como quien mira pispirispis, embobado de felicidad con los reyes, al tiempo que Uribe, leyendo el discurso preparado sin duda por el escribano primo de Pablo Escobar, calificaba la visita como un acontecimiento singular y, citando a García Márquez en la última línea de Cien años de soledad, terminaba diciendo, sin ningún rubor por la desmesura provinciana y parroquial de la hipérbole, que el país tenía, ahora sí, por fin, "una segunda oportunidad sobre la tierra".

—Bobería, lobería, lambonería y bla bla apartes —dije yo— relievo, entre lo importante, un hecho minúsculo pero que me parece muy original.

—¿Cuál? —indagó Mara.

—El Congresito de la Lengua, integrado por 52 niños que aceptaron el reto de escoger 30 palabras para un manifiesto, entre ellas diez de su propia invención. Las que más me gustaron son: Lunpereza: pereza que da los lunes; Sustíviri: brinco que pega uno cuando se está quedando dormido y lo despiertan de pronto; Tripanoscopio: objeto utilizado para limpiar tripas, y Tristesinra: tristeza sin razón.

—Los niños son muy graciosos e inteligentes. Sólo hay que estimularlos un poco para que nos sorprendan.

—Siguiendo su ejemplo, se me ocurrieron algunas cosillas relacionadas con las palabras, o mejor, con su coherencia y pertinencia temática o conceptual. Óyelas:

—Digo agua y se me moja la boca,
cólera y me salen colmillos,
cielo y me rozan las nubes,
amor y me nacen abrazos,
alegría y los pájaros cantan,
melancolía y me llueve en el alma,
ternura y me ablando por dentro,
tempestad y me caen centellas,
alas y sueño volando,
amistad y me sabe a sonrisa,
muerte y el silencio me abruma.

—Besolengua y me acuerdo de ti —exclamó Mara, agregando: —¿Practicamos un poquitín?

—Mejor cierra los ojos y dame la mano izquierda —propuse.

Cuando lo hizo saqué un anillo y se lo puse en el anular.

—¿Y eso qué es? —preguntó—. ¿La argolla de compromiso?

—No te hagas ilusiones, mi bella donna.

Volvió a abrir los ojos y, dándome un beso, suspiró:

—Siempre deseé un anillo de tres oros.

Se lo quitó, lo observó cuidadosamente, volvió a ponérselo y preguntó:

—¿Tiene alguna significación especial?

—Sí —expliqué—. Aunque suene cursi significa el oro de la ternura atardecida, que es una especie de amor suave y sosegado, el oro de la erótica infaltable y el oro de la comprensión para gozar y compartir el cuerpo y el alma con inteligencia y sin egoísmos ni mezquindades.

—Aunque algunos tontos intelectuales lo menosprecien, lo cursi forma parte esencial de los sentimientos. Cuando una mujer y un hombre hablan de las cosas del corazón no puede haber nada más cursi. Ni tampoco más dulce y bello. (Calló por un segundo y me sondeó intensamente el fondo mismo de los ojos). ¿Puedo confesarte algo?

—Claro.

—¡Me muero por estar contigo!

Admirando su franqueza y su forma de romper la norma patriarcal de que es el hombre quien hace habitualmente las propuestas de cama, sonreí, diciendo:

—Gracias por tan hermoso halago, que me envanece y pone en evidencia tu carácter de mujer moderna y sin prejuicios. Pero ya lo estaremos. No corre ninguna prisa. A todas mis amantes les llegué siempre por la piel. Quizá fue mi gran error y por eso las relaciones terminaron mal.

Los ojos de Mara se nublaron y humedecieron de ternura.

—Nunca me habían hablado ni tratado así —dijo—. Por algo eres un hombre fino y maduro. Cualquier otro ya me habría arrastrado a la cama.

—Yo mismo, si te hubiera conocido antes. Pero ni los años ni los sucesos pasan en vano. La vida es un constante aprendizaje. "Y cuando todo lo sepas debes volver a aprender", digo en alguno de mis poemas.

—Gracias por el anillo. Lo usaré hasta el fin de mis días. Cuando me encuentre con el mesero estudiante de literatura se lo mostraré y le diré que me lo diste tú y lo compraste con el fruto de tu trabajo de escritor.

Hoy los viejos discuten sobre las encuestas presidenciales, un tema que resulta tan espinoso como las cifras del Departamento Administrativo Nacional de Estadísticas, DANE, cuyo objeto es investigar y divulgar cifras que nadie cree ni comparte en Colombia pero que Uribe sale a controvertir en la medida en que, no obstante su lenidad, perjudiquen al Gobierno.

En uso de la palabra, don Charlie el declamador habla con voz serena, entre sorbo y sorbo de su tinto espeso y sin azúcar:

—¿Por qué será que a mí jamás me han encuestado? Tampoco lo han hecho con centenares de personas que conozco. Mejor dicho, en mi ya larga vida citadina jamás he conocido persona alguna que haya sido encuestada sobre nada y menos sobre asuntos políticos de coyuntura como la medición del prestigio presidencial. Por eso siempre me he preguntado en dónde y a quiénes piden opinión los supuestos genios de las encuestas, que crean y destruyen o suben y bajan personajes, y que, según parece, "se las saben todas". La desconfianza y la perplejidad me han conducido, primero, a la duda cartesiana, y, segundo, a la total incredulidad. Sí, señores: ya no creo en las encuestas. En ningún tipo de encuestas. Y, menos aún, en las contratadas y pagadas por ciertos órganos de opinión interesados en que Uribe se perpetúe en la Casa de Nariño. Si alguien quiere saber mis razones aquí van. No creo en las encuestas, entre otros asuntos, por la forma tendenciosa como formulan las preguntas. Ahí está casi siempre la trampa. El encuestado normal, carente de malicia o poco dado a pensar, contesta lo previsible o esperable, sobre todo cuando hay de por medio elementos de poder o interés. Por ejemplo: comparar el prestigio del presidente en ejercicio con el de un ex presidente. La mayoría de los ex presidentes son detestados y la gente no parece querer cosa distinta de olvidarlos como muebles viejos en el cuarto de San Alejo. Todos, menos los amigotes favorecidos con puestos o negociados, quedaron hastiados con López Michelsen, con Belisario, con Gaviria, con Samper, con Pastrana, y, sin duda, también lo quedarán con Uribe. Esa es la maldición del poder. Por el contrario cuando, de tarde en tarde, las preguntas de las encuestas son correcta y honestamente formuladas, las respuestas revelan o traslucen realidades inobjetables, que permiten configurar panoramas y realizar diagnósticos certeros. La verdad no puede ocultarse con cifras obtenidas, interpretadas o presentadas mañosamente. En materia política la cosa es tornadiza e imprevisible. Cualquier hecho o noticia cambian instantáneamente todo un esquema de apreciación o de opinión. Pienso que podría hacerse una encuesta decisiva con una pregunta muy simple, pero, eso sí, ampliando la base popular de los consultados, o sea preguntando en los estratos uno, dos, tres y cuatro. La pregunta es: ¿Cómo califica usted la gestión del presidente Uribe en lo relativo a empleo, salud y oportunidades para los menos favorecidos? En una encuesta de tal naturaleza sí saldría a relucir la verdad. Lo que no ocurre entrevistando exclusivamente a las clases adineradas o a las que manejan los hilos del poder y las influencias. Éstas actúan y opinan con el deseo y de acuerdo con su régimen de intereses, privilegios, prioridades o expectativas. Lo que no es, de ningún modo, censurable, sino, por el contrario, perfectamente explicable, pues cada quien defiende lo suyo. En este caso, como en tantos otros, la verdad tiene cara de pueblo marginado, desplazado, con hambre, sin salud y sin empleo. ¿Habrá alguien que, por fin, quiera saberla, o, al menos, indagarla?

Varios contertulios declararon que, en realidad, ninguno de ellos había sido encuestado tampoco. Pero el Procu, como era esperable, dijo que él sí creía en la legitimidad y veracidad de las encuestas en lo relacionado con el Presidente.

—Un hombre tan carismático como Uribe —dijo— tiene que ser aceptado por todo el mundo, con excepción de la minoría de la cual hace parte usted, don Charlie. El problema de la oposición aquí (de Carlos Gaviria, Gustavo Petro, Jorge Enrique Robledo, Piedad Córdova, Cecilia y Claudia López y de casi todos los columnistas y antiuribistas en general) es que todo les parece malo. Para ellos el Gobierno está compuesto de pícaros, negligentes, mediocres, lambones y corruptos. Nadie se salva. Es como si en este país sólo fueran patriotas, correctos y pulquérrimos los críticos. Eso es un error, una miopía y una perversión. Está bien discutir, disentir, protestar, pero con razones y argumentos. No con imputaciones a veces inconcretas y descabelladas que simplemente buscan crear desconcierto y enredar la pita. Ahora los pájaros han resultado tirándoles a las escopetas. Uribe recibió un país desvertebrado, sumido en la anarquía y el desgobierno y ha estado tratando de reorganizarlo. Pero no lo dejan. ¿Quién puede trabajar así? ¡Nadie! Por eso, en vez de criticarlo por naderías es necesario apoyarlo, acompañarlo en la lucha, solidarizarse con sus sueños y propósitos. Uribe quiere refundar la República…

—¡Eso! —terció don Charlie, energizado—. ¡Como los paramilitares y los políticos que lo apoyaron! Eso fue lo que firmaron en Ralito, de espaldas al país, y por eso, en buena hora, la Corte Suprema de Justicia los está metiendo, uno a uno, a la cárcel.

—Mire, don Charlie —replicó el Procu—. Usted y yo jamás nos pondremos de acuerdo en nada con respecto al Presidente. Usted lo detesta y ha decidido no entenderlo. Pero, afortunadamente, las grandes mayorías piensan como yo y tendremos Uribe para mucho rato.

Don Charlie se levantó, rojo de ira, y, como de costumbre, se dirigió al baño.

—Este pendejo uribista no tiene reversa ni cura —me dijo, de regreso—. Estoy tan puto que ni siquiera pude mear bien. Y ni modo de rezarles a las Almas del Purgatorio, como hacía un viejito cuando la próstata se le rebelaba. "¿Cómo así?", le pregunté una vez, sonriendo. "Sí", me respondió. "Aunque usted no lo crea, a mí me sirve. Estoy atascado, digo mi oracioncita y de inmediato sale un chorro fuerte y espumoso". ¡Viejo güevón!

—¿Y qué pasó con él?

—No lo volví a ver. Seguramente montó un negocio de plomería en asocio con las Ánimas —respondió el declamador, sonriendo y alejándose.

Aquí no solamente leo y escribo sino que también descanso. A veces cierro los ojos, me relajo y, tapándome la cara con las manos como si meditara, practico los ejercicios de respiración que me enseñó mi bioenergético y que consisten en aspirar fuertemente varias veces, retener el aire un instante bajándolo hasta la base del estómago y luego irlo expulsando poco a poco con los labios semicerrados. Sanísimo como soy, para pequeñas molestias esporádicas, generalmente desequilibrios o bloqueos de la energía, prefiero la medicina natural, bioenergética o china a la alopática, que con sus fármacos químicos a menudo soluciona un problema y desata otro. En lo único en que concuerdo con Uribe es en la creencia sobre la bondad de las goticas homeopáticas, aunque a mí sí me hacen efecto y a él no, a juzgar por sus continuas salidas de tono y su conocido e incorregible hábito gritón y camorrista.

En ocasiones no falta la monja caderona, o lisa como la tía Julia, que se acerque a preguntarme si estoy rezando.

—No —contesté un día.

—Entonces, ¿meditando?

—Exacto. Meditaba en lo que gozaría aquí uno de los monjes lujuriosos del Decamerón de Boccaccio.

—¿Cómo así? ¿Y por qué un monje?

—Porque aquí abundan las monjas caderonas.

La monja preguntona, bastante cándida y desinformada, abrió los ojos con extrañeza.

—¿Y esas quiénes son? —inquirió.

—¡Búscalo en Google! —contesté yo, riendo.

—Este don Máximo sí es muy raro, caramba —dijo ella, alejándose más desorientada que un pingüino en el Sahara.

Después de mis ejercicios quedo completamente relajado y vuelvo a lo mío. Hoy, por ejemplo, acababa de hacerlos y de reabrir mi tomo de Hamsun, del cual me faltan todavía unas doscientas páginas por releer, cuando escuché una voz que preguntaba a mi lado:

—¿Qué lee?

Alcé la cabeza y descubrí una mujer madura pero todavía grata de ver.

—Un autor noruego —respondí, eludiendo detalles.

—¿Siempre viene aquí a leer?

—Todos los días. A mañana y tarde.

—Leer es maravilloso —opinó—. A mí me encanta.

—¿Qué cosas lee? —indagué, pensando en novelas rosa, libros de autoayuda o algo por el estilo.

—Leo a Shakespeare. Acabo de terminar El mercader de Venecia y voy a comenzar Macbeth. Lo llevo en el bolso.

"Cosas difíciles", cavilé y quise averiguar datos sobre la mujer. Me contó que era descendiente del poeta Epifanio Mejía, autor de la letra del Himno Antioqueño. Cercana a la cincuentena, separada y con dos hijas, vendía chance y todo peso que le sobraba lo invertía en ediciones baratas. Amaba y disfrutaba la soledad gracias a los libros y a veces, los fines de semana, se iba para la finca de un amigo y se sumergía en las oscuras, dramáticas y terribles tramas del Príncipe de Avon, que en vez de atormentarla o confundirla le iluminaban la vida.

Muy complacido con su interrupción, la invité a sentarse y a tomar algo. Anticipó las gracias y pidió un tinto. Y mientras lo sorbía enumeró con pasión todas las obras leídas y gozadas. Por último comenzó a hablar de Rafael Pombo y de La hora de tinieblas, que había descubierto hacía poco tiempo. Incluso declamó con tono y dicción impecables la primera estrofa:

¡Oh, qué misterio espantoso
es este de la existencia!
¡Revélame algo, conciencia!
¡Háblame, Dios poderoso!
Hay no sé qué pavoroso
en el ser de nuestro ser.
¿Por qué vine yo a nacer?
¿Quién a padecer me obliga?
¿Quién dio esa ley enemiga
de ser para padecer?

Sin duda, respetadas las naturales proporciones, entre el poeta y dramaturgo británico, gigante universal que escrutó con mirada implacable las peores simas del alma y de la condición humana, y nuestro amado poeta y fabulista colombiano, la humilde y sufrida lectora, descendiente de loco ilustre (Epifanio murió en el manicomio de Medellín) había detectado relaciones y vínculos entrañables. Quería conocer más textos de Pombo y profundizar en su obra, porque con ese solo poema descubierto por azar había aprendido a amarlo.

—¡Qué bueno es hablar de poesía! —dijo al final—. Y qué raro, también, porque ahora la gente no habla sino de plata.

Terminé, cómo no, citando parte del poema Villa de la Candelaria, en el cual León de Greiff fustiga duramente el espíritu parroquial y centavero de la gente de Medellín:

Cual si todo se fincara en la riqueza,
en menjurjes bursátiles
y en el mayor volumen de la panza.

La mujer se despidió con tanta confianza y naturalidad como si yo hubiera sido su amigo de toda la vida. Pero esta no es la única sorpresa con lectores apasionados que he tenido en esta mesa 47. Hace pocos días me llamó RJ al celular para decirme que había encontrado a un ex capitán del Ejército Nacional con una historia muy interesante y que estaba seguro me gustaría escuchar.

—Tú dirás si puedo llevártelo al Astor esta tarde —agregó.

—Sabes que los tipos relacionados con las armas o el poder me huelen mal. ¿No te parece que ya tenemos suficiente con Atila Uribe?

—Sí, claro. Pero este ex capitán dejó el cargo precisamente por la lectura. O, mejor dicho, fue salvado por la lectura. Como tú por los cuentos.

—Bueno, tráelo, pues —admití, un poco a regañadientes e incapaz de negarle nada al generoso y entusiasta Míster Xeroxcopias.

De regular estatura, macizo y fortachón, con porte y actitud fácilmente identificables con lo militar, no obstante estar vestido de civil, el visitante apretó mi diestra con firmeza, y, mientras se tomaba un tinto, contó su historia.

Como impone la profesión, él nunca había sido lo que se llama un lector. Leía apenas lo necesario y, a lo sumo, una que otra vez, las páginas deportivas de los diarios. Los libros, comenzando por las novelas, no estaban dentro de su estricto régimen de prioridades placenteras o existenciales. Pero el destino suele imponernos pautas y virajes sorprendentes y sucedió que una tarde, estando en plena selva del

Caquetá durante una pausa de la lucha antiguerrillera, presa del tedio y sin saber qué hacer, cayó en sus manos Sinuhé, el egigcio, clásico de Mika Waltari. Como quien no quiere la cosa, empezó a leer. La trama lo fue agarrando y las páginas empezaron a pasar. Terminó la tarde, llegó la noche, comenzó otro día. La historia de la época de los faraones no daba tregua ni respiro. El autor le explicaba la podredumbre e indiferencia del poder y la forma como la gente es utilizada y luego desechada por el monstruo perverso y glotón.

Al terminar la novela, el capitán empezó a repasar y a interpretar su propia historia a través de lo leído. Y se vio con sus hombres en la selva, picado por los bichos, a veces escaso de vituallas, asediado por la malaria y la muerte, librando una batalla por los políticos corruptos y desagradecidos, por los funcionarios papeleros y negligentes, por un Estado inepto que nunca había garantizado ni la democracia, ni la justicia, ni la igualdad. Pensó en sus amigos, en sus novias, en la mujer con la cual ansiaba casarse y tener hijos. Entonces se formuló la pregunta crucial: ¿En realidad, lo que hacía desde tantos años atrás, desde la juventud, era lo que quería? La respuesta no se hizo esperar. ¡No, señor! Lo que él quería era otra cosa. Y, cerrando el libro de Waltari, se dijo que renunciaría y volvería a Medellín a estudiar una carrera universitaria para ser algo distinto al soldado que ponía la cara, el pecho y el alma por quienes no lo merecían.

Así lo hizo, sobreviviendo, entretanto, con una microempresa. El ejército quedó atrás y el horizonte, gracias a Sinhué, el egigcio, es para él ahora muy distinto. Más humano y plácidamente promisorio.

—Adiós, capitán —dije al despedirlo.

—El capitán es usted, poeta. Usted y todos los que nos iluminan y nos cambian la vida con las palabras —respondió, poniéndose firmes con fuerte taconeo y alzando la mano en su, tal vez, último saludo militar.

—Ahí tienes un lindo tema para una columna —sugirió RJ.

—Sin duda —admití.

El placer de hablar con una mujer bella e inteligente no se compara con nada. Y escribo bella e inteligente porque, muy raramente, ambas cualidades confluyen en la misma persona. A menudo, las inteligentes son feas y las bellas tontas, tímidas o adocenadas. Poder hablar de cualquier cosa y reír de todo con una mujer es una gracia difícilmente alcanzable, pero con Mara es posible, pues no sólo ha leído muchísimo sino que posee una inusual sensibilidad y una comprensión siempre ávida y alerta. Como ya se ha visto, con ella la conversación no decae ni se enlaguna sino que fluye donairosamente con chispazos de humor y de ingenio. Franco Zeffirelli, famoso maestro del cine italiano, podría reflejarla a plenitud cuando dijo que "la mujer nace para sentir, para vivir el mundo de los sentimientos y de las ideas".

Y con Mara yo podría comprobar lo mismo del cinematografista al contar que su relación con María Callas, leal amiga y gran amor de su vida, no obstante su homosexualismo, "se nutría de continuas referencias tanto al mundo de la cultura como al de los sentimientos". Cualquier escritor se sentiría dichoso de poder compartir con Mara libros e impresiones sobre ellos. Con ella se puede, además, ir al cine o al teatro y comentar lúcidamente las obras. Caminar y gozar del paisaje. Hablar de árboles, pájaros, mariposas o nubes. Mirar atardeceres y arreboles. Sentir y vivir la poesía. Y, sobre todo, sin duda, amar y no bostezar lánguida y tediosamente después.

Ahora estábamos hablando sobre el descaro de cierta gente para negar o aplazar los pagos de préstamos, pues ella acababa de contarme que, esperando uno, se había quedado sin dinero. "Si necesitas te presto algo con mucho gusto", ofrecí. "¡De ninguna manera!", replicó ella. "Te conté el asunto sólo por desfogar mi rabia con la irresponsabilidad de la gente, que cuando pide prestado casi llora y cuando debe pagar casi rabia". "Así es la condición humana, querida mía. Nada qué hacer", respondí. Y en ese instante noté que llegaba Marrut y empezaba a mirar a todas partes. Seguí tranquilo, fingiendo no haber reparado en ella. Al final me vio, se detuvo un segundo evaluando a Mara, y, sonriendo, me apuntó con el índice en movimiento de sube y baja, como si a modo de graciosa advertencia me dijera: "¡Te pillé!" Alcé y agité la mano en signo de saludo, sonrió otra vez y volvió la espalda, rumbo a la puerta.

—¿A quién saludaste? —indagó Mara.

—A una de mis ex —contesté—. Se asoma de vez en cuando por aquí y hablamos.

—¿De qué?

—Tonterías.

—Mucho cuidado con tales "tonterías", caballero —sonrió Mara.

—Descuida. Ésa es agua pasada.

Al salir del Astor recordé lo del dinero.

—Ven —le dije—. Acompáñame al cajero electrónico para prestarte lo que necesites.

Se detuvo en seco, mirándome a los ojos con toda seriedad.

—¡No, señor! —exclamó—. Nunca se deben mezclar sentimientos con plata. *Il denaro é la merda del diavolo.*

—Ah, ¿conoces también a Papini? Ese aforismo es suyo.

—Me fascina. Lástima que, al parecer, ya pasó de moda.

—No te preocupes por eso. Los grandes escritores siempre estarán vigentes en el corazón y la mente de los lectores que los merecen... Ah, acabo de recordar, a propósito, una anécdota de mis tiempos mozos. Cierta vez, hablando con un dibujante que le ponía humor a todo, cité eso. El guasón, largo, flacuchento y de rostro perfilado como don Quijote, se arrodilló teatralmente frente a mí y juntando y alzando las manos hacia arriba, gritó:

—Señor, Señor, ¡dame un diablito con diarrea!

—Imagino tus carcajadas.

Esa noche, cuando íbamos a despedirnos, le di a Mara el primer gran beso con toda la fuerza y la electricidad del deseo. Después, sintiéndola arder y temblar, le susurré al oído:

> Amantes en silencio
> Absortos y golosos,
> los amantes
> se devoran en la penumbra.
> No dicen nada.
> Sólo la piel
> suda el lenguaje de los gestos,
> inventando en lo hondo
> sintaxis olvidadas.
> La piel es sabia
> y calla.
> Ningún "Te amo".
> Sobran las palabras.

Encendida y tímidamente preguntó:

—¿Vamos...?

—Aún no. Dejemos que los frutos del huerto de la amada maduren y sazonen como es debido.

—Están que se caen de maduros, su majestad Salomón —advirtió, captando al vuelo la resonancia clásica.

Suspiró desde lo más hondo y yo compré una rosa roja en el puesto habitual de Junín con la Playa, se la entregué y, dándole otro beso no menos candente, me despedí.

Ramoncito alzó la briosa cabezota imperativa, como refunfuñando: "Oye, pendejete. Si acaso no piensas canonizar a Santa Mara de Calputa, es bueno que pensemos en algo mejor con ella. ¡El ariete está listo!"

Marrut volvió días después y me encontró solo en mi mesa, leyendo. Estaba tan concentrado que cuando me habló, al lado, me sobresalté.

—Ah, eres tú —dije.

—¿Me invitas a un café? —preguntó.

—Claro —contesté—. ¿Qué hay de ti? ¿Cómo te va?

—No tan bien como a ti pero no puedo quejarme.

La observé con atención. Estaba un poco ajada pero aún conservaba buena parte del encanto que me había tenido cautivo durante toda nuestra tensa y desdichada relación. Los senos maduros se le notaban todavía erectos bajo la blusa, la boca continuaba apetitosa y la sonrisa y el brillo de los ojos seguían intactos. "La condenada está todavía de gasto", pensé.

Cuando llegó una monja caderona a traerle el café, le dijo:

—Cuénteme una cosa, niña. ¿Este señor me la ha estado jugando mucho?

—¡Puff! ¡Bastante! —respondió la monja.

—¡Traidor! —rio ella, dándome una palmadita en la mano que tenía sobre el libro.

Al quedarnos solos de nuevo anunció:

—Vine otra vez a lo mismo.

—¿Y qué es lo mismo?

—Repetirte que te amo.

—¡No me digas!

—Sí te digo. ¡Préstame atención!

—Imposible. Ya lo hice y no resultó. Suficiente, Señora Fecundidad.

—Suprime los sarcasmos, que estoy hablando en serio.

—Yo también.

—He pensado mucho en ti. A pesar de nuestro fracaso eres el único hombre al que quiero de verdad. Ahora estoy sola, tengo una situación profesional estable, una casa, un lugarcito de recreo, mi hija mayor trabaja y mi niña crece y estudia sin problemas.

—¿Y...?

—Pienso que ambos estamos maduros y podríamos intentar algo definitivo.

—No me interesa en absoluto. De amigos estaremos mejor. Vienes aquí, nos tomamos un café, hablamos, vuelves a irte y punto. Nada más.

—Pero, ¿por qué te cierras de banda? ¿Por qué no me escuchas?

—Porque no eres fiable. Porque eres una loca. Sencillamente por eso.

—Tal vez sea una loca. Pero una loca que te ama.

—¿No será mejor una loca que desea volver a joderme la vida? ¡Olvídate!

—Dame la oportunidad de demostrarte que ahora sí puedo ser una compañía grata. Si no quieres vivir conmigo, bueno. Sigues en lo tuyo pero los fines de semana los pasamos juntos en mi finquita. Mi hija mayor te recuerda con mucho cariño e incluso fue ella quien me propuso que te buscara otra vez. En cuanto a la pequeña, estoy segura de que en muy poco tiempo te adoraría. ¡Le encanta que le cuenten y lean historias!

—No soy aya ni nada parecido.

—Pero amas a los niños. Por algo escribes para ellos.

—Aterriza de una vez. No quiero volver a enredarme contigo. Y menos ahora que he conseguido una mujer seria y confiable.

—¿La misma con la que estabas la otra tarde?

—La misma. ¿Algún problema?

La miré con seriedad y volví a la carga.

—No me acoses más. Búscate un tipo que te lleve los caprichos que yo hace mucho me cansé de hacerlo.

—¿O sea que, en definitiva, no debo abrigar ya ninguna esperanza contigo?

—Ninguna. Si no puedes conseguirte a nadie más dedícate a la jardinería o a la puericultura. O alquila el vientre para seguir aumentando el número de los malparditos.

—Pero, ¿por qué eres tan irónico y cruel conmigo?

A la entrada del salón apareció Luisjuanfer. Intentó devolverse pero le hice señas para que se acercara.

—Esta dama y yo nos conocimos en el Sector Democrático, el directorio del que sabemos —dije, después de presentarlos.

—¿Sí? —preguntó el visitante, sorprendido.

—Allá nos enamoramos —aclaró ella—. Yo todavía lo amo, pero el señor es muy difícil y resabiado.

—¿Más que Uribe?

—Uribe se quedó en palotes. Éste hizo el máster completo. Por favor, ¡aconséjele que vuelva conmigo!

Luisjuanfer lanzó una carcajada y contestó, luciéndose como chistoso:

—Imposible, señora. Está saliendo con una prima mía. Yo mismo los presenté.

Hablamos un poco más y ella se fue, no sin antes darme un beso.

—Me voy pero volveré —anunció.

—¿Y no dizque te ibas a vivir al Polo Norte? —sonreí.

—Es correcto: me iba.

La seguí con la mirada y al salir del salón giró, moviendo el índice como la vez anterior.

—Loquilla la señora —anotó Luisjuanfer.

— Es capricornio. Y actúa como su animal estrella.

—¿Y Mara qué signo tiene?

—Capricornio también. Menos mal que yo soy aries. ¡Puro carnero!

—Ajá —dijo mi amigo, sonriendo mientras echaba una mirada circular por el salón.

—Esto está hoy repleto de extraños con caras de uribistas. Deben ser turistas. Míralos: solemnes, satisfechos, gordos y colorados, consumiendo platos carísimos y sin duda con la billetera rebosante de tarjetas de crédito. Vámonos mejor para el Málaga.

Ya en camino me preguntó:

—¿Cómo va el romance? ¿Pinta bien?

—Inmejorablemente.

—¿Te das cuenta de que yo tenía razón?

—Sí, hombre, perro viejo ladra sentado.

—Soy mucho más joven que tú pero ladrando te gano.

Y empezó a aullar el condenado.

Comentando las noticias del día, relacionadas con la muerte por inanición de un alarmante número de niños en el Chocó (el Gobierno enviaba para ellos un producto vitamínico-alimenticio llamado bienestarina y los políticos se lo robaban y terminaban vendiéndolo en las calles para alimentar cerdos), don Charlie el declamador le había hecho un duro enjuiciamiento al Presidente, afirmando que, como miembro de la clase política tradicional, pecaba de alcahuete porque en vez de controlarla o censurarla se hacía el de la vista gorda como de costumbre.

—En el Chocó siempre se ha estado muriendo la gente de hambre, especialmente los niños y los ancianos —dijo—. Todo el mundo lo sabe. Pero el Dieguito Palacio, Ministro de Trabajo y Seguridad Social (el nombre correcto sería Inseguridad Social) no sirve para nada. Reemplazó a Juan Luis Londoño, otro santón neoliberal de la plutocracia inflado por los medios y heredó su cartilla siniestra. No ha hecho más que hablar paja, citar, como el patrón, estadísticas chimbas, dorar la píldora y engordar a las EPS, que empobrecen los salarios, el tiempo de diagnóstico y la libertad y la ética de los médicos, obligándolos a recetar en la atención primaria sólo ibuprofeno, acetaminofén y aspirina. Estos monstruos privados se chupan todos los recursos y terminan dejando morir a los pobres ante las puertas de las clínicas, como tantas veces ha sucedido. Después de cada fallecimiento se anuncian siempre pomposas "investigaciones exhaustivas", que más demoran en anunciarse que en olvidarse. Vuelven los casos y vuelven las investigaciones. Y ahora que los 100 niños han muerto de hambre (se anuncian menos, pero, obviamente, son muchos más), ¿qué hace el ministrico baboso? ¡Nada! ¿Y el Presidente? Viajar a darse vitrina y a promete⁻ como cualquiera de los politiqueros que lo eligieron en alianzas non sanctas.

—Pero es que el Presidente no puede cambiar de la noche a la mañana una situación que venía de atrás —replicó el Procu—. ¿Qué culpa tiene él de que los políticos se roben los presupuestos y la bienestarina para los niños y que en confabulación con los paracos dejen a los municipios y departamentos sin los recursos que envía cumplidamente la Nación?

—Él sí tiene culpa. Su deber es velar porque el presupuesto amasado con nuestros impuestos se utilice como es debido. Pero, claro, ¿qué demonios le va importar que esos negritos se mueran de hambre? A él no le interesa sino gastar hasta lo que no tenemos en su dichosa Seguridad Democrática. Primero la guerra. ¡Acabar con la guerrilla! ¡Y la guerrilla vivita y coleando!

El Procu guardó silencio, mientras don Charlie, recurriendo a su ya conocido recurso, sacaba un recorte de periódico del bolsillo y decía:

—Voy a leerles la última columna del mesateniente 47, que pone los puntos sobre las íes con respecto a la clase política:

"La mala fama de los políticos crece cada vez más por sus nexos con los paramilitares y narcotraficantes, archisabidos desde siempre. Casi sin excepciones, la gente desconfía de ellos y proclama por todas partes que, además de clientelistas, interesados y negligentes, son ladrones.

Uno escucha en la calle comentarios como los siguientes: "Esos ladrones del Congreso"; "Esos pícaros se roban hasta un hueco"; "Mentirosos: se hacen elegir prometiendo lo que nunca cumplen"; "Cuando están en campaña nos pintan pajaritos de oro y después nos dan la espalda y se dedican a robar para ellos, para sus familias y para sus compinches"; "La mayoría se venden y se dejan comprar"; "No les basta con hacerse elegir ellos sino que hacen nombrar a la familia".

Todo lo anterior es apoyado en citas reales e incontrovertibles. He aquí una de marca mayor: alguna vez que se discutía en el Congreso un proyecto de ley contra el nepotismo en el servicio exterior, un senador paisa (ex alcalde, ex gobernador, ex constituyente, ex embajador, ex casi todo e incluso dueño de periódico), protestó por la "injusticia" del proyecto legislativo y contó, muy compungido, las desgracias de un hijo suyo, "varado, sin trabajo, en el exterior, pues ha sido vetado porque su padre es un congresista y por consiguiente le queda imposible levantar empleo en su propio país".

Pero la cosa no termina ahí. Contando por encima, o sea medio desvelando el problema, siguen más ejemplos tan descarados como repudiables: un congresista tiene un hijo en tal embajada; tal otro un cuñado en un ministerio; la concubina de fulano trabaja en el instituto tal; el sobrino de perano es asesor de no sé quién; el nieto de perencejo aspira a secretario de tal viceministerio. La política como microempresa familiar, o sea "pan y pedazo y más debajo el brazo". Todo esto ocasiona escándalos bastante sonados, que muy rara vez reciben castigo y que le dan razón a Mario Vargas Llosa cuando afirmó, refiriéndose a los ciudadanos, que "los mejores se apartan de la política porque les parece despreciable y los que finalmente la desarrollan son los oportunistas".

La rapiña por los puestos públicos es incontrolable y el Ejecutivo se ve en calzas prietas para satisfacerla y evitar que sus proyectos sean torpedeados, así que concluye comprando y pagando adhesiones a precios demasiado altos, mientras la calidad de los funcionarios decae con la consecuente pérdida de la credibilidad estatal. Este fenómeno se ha acrecentado con el uribismo, porque sus miembros, reales o acomodaticios, resultaron más avariciosos y tragones que nunca.

Todo el mundo sabe que muchos de los políticos y congresistas empiezan pobres y terminan riquísimos y convertidos en grandes terratenientes. Las excepciones en este campo son, lamentablemente, muy pocas.

Tan mala fama no avergüenza a estos personajillos pero sí a uno que otro de sus hijos y no es raro que, de niño, alguno de ellos haya preguntado o pregunte un día a su padre, que funge también de flamante "Padre de la Patria":

—Papá, ¿es verdad que usted es ladrón?

—¿Y tú por qué me preguntas eso?

—Porque en el colegio y en la calle viven diciéndolo.

La avidez de dinero, poder y reconocimiento es tan ostensible que, no obstante esa terrible mala fama (suficiente para desanimar a cualquiera que tenga siquiera una pizca de pudor, de autoestima o de ética) los candidatos al Congreso, la Cámara y en general a todos los cuerpos colegiados, crecen en cada nueva elección como la mala yerba en los pantanos. Por hacerse elegir o reelegir para preservar sus privilegios muchos de esos oscuros sujetos hacen lo que sea. El monstruoso escándalo de la parapolítica, involucrada con la desviación y el robo de los recursos para la salud de las más pobres regiones del país, constituye una clara prueba de ello".

Al concluir la lectura, el viejo agitó el recorte, mirándome.

—¡Bien, poeta! ¡Duro y a la cabeza! —exclamó—, y, rascándose la calva, agregó: — Lástima que se le haya olvidado incluir un aforismo de Sir George Bernard Shaw.

—¿Cuál de tantos, don Charlie?

—Los políticos y los pañales hay que cambiarlos seguido... y por las mismas razones.

—Magnífico —aplaudí—. Ese no lo conocía... ¿Pero por qué no nos olvidamos de tanto cochino bandido y viene y me interpreta más bien nuestro soneto predilecto de Francisco Luis Bernárdez?

—Para lo que no hay pereza —contestó, acercándose y complaciéndome:

> Si para recobrar lo recobrado
> debí perder primero lo perdido,
> si para conseguir lo conseguido
> tuve que soportar lo soportado,
>
> si para estar ahora enamorado
> fue menester haber estado herido,
> tengo por bien sufrido lo sufrido,
> tengo por bien llorado lo llorado.
>
> Porque después de todo he comprobado
> que no se goza bien de lo gozado
> sino después de haberlo padecido.
>
> Porque después de todo he comprendido
> que lo que el árbol tiene de florido
> vive de lo que tiene sepultado.

Los miembros de la mesa de los quinientos años aplaudieron. Hasta el vanidoso y emparaguado Padre Eterno, que, según se rumoraba, había cultivado también la poesía en la juventud y publicado su tomillo.

—Qué milagro que el reticente Tutankamón aplaudió —susurré para ambos

—Ese puto viejo es una veleta —contestó don Charlie, bajando aún más la voz—. Y el rey de los avaros. Llevo más de cincuenta años pagándole el tinto sin que se le ocurra invitar ni una sola vez.

—Con razón cuando encuentra la mesa sola se devuelve en vez de sentarse a esperar.

—Claro. Para no pedir nada.

—Bueno —opiné—. Tacaño y todo tiene la próstata más sana del Astor. Por aquí pasa todo el mundo para el baño, menos él. Y no me negará, don Charlie, que a los noventa y cinco años eso constituye una proeza de marca mundial. RJ, un perverso amigo mío, dice que el Astor es la sede oficial de la Asociación Nacional de Próstatas Jubiladas y que todos sus miembros llegan a veces con ellas en un frasco. A propósito, ¿en dónde dejó el suyo?

—¿Ya se le olvidó que se lo di a guardar a usted? —chispeó el viejo, palmoteándome la espalda y carcajeándose con todas las ganas.

Mientras ambos reíamos, apareció Pillín Pillao, buscando con los ojos a George Nueva York.

—¡Me esfumo, poeta! —exclamó don Charlie—. Ahí viene el Quijote y de pronto me confunde con un molino de viento.

Cada día descubro en Mara una faceta distinta que me hace crecer y afinar más aún la confianza de que, ella sí, será la mujer que me conviene. Mi confianza se funda en cosas como la que acaba de decirme:

—Ya que me estás tratando como si fuera una novia (nada de nada aún) y no deseo fallarte ni desilusionarte como mis seis predecesoras, quisiera que, con la mano en el corazón, me contaras todo lo que te chocaba de ellas, o, mejor dicho, todo lo que te irrita en tu pareja. Sin omitir detalle alguno y menos los asuntos de cama, tan importantes siempre en una buena relación. ¿Será mucho pedirte?

—De ningún modo, Marilla pechiamarilla —contesté, dándole un abrazo—. Pero pide primero una buena copa de helado con frutas.

—Esta vez quiero un perico con un palo de queso, o sacristán, como le dicen en este monasterio.

—¿Todavía sigues metiendo droga? Creí que ya habías dejado ese vicio —dije sonriendo y aprovechando la equivalencia del modismo regional de café con leche pequeño con el conocido "pase" de coca.

—¡Me encanta el perico!

Llamé una monja, ni lisa ni caderona pero tan pequeñita como graciosa y pizpireta.

—Tráele a mi linda dama un perico y un sacristán con corpachón de cardenal. Pero, por favor, que no sea pedófilo.

—No tenemos sino de obispo —contestó la monja—. Pero algo se parece a un cardenal. Por las pecas, al menos. En cuanto al perico —agregó, refiriéndose al lorito que saca las boletas de la buenaventura en los bazares populares— les traeré uno bien verdecito.

—Correcto, señora académica de la lengua sudada —aprobé entre carcajadas.

—¡Qué monja tan charra! —aplaudió Mara.

—Charrísima. Una vez me comentó que se mantenía muy triste por ser tan chiquita. Para consolarla y subirle el ego le dije que las mujeres como ella tenían la ventaja de ser portátiles y que uno podía cargarlas y hasta bañarlas y ponerlas a secar encima de la nevera. Casi se desternilla de la risa. Tiempo después, una tarde que el Astor estaba repleto de turistas comilones, me preguntó que con tanta pobreza cómo haría la gente para viajar. Le dije que a veces empeñaban todo, hasta la nevera. ¿Y sabes qué respondió? Que ella sí no podía hacer eso, porque entonces, ¿en dónde iban a ponerla a secar? Pero eso no es todo. Hace poco estaba yo moviendo la mesa porque estaba descuadrada y pasó y me dijo: ¡Eh, avemaría, don Máximo! ¿Lleva 60 años en esa mesa y todavía no ha podido acomodarse en ella? ¡Es el colmo!

Cuando la monja llegó con el pedido y Mara dejó de reír para consumirlo, yo volví al tema interrumpido:

—Existen muchas cosas que me disgustan. Dos de ellas son la estupidez y la incomprensión, que siempre limitan. Mi amante anterior consideraba el acto sexual no como un ejercicio saludable, placentero y necesario sino como una rutina de compromiso. A veces, después de esperarla pacientemente, llegaba de mal humor, se desnudaba y decía, sin ninguna caricia o estimulación: "Bueno, a lo que vamos". Después se vestía y salía como una tromba, mirando el reloj. Eso me exasperaba muchísimo, aunque terminaba por disimularlo para evitar problemas. En varias ocasiones me dijo que a mí no me gustaba sino pichar. Que también era importante conversar. Conversábamos, claro está, pero ella pretendía que me conformara con eso. Como yo le ayudaba económicamente, una vez hizo, fungiendo de contadora, la cuenta de los polvos mensuales, les puso una tarifa aproximada, sumó y contrastó el total con mi aporte mensual. Tantos polvos, a tanto polvo, es tanto, y tú me das tanto. O sea que cada polvo te sale a tanto. ¡Muy barato! Le dije que se consiguiera entonces un "machucante" rico que pudiera darle más plata por polvo, pero que, lamentablemente, debía advertirle que no todos los ricos pagan bien ni son generosos.

Otra vez nos citamos para hacer el amor (qué desgracia es tener que planear los polvos, pero cuando no se convive con la pareja no queda más alternativa: lunes, polvo, viernes polvo. Total: dos polvos semanales) y cuando llegó al apartamento dijo que me tenía una mala noticia. "¿Qué pasó?", pregunté yo, con una corazonada, pese a que, de acuerdo con la precisión de su ciclo menstrual éste no podía habérsele adelantado tanto. "Es que me vino aquello", confirmó. Preparado como estaba para pasar un buen rato, sentí rabia y le pregunté por qué no me había avisado para no hacerme ilusiones. Se puso furiosa y me gritó si era que hasta la regla se la pensaba controlar. Discutimos. Después entró al baño y cuando salió me dijo que todo había resultado una falsa alarma, pues sólo le había salido "una gotica nada más". Quedé con la certeza de que simplemente deseaba evitar el acto. Cuando deseo hacer el amor no me gusta postergarlo porque esto me pone muy irritable. Es como si dejara de beber teniendo sed, o de comer teniendo hambre, o de reír estando alegre, o de llorar estando triste. Para mí el sexo es el requisito básico de una buena salud y de un perfecto estado anímico. Y algunas mujeres lo practican cuando quieren y nada más. El hombre no cuenta. La dichosa fulana tenía otro problema: nada de lo mío parecía gustarle. Compraba una camisa, un suéter o un vestido y casi siempre le parecían feos. Iniciando una novela para la cual venía preparándome desde años atrás, pensé hacerle un homenaje y le hablé de meterla en ella, pidiéndole que escogiera el nombre con el cual quería aparecer. Escogió uno y lo acepté. Pero a medida que le comentaba las incidencias del desarrollo argumental comenzó a poner peros. Que por qué así y no de otra manera, que eso no le gustaba, que la reconocerían y que ella no quería quedar mal o hacer el ridículo. Finalmente le dio por repetir que le parecía una jartera salir ahí. La novela andaba bastante avanzada ya y para evitar conflictos futuros debí reformarla casi en su totalidad, circunstancia que aproveché para cambiar su personaje por el de una ejecutiva brillante, pragmática, independiente, con voluntad de éxito, ideas propias y pleno dominio de sus posibilidades. Después, cuando, muy contento y absurdamente comunicativo (a veces peco por exceso de silencio o de extroversión) empecé a hablarle del personaje, le tomó, ¡parece mentira!, una ojeriza terrible. Le repelía todo lo de la mujer, en especial que fuera tan tierna, espontánea y generosa. "Esa lambona no es una mujer de verdad sino de papel. ¡Mejor dicho, la tonta con la que tú sueñas!"

—¡Vaya perla! —exclamó Mara.

—Tales intransigencias, caprichos e infantilismos —proseguí— me resultan odiosos en una mujer, sobre todo si espero de ella algo de respeto y solidaridad. Y eso no significa de ningún modo que se elimine la crítica o la disidencia constructivas, tan útiles siempre, especialmente en un trabajo como el literario. Existe algo que me saca de quicio también y es que me incumplan las citas o lleguen tarde a ellas, pues soy rigurosamente puntual. Si es a las seis es a las seis y no a las seis y cuarto o a las seis y media. Tampoco me gusta acompañar mujeres a los almacenes y menos a medirse zapatos. Eso me desespera. Te imaginas el por qué, ¿no? "Voy a medirme este". "No me gusta". "Mejor aquél". "Me queda horrible". "Muéstreme aquel otro". Pasa el tiempo y siguen midiéndose docenas de zapatos. Al final no compran nada y la pobre muchacha que las atiende debe volver a empacar y ordenar el surtido. Cuando no es que devuelven lo comprado después, escudándose en cualquier majadería, como acostumbraba otra de mis ex. ¿Y qué opinas, mia cara, del espectáculo cotidiano ante el closet repleto? El gesto inconforme, el repaso despectivo, casi furioso, de vestidos y la exclamación inevitable: "¡Qué vaina! ¡Ya no tengo qué ponerme!" ¿Y el tiempo perdido? Una encuesta de cierta compañía de vestidos en Gran Bretaña confirmó que la mujer promedio gasta casi un año de su existencia —287 días, 6.888 horas, 413.280 minutos— pensando qué ponerse. Al fin, después de una compleja y nunca satisfactoria elección, salta el interrogante para el marido o el amante: "¿Qué opinas? ¿Me veo muy gorda y horrible con esta viejera?"

Mara se rió tanto y con tanta gana que terminó con los ojos mojados de lágrimas. Esperé a que se calmara y continué:

—Amo la franqueza y siempre, guste o no, digo o escribo lo que pienso. Nunca almaceno rencores, ni rabias, ni envidias en el corazón. Puedo librar una pelea durísima con alguien y después hablarle o contestarle con la mayor naturalidad. Cuando estoy mal física o espiritualmente me refugio en la soledad, el silencio, la música clásica y la poesía. Después reaparezco calmado y fortalecido. Detesto las discusiones que no conducen a nada y cuando alguien pretende suscitar alguna la esquivo de cualquier modo. Si la pareja hace o dice algo que me hiere o perturba callo pero demuestro el desagrado. A veces me aíslo e incomunico. Por ejemplo, suena el celular, miro quién es y si se trata de ella bloqueo la llamada. Cuando después de dos o tres días de "operación silencio" ya estoy calmado, contesto con un "¡Hola, mi amor! ¿Por qué estabas tan perdida?" Risas. Y todo solucionado. Creo en mis sueños y en los de la gente. Detesto los quejidos y los que joden. Pienso que es necesario cultivar la alegría, el optimismo y la fe a toda costa. Eludo y desprecio a los derrotistas, los negligentes, los postergadores, los arrodillados, los lameculos, los mentirosos, los ladrones, los que se creen el ombligo del mundo o alardean de tener mucho dinero, mucho talento o muy buena familia. Esto último me resulta particularmente irritante, pues por esclarecido y noble que se crea alguien, con un poco de exploración en los archivos genealógicos o en la historia saltan la puta, el maricón, la lesbiana, el ladrón, el mafioso o el politiquero embaucador. Pienso que el mundo sería mejor sin políticos y sin burócratas y que lo que se denomina el poder es perverso y corruptor por esencia. Como hombre sobrio y austero que soy, me río, siguiendo el ejemplo de Sócrates y de Diógenes el cínico, de todas las cosas que no necesito ni necesitaré jamás. Lo que sí necesito, cada vez con mayor urgencia, es una buena compañera para ser feliz el resto de mis días.

—¿Y cuál es tu idea de ella, o, mejor dicho, cómo quieres que sea yo? —interrogó Mara sonriendo.

—Tan inteligente y graciosa como eres —contesté, acariciándole la mejilla—. Mi mujer perfecta debe tener mínimo veinte años menos que yo (enhorabuena, tú clasificas de sobra); ser limpia hasta el brillo; buena en la cocina (no olvidar que, según los chinos, el amor entra por el estómago); discreta y respetuosa, mas nunca boba; buena escucha; complaciente, no esclava; y, sobre todo, puta, putísima en la cama. Claro que no tanto como Manuelita Sáenz, la "adorable loca" de Bolívar, que yendo cierta vez a visitarlo, según cuenta su biógrafo Boussingault, dio buena cuenta de todo el cuerpo de guardia, gritando después de cada eyaculación y de medio limpiarse apresuradamente con el pañuelo del soldado de turno: "¡Cayó otro! ¡Pase el próximo!"

—¿Cómo? —dubitó Mara, casi aterrada—. Yo sabía que doña Manoleta era bravísima y que hasta le arañaba la cara al Libertador, pero no que fuera tan comilona y le pusiera cuernos.

—Ella misma decía: "Puta, nací puta, soy una puta" —continué, volviendo a mi tema—. Pasado este rapto o desliz historiográfico debo agregar a lo mío que, además de la "eficiencia" en la cama espero que mi mujer se la juegue toda conmigo y que crea en mí. No quiero dudas que frenen ni bultos que estorben.

—Pues permíteme decirte que lleno totalmente esos requisitos —exclamó Mara, dándome un abrazo—. En mí tendrás una mujer que goza en la cama con el hombre que ama y que nunca se niega ni pretexta jaquecas. Sé perfectamente que para que una relación de pareja funcione hay que sacrificarse de cuando en cuando. Es natural que a veces no haya deseo, pero para eso están los recursos de la imaginación, la lúdica erótica y hasta algún estimulante natural. O el médico, si nada de esto funciona. El deseo no siempre nace espontáneamente. También debe cultivarse o provocarse. Ya verás que conmigo no tendrás rabias ni decepciones en ese campo. Sólo temo que mis senos, talla 32, te parezcan demasiado pequeños. Como a ustedes les gustan bien grandes...

—El plural es abusivo, querida. Yo prefiero modelos originales, mujeres de verdad y no bolsas de basura. Los senos pequeños tienen tres ventajas: son vivos, sensitivos y no se caen. Además, opto por lo que me cabe en la boca. Lo demás sería competir con el sapo. ¿Has visto lo horrible que se infla cuando se traga lo que no le cabe?

—¡Qué gracioso! —elogió Mara—. ¡Y qué lindo piropo!

—El narcotráfico y el exceso de dinero sucio hicieron tabla rasa con muchas cosas en Colombia, empezando por la autoestima de las mujeres. Ya la mayoría no se contentan con lo que Dios les dio sino que quieren aparentar lo que no son. Por lucir unas tetas como balones de fútbol, todas iguales, se putean con cualquier infecto pistoloco lleno de billetes o se endeudan y hacen sacrificios ingentes. Casi siempre detrás de cada par de tetas de esas no hay más que una arribista. El mercado de las tetas postizas es cada vez más fuerte en la economía nacional. Mientras la mayoría de los médicos tienen que alquilarse a las EPS para sobrevivir modestamente, los cirujanos plásticos viven como reyes y son figuras mediáticas de primer orden. Yo les puse tetas a la presentadora fulana, a la actriz zutana y a la cantante mengana, alardean los "correctores" de mamá Natura. La moda, exigida por los narcos y los emergentes e impuesta por los medios y las agencias de modelaje, prescribe ponerse lo que supuestamente falta y quitarse lo que supuestamente sobra. He ahí el dogma sobre el cual se edifica lo que se considera ahora el paradigma de la belleza física femenina, cuyo ciego obedecimiento está causando muchas víctimas. Cada día mueren más mujeres a consecuencia de las cirugías ejecutadas por simples carniceros en condiciones científicas inapropiadas y carentes muchas veces de la mínima asepsia. Tan grave es el fenómeno de supeditación a las normas de la moda, que ya las cirugías figuran hasta en las listas de regalos. Ahora las muchachas pueden pedir en sus cumpleaños una "nariz", unas "puchecas" o un "pompis" remodelados. Las fiestas, los regalos tradicionales o los viajes van quedando relegados ante las convocatorias de la silicona y el bisturí. Por eso no es extraño comprobar cómo, de la noche a la mañana, la vecina con cuerpo de tabla cepillada aparece sensiblemente aumentada tanto en la vanguardia como en la retaguardia. Esas ingenuas cuyas cabezas locas sólo sueñan con ser modelos, reinas de belleza, cantantes, actrices o presentadoras de televisión, ni siquiera se asustan ante la posibilidad de una septicemia arrasadora. No les importa cultivarse intelectualmente, ser valoradas por sus principios, su inteligencia o sus sueños sino constituirse en meros fetiches sexuales para vender revistas, cerveza o cuanto producto las saque en pelota. Su deidad preferida es La Gran Culona o Nuestra Señora Teta Grande.

Uno ve culos y tetas por todas partes. Y, claro, muy poco, poquísimo cerebro. Muchas de esas mujeres han sido consideradas prepagos de empresarios, políticos, narcotraficantes, paramilitares y hasta futbolistas con el "tino" donde sabemos.

—Existe un horrible librejo que confirma todo eso —asintió Mara—. Ahí están documentadas las costosísimas faenas de esas tipas. Entre ellas ha figurado también una tierna tontuela tan pequeña que creo no llega a prepago sino a prepulga. (Sonrió celebrando su propio chiste). Es tanto el éxito de las cirugías, que acabo de ver en la revista Semana un anuncio de página de un especialista, muy joven y majo, mostrando diez pulidos traseros con un letrero abajo que dice: creados por... frente a la foto y el nombre del "artista". Ello prueba el hecho curioso de que no sólo los maricas viven del culo. Este parece que no lo es y le va bastante bien. (Volvió a reír, muy gozadora, mientras yo la imitaba de buena gana, admirando su chispa). En cuanto a los senos, yo, menos mal, vivo muy feliz con mis peritas pequeñitas, rosaditas, templaditas, cariñositas...

—Besaditas, lamiditas, mordiditas...

—Por ti, Maxi —suspiró ella dulcemente—. Sólo por ti. Cuando quieras. Pues ahora no son solamente mías sino también tuyas, tuyísimas.

—Tante grazzie.

Estábamos a punto de salir cuando llegó una dama otoñal y distinguida. Mara se levantó y la saludó con un abrazo efusivo.

—Mira, Máximo —dijo, presentándomela—. Esta amiga es abogada de mi empresa y una de tus admiradoras secretas.

Mientras ella se sentaba y acudía una monja a atenderla, sacó un par de libros para que le autografiara con destino a dos hijos colegiales. Rato después estábamos metidos en una charla bastante animada, que ella terminó conduciendo a un terreno crítico.

—Conociendo bien su trabajo, siempre me he preguntado por qué usted se mantiene al margen de todo tipo de eventos sociales y culturales y nunca se le ve participar ni figurar en nada.

—La respuesta es que soy escritor y no figurín. El destino del escritor es escribir lo mejor posible. Algunos lo hacemos o tratamos de hacerlo mientras otros, la gran mayoría, se dedican a cosas que quizás consideran más importantes que escribir.

—Como lagartear, por ejemplo —aclaró la señora, al parecer muy culta y bien informada—. Se hacen invitar a todo, especialmente cuando se trata de eventos oficiales. Van de coctel en coctel, de conferencia en conferencia, de concurso en concurso, de gira en gira, de beca en beca, mientras algunos nos preguntamos cuándo escriben.

Aparecen hasta en la sopa. Opinando, siempre opinando. Élisabeth Badinter, una ensayista experta en los enciclopedistas franceses, hace muy bien la radiografía del fenómeno cuando afirma que "los medios de comunicación han matado la noción de intelectual y, a su vez, el intelectual se ha dejado matar con deleite. Porque simplemente no se resiste al reconocimiento público. Esto lo lleva a dar su opinión sobre cuestiones que no conoce. Ese mecanismo perverso termina con su credibilidad y, naturalmente, con su poder. De tanto decir cualquier cosa acaba por decir tonterías". Los escritores aquí (y no propiamente los mejores) son las vedettes del establecimiento, los medios y la sociedad. En esta ciudad de mercachifles enriquecidos con la coca y el lavado de activos, amurallada por montañas carnívoras y malamente llamada dizque "la más educada", una escucha con vergüenza ajena a ciertos parlanchines desbarrando día y noche por emisoras universitarias sobre todo lo divino y lo humano. Pasan de la filosofía a la metafísica, de la biografía a la moral, del medioevo a la posmodernidad, de la ética a la música, de la plástica al cine, de la sociología a la política, del mal al bien y de Dios al Diablo. Estos tipos, que a veces se juntan como los burros para rebuznar y rascarse, no le escurren el bulto a ningún tema y pasan, muy solemnes y campantes, de la historia de la humanidad a la historia universal de la gallina saraviada. ¡Y cómo le sacan de partido al pobre animalito!

Risas, risas y más risas cantarinas y burbujeantes.

—Lo más curioso —terció Mara con ironía— son las disquisiciones filosóficas que desarrollan a partir de una pregunta capital: ¿Qué fue primero: el huevo o la gallina?

Luego de carcajearse más alto de lo normal, la abogada continuó, retornando a la seriedad y dirigiéndose otra vez a mí:

—Y habrá notado usted que siempre figuran los mismos personajes, sin duda por ser amigos de los relacionistas, asesores y burócratas culturales tanto municipales como departamentales y nacionales. Parece como si esos fulanos no conocieran a nadie más para invitar o fueran tan negligentes y tan torpes que no les interesara siquiera informarse un poco mejor.

—Como decía don Miguel de Unamuno, "cada uno con sus cadaunadas", abogada. Yo he preferido desde el principio apartarme de ese carnaval de vanidades y optar por la invisibilidad. Desde muy joven aprendí que el verdadero artista se forja en la soledad, porque únicamente la soledad garantiza la independencia y sólo la independencia nos permite vivir con dignidad. Además, no puedo despilfarrar el poco tiempo que me queda sino aprovecharlo al máximo.

—Por algo te llamas así —bromeó Mara.

—Conozco una anécdota muy graciosa sobre la forma como en Colombia se mueve y se muestra la gente en los medios de comunicación —continuó la señora—. Cierto extranjero, leyendo periódicos y revistas, escuchando radio y viendo televisión, exclamó un día: "¡Qué poca gente importante hay en Colombia!" "¿Por qué lo dice?", preguntó alguien. "Porque en todas partes sale siempre la misma", contestó.

—Exacto —confirmé yo—. Lo que pareciera ironía no es más que el reflejo cabal de la sobreexposición y del oportunismo típicos del país. Los figurones parecen tener las siete vidas del gato. Pasan los años y hasta los siglos y ahí continúan. Y cuando mueren siguen los delfines. Se rotan por instinto. La cadena jamás se interrumpe. Lo que importa es el interés de las castas y la supervivencia de los privilegios ancestralmente defendidos contra todos los vientos de la justicia, la democracia y la racionalidad. Aquí somos muchos los que pensamos pero parecemos muy pocos. Y todo porque los mismos y las mismas de toda la vida andan siempre ondeando sus plumajes de pavo real. Esta es Colombia. Mejor dicho, la segunda finca de Uribe, el gran mayordomo. La primera, ya sabemos, es El Ubérrimo y en sus alrededores se gestó y disparó toda la actividad paramilitar y parapolítica, con Salvatore Mancuso —il *padrone*— a la cabeza.

—Sí —aprobó la visitante—. El país siempre ha sido manejado con filosofía de feudo y cacicazgo. La prueba es que los grandes artistas como Rodrigo Arenas Betancur, Gabriel García Márquez, Álvaro Mutis, Fernando Vallejo y Fernando Botero se tuvieron que ir a triunfar afuera. Aquí su talento se habría malogrado o nunca hubiera tenido la valoración o promoción adecuadas. La mentalidad nacional, signada por la pequeñez y el miserabilismo, genera la manía extranjerizante que nos impide ser nosotros mismos. Despreciamos lo propio y vivimos pegados de lo foráneo. No conocemos nuestra hermosa geografía pero amamos a Miami. Con razón alguien afirmó que la primera ciudad de Colombia no es Bogotá sino Miami, porque allá se ven compatriotas por montones. ¿Y cómo se solucionaría todo eso? Con una buena educación. Pero la nuestra es pésima y ni el Estado, ni los gobiernos, ni los docentes intentan mejorarla...

Cuando al fin la abogada se levantó, despidiéndose, le palmeó la espalda a Mara y le dijo, sonriendo:

—Te notifico, amiga, que si te descuidas sólo un poquitín, te robo a este señor.

—¡Stop! ¡Frena! ¡Alto ahí! Eres una "jurisperrita" habilísima, pero no olvides que puedo instaurarte una acción de tutela.

—Ni siquiera eso me detendría —replicó la simpática dama, alejándose.

—Adoro a esa vieja —comentó Mara—. Es casi tan inteligente y divertida como yo. ¿No te parece?

—Un mono enamorose de sí mismo y en tres días acabó con su organismo.

—Pues haz lo tuyo pronto o terminaré imitándolo —replicó mi dama, carcajeándose. Después, poniéndose seria, agregó: —Regresando a nuestra conversación, quiero decirte, y más que decirte asegurarte, que en mí tendrás la atención y la comprensión que mereces. A veces, acostada por las noches en mi camita de monja, pienso en lo dichosa que seré cuando pueda estar siempre a tu lado, cuidándote, ayudándote, serenando tus angustias de creador, riendo contigo, soñando contigo y empujando contigo el coche de la vida en la misma dirección. Yo, como tú con tus mujeres, tampoco fui bien apreciada por los dos hombres que he tenido. Apenas ahora encuentro en ti un ser maravilloso que puede mejorarme espiritualmente, ayudándome a vivir.

Estremecido desde los mismísimos cimientos del ser recordé a Dostoievski, casado a los 44 años con Anna Grigórievna, inteligente y dulcísima taquígrafa de 20, que lo acompañó durante el resto de su vida, soportándole con paciencia la frenética afición tahuresca que los dejaba en la ruina de continuo, tomándole los dictados, criándole los hijos y finalmente actuando como su eficaz editora, representante y administradora, hecho que trae a colación el caso de Mercedes Barcha con Gabo, encargándose de todo lo relacionado con la economía hogareña para que éste pudiera escribir en relativa paz. También retrotraje la historia de Saramago, ya anciano, casado con Pilar del Río, una mujer joven, a la vez su traductora al español, su esposa, su amante y su compañera. Tengo un par de fotos recortadas y guardadas al final de las memorias del portugués. Ambas me conmueven. En la una está el viejo sentado en un sillón, leyendo un diario y a su lado aparece Pilar acariciando un perrito. Ambos encarnan la imagen y la sensación plena de la paz hogareña. El viejo en lo suyo, leyendo para descansar seguramente de la escritura, y la mujer al lado, guardiana de la domesticidad. En la otra se están dando un beso —un cálido y verdadero beso de ojos cerrados— tras volverse a casar por lo civil, veinte años después, para ratificar una vez más la permanencia, seriedad y fidelidad de sus lazos conyugales. El viejo y la mujer, todavía joven. En paz. Juntos. Fieles. Su relación fue muy diferente a la de Jorge Luis Borges y María Kodama. Gélida, lejana, casi hierática, la última parecía más bien un lazarillo disgustado o una secretaria aburrida. Yo sueño con Mara algo parecido a lo de Saramago y Pilar, pues no obstante ser mucho más joven —menos viejo, mejor— que el autor de Historia del cerco de Lisboa, le llevo a mi dama casi tantos años como él a la suya.

—Bueno, Marilla pechiamarilla —dije—. Agradeciéndote en el alma tus buenos deseos e intenciones para con este modesto picateclas, y en vista de que esta cháchara se alargó tanto como una semana sin carne, un matrimonio sin "sucursal" o un consejo comunal de Uribe, te invito a unos buenos traguillos.

—¡Pero yo los pago! Siempre lo haces tú y no es justo. De hoy en adelante invitas tú una vez y yo otra. A no ser que la generosidad sea la forma elegante y morbosa de ocultar tu machismo.

Soltamos la carcajada y nos levantamos para salir.

—¡Qué bueno la pasan ustedes! —dijo la tía Julia, cuando llegó con la cuenta.

—¿Y quién diablos puede pasarla mal con don Máximo de Risas? — piropeó Mara.

—No adules que no voy a darte nada.

—¿Ni siquiera aquello…?

—Hmmm… Déjame pensarlo.

> Una antigua y optimista canción popular dice:
> Un amor que se va,
> ¡cuántos se han ido!
> Otro más volverá
> más duradero
> y menos doloroso que el olvido.

Como ya ha quedado demostrado, en mi caso las mujeres se van pero se llevan algo del amor, de la ternura o de la nostalgia de lo vivido. Mariag telefonea y Marrut aparece en el Astor cuando menos pienso. Pero ahora también ha repuntado Marid después de años de no tener noticias suyas. El pretexto es simple: leyó en un diario una reseña sobre uno de mis libros y quiso saludarme, "aunque fuera por teléfono". Me alegró escucharla y saber que está bien. Sigue con el guardián pero no le percibí mucha alegría que digamos. Seguramente la relación ya se desgastó en la rutina, y, muertos el amor y la emoción gozadora del cuerpo, los amantes conviven por costumbre, casi como extraños que han resuelto simplemente soportarse para no desacomodarse o perder la seguridad y la tranquilidad de lo conquistado. Algunas parejas hacen lo mismo. No todas lo arrojan todo por la borda y comienzan de nuevo. Buscar otro hogar, fundar o conquistar otro espacio, renovar hábitos, pieles, sentimientos, palabras, actitudes, no siempre resulta grato o sencillo. A veces también la conciencia de la edad o el convencimiento de que por ella ya no se justifica iniciar nuevas aventuras coadyuva al hecho de quedarse quietos, sumergidos en la aceptación de la monotonía o simplemente en la indiferencia. ¿Para qué correr el riesgo de una nueva equivocación?, pensarán. ¿Para qué exponerse otra vez? ¿Acaso el refrán no advierte que es mejor malo conocido que bueno por conocer?

Eso puede estar pasando con la hermosa muchacha. No le pregunto nada, empero. ¿Para qué? ¿Qué sacaría con ello?

—¿Cuándo volverás por Medellín? —le pregunto.

—Un día de estos. Te llamaré para que me invites a un jugo de mandarina con moro en el Astor. Todavía sigues yendo allá, ¿verdad?

—Por supuesto. El Astor es como mi segunda casa.

—¡Qué sitio tan lindo! ¡No sabes cuánto recuerdo nuestros encuentros allí! ¡Y las exposiciones de pintura! ¡Y las lecturas de poesía! ¡Y las charlas con Solórzano y tus demás amigos! Esa fue una época muy bella en mi tonta vida.

—Yo te recuerdo aún taconeando como una reina. A todo el mundo se le iba la baba mirándote.

—Ahora me estoy volviendo una vieja fea, mientras tú, según la foto del periódico, sigues igual. Canoso pero sabroso. ¿O ya te dio por teñirte?

—De ninguna manera —respondí—. Un viejo peliteñido es ridículo. Nada más infantil que avergonzarse de lo vivido y esconder los años. Ni más detestable que conseguirse una muchacha —o un muchacho, ¡tan de moda ahora!— y empezar a vestirse como joven: vaqueros, tennis y colorines alborotados. Algunos, cuando están desentejados o pelones por arriba hasta les da por usar cola de caballo, con moño y tal. ¡Horrible! Soy orgullosamente consciente de mis bien vividos y pichados calendarios y repito con Jaime Sabines: "Vienen canas en busca de mi edad".

—Eso está muy bien. ¿Y todavía contestas al teléfono como antes?

—Todavía. Me saca de quicio estar trabajando y tener que explicar de dónde respondo, como preguntan muchos imbéciles que ni siquiera ponen cuidado en la marcación de los números.

—¿O sea que sigues con aquello de Portería del Valle de Josafat, Motel el Buen Samaritano, Superintendencia Financiera de las Hermanitas Descalzas, Guardería Herodes, Lavandería Pilatos, Carnicería Presa Gorda y Barbería Parkinson? No sabes lo que me río cada vez que te recuerdo —tú tan serio— contestando así.

—Hace poco estaba muy apurado escribiendo mi columna dominical cuando sonó el teléfono y contesté con mi "Hola" de costumbre. "¿Ahí está ese mocoso?", preguntó una vieja. "No", contesté. "Se fue hace rato. Por allá va por el morro con unos marranos. Parece que los va a capar". Por alguna curiosa coincidencia o simplemente por distracción o aturdimiento, la vieja exclamó: "¿Cómo así? ¡Ah, culicagao!" Y colgó, aterrada.

Luego de carcajearse, Marid dijo:

—Algo que recuerdo mucho es aquello que les decías a las muchachas: Diviértanse harto, queridas, pero no se reproduzcan, y el chiste de Romeo y Julieta, que repetías cada vez que hablabas de alguna cosa negra. ¿Cómo es que dice?

—Negra como la noche en que Romeo
le abrió las piernas a Julieta
y ella decía con voz inquieta:

—¡Ay, por favor, no me lo meta!
¡Muérdame, mejor, una teta!

Tras el chisporroteo de la risa recordó algo más.

—¿Y aquello de la paciencia y la hormiguita?

—Con paciencia y salivita un elefante preñó una hormiguita.

—Ah, se me olvidaba otra cosa chistosa que solías repetir cuando alguien decía que no había derecho a algo...

—No hay derecho, señor Conde,
que yo teniendo por dónde
me lo meta por el pecho.
No hay derecho, señor conde.

—Conde-nado, tú eres una fiesta —exclamó, entre divertida y pesarosa—. ¡Y yo tan imbécil que te cambié!

Suspiró, calló un segundo y preguntó:

—¿Estás solo o tienes a alguien? Claro que preguntarte si tienes a alguien es una majadería. Tú no pierdes el tiempo.

—Te equivocas. También lo pierdo. ¡Escojo mal pero me divierto mucho!

—¡Ah, poeta jodido!

Mariag, por su parte, sigue llamando y quejándose cuando me desentiendo de ella. En un mismo día ha llamado hasta tres veces seguidas, por uno u otro motivo u olvido. "Ve, mi amor, se me olvidaba preguntarte por don Charlie el declamador. ¿No me ha mandado saludos?" "¿Cómo va tu "amado" Uribe? ¿Es verdad que sigue enverracado con Chávez y Correa?" "¡Qué tipo tan mamón! ¡Cuándo será que lo tumban!" Y, ¿qué hay de Papá Noel Gaviria? ¡Tan lindo el viejito con esas barbitas de chivo!" "¿Y la negra Piedad? ¿Siempre tan frentera? Dígase lo que se quiera, esa mujer tiene más cojones y carácter que cualquier macho". Me pregunta y plantea cosas así. A ratos me impaciento y le inquiero si acaso le sobran los euros que puede despilfarrarlos con tanto parloteo inútil. "Es que hay días que me siento muy sola", explica, "y las llamaditas me sirven de consuelo de boba" "¿Y tus pretendientes, pues?", pregunto. "Ahí siguen".

Hace poco me contó que unos amigos de un gimnasio le habían prometido que no descansarían hasta verla casada con un buen tío platudo y de prestigio. No tardaron en presentarle a Ramón, un abogado de partido de José María Aznar, cincuentón y bien empleado, pero tampoco ella tardó en comenzar a encontrarle defectos. Que es un bobo del Opus Dei, godísimo y rezandero, que no le inspira ni malos pensamientos; que esto, que aquello, que lo otro, que lo de más acá y más allá. "¿Un bobo o un vivo?", pregunto yo, que conozco bien a los devotos de don Josemaría. "A veces los vivos se disfrazan de bobos y practican con lucimiento el refrán de quien peca y reza empata. Además, ¿no has oído decir que una cara de bobo bien administrada hace milagros?" "Éste es un bobo de verdad verdad o sea de marca registrada". Al final, estallo: "Pero, ¿hasta cuándo vas a seguir con los remilgos? ¿Te crees con gallo de oro o aspiras a ser polvo del rey Juan Carlos? ¡Aterriza, mujer, aterriza!"

Cundo, su nuevo pretendiente, apareció hace poco. Según me contó, salía del gimnasio y en la recepción la estaba esperando un señor maduro y bien vestido, que se le acercó y la saludó muy afablemente.

—¿Me conoce? —preguntó ella.

—Hace días vengo siguiéndote, bonita —contestó él—. Te vi en una estación del metro y me enamoré de ti. Quiero que hablemos. Te invito a un café.

—Pero, señor, yo...

—Acepta, bonita —insistió él, tomándola resueltamente de un brazo—. Ven, hablemos. Nada arriesgas y nada te cuesta.

Hablaron largamente. Cundo se sinceró y expuso sus cartas sin rodeos. Estaba separado, vivía solo en un chalet de Guadalix de la Sierra, era empresario de la construcción y buscaba una mujer como ella.

—No quiero una concubina sino una esposa que me atienda, administre mi casa, viaje conmigo y comparta mi vida y mi dinero. Y esa eres tú, bonita —concluyó.

El inesperado pretendiente le gustó a simple vista pero no la forma como planteó las cosas.

—¿Olvidaste que yo también voy derecho a los asuntos? —le recordé—. ¿Cuántos años tiene el señor?

—Sesenta y tres, más o menos.

—O sea que es menor que yo. Por esa parte te vas ganando tres años. Toma las cosas con calma, escúchalo, medita bien lo que te dice y ofrece. Déjate invitar. Olvida de una vez tus escrúpulos. Ya has rechazado dos oportunidades. Aprovecha ésta. Paco no te gusta por desordenado y tacaño y el abogado del PP te parece un tonto. Voto por Cundo.

Después de esto ha seguido dándome información. El señor es discreto y la trata muy bien. Le hace invitaciones y cuando viaja reaparece con pequeños regalos. Un día ella le planteó su necesidad de trabajar y de ganar el propio dinero. Él le dijo que para la administración y los gastos de la casa le daría una buena suma y que, bien manejada, le sobraría algún dinerillo. Sin embargo, ella no quiere correr riesgos.

Probándome como casamentero, le propuse que, al principio, mientras la relación se formalizaba y arraigaban en el conocimiento mutuo, pidiera una especie de salario adicional, como de período de prueba. Aceptó. Pero otro de los problemas es que no quiere dejar a la patrona, pues tanto ella como su familia la tratan con mucha gentileza y generosidad.

Días después, tocando una vez más el tema del pretendiente, Mariag reconoció que, en realidad, parte de su indecisión se debía al "enorme amor" que todavía sentía por mí. Siguiendo la norma, el conejo saltó en el matorral y el cazador disparó en el acto:

—Lo nuestro terminó —dije— y ya no tenemos ningún compromiso. Después del último año infernal que pasamos juntos no quiero volver a vivir ni contigo ni con nadie. Quedé vacunado para toda la vida. En mí ya no existe por ti más que un sentimiento de amistad y de solidaridad. Siempre podrás contar conmigo. Pero de amor o deseo nada de nada. Lo nuestro es cosa del pasado. Y el pasado no se devuelve.

Lloriqueó un poco y preguntó:

—¿Tienes otra?

—Eso no voy a respondértelo. Es cosa mía. Pero debes saber que no puedo vivir sin mujer.

—Y entonces, ¿qué pasará cuando vaya de visita a Medellín?

—Si no te parece inconveniente ni afecta tu relación, podrás hospedarte en mi apartamento. El que fue tu cuarto sigue vacío. Pero nada más. Por eso es muy importante que organices seriamente tu vida para que, algún día, puedas tener aquí también tu propio espacio. Uno nace y muere solo.

—Eso es verdad. Yo no puedo contar siquiera con mis hijos.

184

—Nadie debe hacerlo —advertí—, aunque, según nos enseña Groucho Marx, "hay que ser amables con los hijos, pues ellos nos buscarán el asilo donde moriremos".

Pese a esta conversación, más que aclaratoria definitoria, siguió tratándome con la misma efusividad de siempre: "¿Qué hubo, mi amor?" "¡Te adoro, mi vida!" "Te pienso y recuerdo mucho". "Me haces una falta enorme, vidita mía". "¿Cuándo vas a venir?" "¡Qué bueno caminar contigo por Madrid! Que me cuentes y expliques lo que no entiendo, pues tú sí sabes hacerlo y a ti te entiendo las cosas, por más complicadas que sean". "Qué dicha pasar una tarde caminando contigo por el Retiro; sentarnos ante el lago a comer crispetas o chupar helados; a mirar los mimos, los tragafuego, los malabaristas, los bailarines; a escuchar los cantores populares…"

En varias oportunidades he querido volver a Madrid, ciudad que me deslumbra como pocas, pero siempre se me han presentado problemas. La primera vez tenía todo listo para el viaje mas debí posponerlo debido a una cirugía por desprendimiento de retina. Después estaba haciendo de nuevo diligencias para viajar y se me atravesó una novela con la cual venía soñando desde los cincuenta años. Adivina, adivinador, qué estaba escribiendo el novelador. Además de ser mi etopeya (o egopeya) trata sobre la madurez del hombre y sus conquistas amorosas. La obra hizo metástasis como un cáncer y me salía a chorros a toda hora: almorzando, leyendo, conversando, soñando, caminando, viendo cine, defecando, haciendo el amor. Erótica, poética, política, testimonial, quijotesca, intertextual (según nos enseñó Cervantes y aprobó Carlos Fuentes, en la novela cabe todo, incluyendo la totalidad de los géneros literarios) esa obra-riada-derrumbe-tempestad-eyaculación no me dejaba en paz y debía dedicarme a escribirla sin desperdiciar un minuto con nada ni con nadie. Estaba maduro para ella y debía aprovechar el fuego de la inspiración.

—¿Y no puedes dejar eso para después? —preguntó la acosadora, irritada.

—Ni puedo, ni quiero, ni debo —contesté—. Por ahora la novela es mi prioridad existencial número uno. No me interesa nada más.

Mientras avanzo en la obra, en la cual voy a cumplir tres años trabajando, sigue hablándome del viaje y muchas veces, cuando estoy ante el computador ampliando, profundizando y decantando lo escrito, vuelve con la cantinela. A veces tecleo con una mano, sosteniendo con la otra el teléfono fijo o el celular. Con frecuencia le interrumpo la llamada. Vuelve a marcar y vuelvo a lo mismo. "¿Aló? ¿Aló?", simulo para que me oiga. "¿Qué pasa?", pregunta. "Se está cortando, lo siento", respondo. Hasta que, al final, incapaz de continuar resistiendo su asedio, le exijo, terminante y brutal:

—¡Déjame escribir tranquilo! ¡No me jodas más, por favor!

Impertinencias y protestas aparte, creo que la mujer terminará casándose con Cundo. Pero, si por algún motivo esto no llegare a realizarse, no abrigo la menor duda de que de todas maneras logrará sus sueños de independencia económica y social y accederá a la nacionalidad española, lo que deseo de corazón y aplaudiré con entusiasmo, pues pese a sus calaveradas, en el fondo es una luchadora incansable y merece la victoria y la felicidad.

Las visitas de Mara me alegran mucho y cuando aparece por las tardes, después de concluir su horario laboral, no solamente analizamos las porquerías de la política nacional, las vergonzosas salidas de madre del Presidente, las columnas de sus mejores críticos y las discusiones de los vecinos de la mesa de los quinientos años, sino que incluso nos leemos las cosas que más nos impactan o divierten. Esta vez estábamos celebrando a risotadas cierto chiste erótico llegado a mi e-mail, cuando Mara vio a Marrut, que entraba, rumbo al baño de las mujeres.

—Ahí va tu "adorado tormento" —murmuró, señalándola con un discretísimo gesto—. Seguro vino a ver si estabas solo para abordarte.

—Quizás —contesté con indiferencia.

—¿Por qué cuando salga del baño no la invitas a tomar tinto?

Así lo hice. La ex se acercó y, una vez presentada, tomó asiento.

—¿Con que tú fuiste otra de las "víctimas" de este don Juan? —preguntó Mara.

—En el amor no hay víctimas sino equivocaciones. Y a veces hasta las equivocaciones son bellas y formativas —respondió Marrut.

—¿Lo crees de veras, señora filósofa?

—Claro. De no ser así no estaría todavía rondando a este ingrato.

—¿Cómo? ¿Y es que sigues enamorada de él?

—Sí, aunque el condenado no haga más que rechazarme y burlarse de mí.

—Lo pasado, enterrado —dije—. Todo tiempo pasado fue peor.

—Algunas veces el pasado nos alimenta tanto como el presente.

—¡Vaya! —exclamó Mara, burlona—. ¡Los tortolitos parecen repitiendo un libreto!

—Mucho cuidado con este señor, querida —le advirtió Marrut—. Al principio nos trata como a princesas. Nos regala rosas rojas, calzoncitos de seda de todos los colores, almendras francesas, chocolates, libros, anillos, relojes. Nos elogia, nos mima, nos hace poemas, y después... ¡si te vi no te conozco, mosco!

—¿A ti también te hizo poemas?

—¿Y a quién no? Esa cabeza rucia es un constante hervidero de poemas. ¿Quieres que te recite uno de los que me dedicó? ¡Es tan tierno!

—Gracias. Mejor no, querida —rehusó Mara, y, sonriendo, añadió: —De pronto me dan celos y agarro a este don Juan a pescozones.

Cuando Marrut terminó de tomarse el tinto y se levantó, despidiéndose, Mara se paró también, diciendo:

—Te acompaño, querida.

—Bien hecho —dijo Marrut—. Tú puedes ser la próxima ex de este desalmado señor. —Y mirándome añadió: —¡Adiós, don Judas de Armas!

Al regresar, Mara dijo:

—Sentí pena por la pobre y quise acompañarla hasta la puerta. Debe ser terrible que le canten a una bellamente y luego la boten como una basura. Por lo visto, ustedes, los poetas, cantan y echan con gran facilidad.

—Te recuerdo —repuse— que Shakespeare nos definió como "esos tipos de lengua inagotable que se meten a fuerza de rimas en los favores de las damas y se vuelven a salir de ellos a fuerza de razonar".

—¿No sientes lástima de ella?

—¿Debería sentirla? Creo que no. Ahora estoy contigo y punto.

—Más te vale —advirtió Mara, señalando a Pillín Pillao, que entraba en el salón en compañía de George Nueva York—. Porque si te portas mal tendrás que vértelas con mi defensor, el indomable y victorioso caballero de la triste figura. ¡Cuidadito, pues!

Si bien ya estaba acostumbrado a las efervescentes discusiones de la mesa de los quinientos años y cuando quería podía abstraerme completamente a sus ruidosos efectos como si estuviera dentro de una burbuja de cristal, deseándolo mucho esta vez no logré hacerlo, pues los ánimos estaban más alterados que nunca. Tanto don Charlie el declamador como el Procu lucían rojos de rabia y manoteaban como molinos de viento en tardes de huracán.

—¡Usted no es más que un fanático, don Charlie! —gritó el Procu—. Uribe puede hacer milagros y usted nunca los reconocerá.

—Me encantaría poderle reconocer algo pero no existe —rebatió don Charlie, olvidando el insulto y tratando de serenarse para inyectarle objetividad a la discusión—. ¿O acaso pretende que le reconozca, por ejemplo, su lucha contra la corrupción? Recuerde que él dijo:

"Hay que linchar a los corruptos; nada de pañitos tibios. Compatriotas: ¡linchemos a los corruptos!" ¿Y qué sucedió? Que gran parte de sus amigos resultaron involucrados en la corrupción y en cosas muchísimo peores, como crímenes y masacres. Por eso ahora, con la excarcelación masiva de guerrilleros, sustentada dizque en "razones de Estado" (que nadie sabe cuáles son, ni siquiera él mismo, puesto que no las ha revelado), el maquiavelito de poncho y sombrero aguadeño se prepara para liberarlos a todos. Es muy vivo, por algo dijo alguna vez que se las sabe todas. Ahora libera guerrilleros y después, con ese pretexto y precedente, buscará soltar a los parapolíticos para pagarles los favores electorales recibidos. Pero eso no es todo. Esa perversa medida afecta el sistema judicial y desestimula las fuerzas del orden institucional. ¿Sabe lo que deben estar pensando los policías y soldados, a quienes tanto trabajo les dio apresar a todos esos delincuentes? ¿Sabe lo que, a su vez, pensarán los magistrados de la Corte Suprema de Justicia y los jueces y empleados del ramo? ¿Sabe que las cárceles están llenas de inocentes, pagando delitos que no cometieron? ¿Sabe que los guerrilleros liberados, antes, al decir del hombre de "esta carnita y estos huesitos", eran terroristas peligrosísimos? ¿Y qué me dice de la liberación de Rodrigo Granda Escobar, el "canciller" de las Farc y uno de los peces gordos del movimiento? ¿Recuerda que cuando fue hecho cautivo ilegalmente en territorio venezolano casi tenemos una guerra con Chávez? ¿Y sabe que ese sujeto está enjuiciado en el Paraguay por el secuestro y posterior asesinato de Cecilia Cubas, hija de Raúl Cubas, ex presidente de ese país? ¿Y qué hace a todas éstas el hombre cagado de tigre, perdón, "cargado de tigre"? Sencillamente lo libera para darle gusto a Sarcozy, el presidente de Francia, que busca de todos modos, como debe ser, la liberación de su compatriota Ingrid Betancur (Nota: después sería liberada en la Operación Jaque). Siempre tan genuflexo y lamberica con los poderosos, Uribe ni siquiera le preguntó al franchute por qué y para qué pedía la libertad del terrorista. ¡Qué discreción! ¡Qué educación! ¡Qué generosidad!

—Pero es que... —quiso interrumpir el Procu.

—Paciencia —exhortó don Charlie y siguió adelante—. Contésteme solamente esto: si los ciudadanos votaron por la "mano fuerte" contra las Farc, ¿cómo se explica que ahora su patrón haya dado tamaña voltereta, enmendando la plana y contradiciendo todo lo que prometió? ¿Encuentra coherente o lógica semejante conducta? El hombre "algo cerrero", que no es "pera en dulce" y al que no lo "asusta nadie", según él mismo se define, explicó las excarcelaciones como un "gesto humanitario unilateral" con el fin de que los subversivos hicieran otro tanto, a sabiendas de que eso era imposible. ¿Puede darse mayor ingenuidad y torpeza en un presidente? Pero calma, que no panda el cúnico, como dice el Chavo del Ocho: viene algo peor. Todo parece indicar que Granda no quería ser liberado y que lo sacaron poco menos que a la fuerza de la prisión. (Nota: Uribe le pidió después a Sarcozy que se lo ayudara a recapturar). ¿Para qué lo liberaron? ¡Dizque para que trabajara como "gestor de paz"! ¿Y qué hizo el guerrillero? Salir a pedir lo que siempre han pedido sus amigos y lo que tantas veces ha negado Uribe: ¡despeje territorial por acuerdo humanitario para liberación e intercambio de presos y secuestrados! ¿Cómo le parece la "jugada maestra" de su idolito?

El Procu tosió, se puso más rojizo de lo que estaba y dijo:

—Usted no hace más que repetir como los loros la misma cantinela insulsa de la oposición.

—Y usted defender sin pizca de sindéresis los caprichos y arbitrariedades dictatoriales de Uribe.

Como los viejos estaban a punto de irse a las manos, el Padre Eterno se vio en la obligación de intervenir.

—Esta discusión no conduce a nada bueno, señores —dijo—. ¿Por qué no olvidamos el tema y hablamos de otra cosa? Bueno o malo, Uribe seguirá en lo suyo. Es inevitable. Su excelente estrella parece hacerlo invulnerable a todo. En verdad ha cometido errores y está muy mal rodeado, comenzando por el primo del mafioso Escobar, pero, aún así, continúa gozando del apoyo y fervor del pueblo.

—Ya no tanto —recordó don Charlie—. En la encuesta en que los medios preguntaban si la gente aprobaba o no las excarcelaciones masivas, la mayoría estuvo en total desacuerdo. Y es razonable. ¿Qué ciudadano aprueba que liberen bandidos? ¡Sólo uno que fue impuesto por malhechores, comprando, obligando o intimidando a los votantes!

—¡Puras mentiras de los enemigos! —exclamó el Procu.

—¿Mentiras de los medios también? ¡Todos hablaron de ello!

—¡Claro! Los medios aprovechan siempre para pescar en río revuelto.

—¡Por favor, señores! —pidió el Padre Eterno—. ¡No más discusiones!

—Es que don Charlie no entiende un carajo de nada.

—Quien no entiende es usted.

—¡Con fanáticos así no se puede discutir!

—¡Miren ¡Un asno diciéndole a otro orejón!

—¡Mejor me voy! —decidió el Procu y se levantó como un resorte de la silla.

Cuando más tarde don Charlie pasó para el baño, murmuró a mi oído:

—¡Viejo güevón! ¡Dizque liberal!

El Procu no volvió a la mesa de los quinientos años y empezó a reunirse por las tardes, en el primer salón, con otro uribista. Este fulano, antes mi lector, al saber que yo estaba escribiendo en un diario de la oposición, un día me preguntó con todo descaro si no me daba vergüenza colaborar en un "pasquín asqueroso como ese".

—¿Sabe que no, señor? —le repliqué serenamente—. En ese "pasquín asqueroso", como usted lo define, me permiten escribir sobre todo lo que quiero y como quiero. Eso significa respeto, libertad de expresión y pluralismo. Lo que no existe en su periódico favorito, del cual salí voluntariamente antes de que echaran a todos los escritores verdaderos y se quedaran, salvo contadas excepciones, con los escribidores complacientes o seudochistosos.

La mesa de los quinientos años perdió así uno de sus miembros, dos con don Fáber, que ya había desertado, aburrido, según sus propias palabras, "de tanta verborrea politiquera". Finalmente, los contertulios restantes emigraron hacia otra mesa del segundo salón. Allí los saludo al pasar todas las mañanas. Don Charlie, sin embargo, sigue abordándome de cuando en cuando, de regreso del baño, para hablar de poesía y para condolerse de las desdichas del país.

Un día, muchos meses después, cuando la situación seguía empeorando cada vez más, me dijo con tanta irritación e impotencia como desconsuelo:

—Definitivamente, poeta, a Colombia se la llevó el Putas. Uribe y sus ministrillos mediocres y ambiciosos hacen lo que les da la gana con el apoyo interesado de los ricos, de los exportadores, de los contratistas estatales, del sistema financiero, de los medios entreguistas, de las bancadas corrompidas y tragonas, de las mafias narcoparapolíticas y, paradójicamente, hasta de los asnos de abajo que aguantan hambre como faquires pero siguen aplaudiendo. A nadie le importan los escándalos de la "Yidispolítica", con la cual aseguraron la primera reelección de Uribe después de violar con todo descaro la Constitución; ni los líos de zonas francas que favorecieron a los "hijos del Ejecutivo"; ni la feria de las notarías para pagar favores políticos; ni la persecución a la Justicia; ni los problemas con Venezuela, que por falta total de una diplomacia profesional y responsable arruinaron el comercio y la vida de la frontera; ni la invasión al territorio ecuatoriano para matar al guerrillero Raúl Reyes; ni la aceptación de las siete bases militares estadounidenses en nuestro territorio, sin consultar al

Congreso ni a la opinión pública y que tanta alarma han creado en la región; ni el problema terrible de la salud, que nos está matando a todos; ni el desempleo galopante con índices nunca vistos; ni los desplazamientos campesinos, casi cuatro millones; ni las interceptaciones telefónicas y los seguimientos a magistrados, periodistas, sindicalistas y defensores de Derechos Humanos, hechos, como todos sabemos, por el DAS, institución que depende de la Casa de Nariño. Tampoco interesan a nadie los "falsos positivos", más de 2.000 muchachos desempleados, matados y disfrazados de guerrilleros por la Fuerza Pública para cobrar recompensas oficiales, todo ello fruto y efecto de la llamada Seguridad Democrática —plomocrática será—; ni el rearme de los paramilitares, supuestamente reinsertados por Justicia y Paz, que ahora se denominan Águilas negras o Bacrin (bandas criminales). Nada parece afectar la credibilidad y favorabilidad del reyezuelo disfrazado de demócrata. Por eso el engendro mafioso de la segunda reelección sigue adelante con velas desplegadas. La primera se la robaron y ahora van por la segunda. Así será quién sabe hasta cuándo. Este puto país de zombis no tiene remedio. Y eso que contamos con ustedes, los columnistas críticos que viven denunciando todas estas bestialidades. ¿Se imagina si no fuera así?

Amigos separados, parientes disgustados, socios descontentos, desconfianza y agresividad en todos los círculos, son los signos de la polarización política que no sólo disolvió la mesa de los quinientos años sino que amenaza peligrosamente el discurrir civilista de la nación desde la primera reelección presidencial de Uribe (para la cual éste llegó hasta arrodillársele a Yidis Medina en el baño presidencial, rogándole que le ayudara en ello, como en efecto lo hizo) y que ahora se agudiza más aún con el accidentado proceso de la segunda.

Había cerrado mi tomacho de Hamsun, después de releer Soñadores, la última novela, cuando reapareció Marrut, sonriente.

—¿Me invitas a tinto, Maxi? —preguntó.

—Pídelo mientras entrego este libro y regreso.

Fui adonde Fernando.

—Quiero prestarte esta obra maravillosa. Te recomiendo especialmente la Trilogía del Vagabundo. Léela y después la comentamos.

—Gracias, don Máximo —respondió el guarda—. Me cae de perlas porque esta noche termino La fiesta del Chivo y no sabía con qué seguir. Mañana se la devuelvo. Me gustó mucho. Vargas Llosa me parece mejor escritor que Gabo. ¿Qué opina usted?

—Opino que tengo una loca esperándome.

—La vi entrar —sonrió Fernando—. Cero y van dos. ¿Qué se unta, don Máximo, que tiene tanto éxito con las damas? ¡Deme el secretico!

—Colonia de güevonada —respondí con naciente irritación.

Cuando regresé a la mesa le advertí a Marrut, sin rodeos, casi con brusquedad:

—Sé breve porque estoy esperando a Mara.

—¡Siempre esperando a esa! No comprendo qué le ves a ella que no tenga yo. Si quieres sexo, te doy sexo. Si quieres amor, te doy amor. Si quieres compañía, te doy compañía. ¿Qué quieres? Dímelo.

—De ti, nada. O tal vez sí: que te esfumes de una buena vez.

—¡Desagradecido! ¿Así pagas mi cariño?

—¡Qué cariño ni qué ocho cuartos! Tú lo que quieres es joderme la vida. ¿No te das cuenta de que lo nuestro hace tiempos terminó?

—Como tú no quisiste aceptarme con la niña…

—¿Otra vez con la culicagada, doña Preñez?

—¡Qué hiriente eres! Y yo tan boba que vengo a buscarte y a rogarte.

Enmudeció unos instantes y después, como sepultando el malestar bajo una subitánea e irresistible ráfaga de ternura, trató de cogerme una mano.

—¡Déjate de toqueteos!

—¿Ah sí? ¡Apuesto a que de la otra sí te dejas hacer lo que sea!

—Es mi novia y pronto va a ser mi mujer.

—¿Tu novia? ¿Es que todavía no has sido capaz de…?

—Cómo te parece que no he querido aún. ¿Muy raro, miss Entrega Inmediata?

—No me insultes.

—Entonces no me jodas con tus insinuaciones y lárgate a darle de mamar a tu cría!

—Grosero.

Estábamos en tales esgrimas cuando llegó Mara.

—Hola —saludó, dándome un abrazo y un beso—. ¿Muy contento solito con tu ex?

Hice un gesto vinagre, sin responder.

—¿Estás bravo? —indagó ella.

—Bravo conmigo —aclaró Marrut—. ¡Anda de un genio espantoso! ¡Echándome y todo!

Mara la miró con severidad.

—¿Y por qué no te has ido entonces? —preguntó—. ¿Tanto lo quieres?

—Muchísimo, aunque él me deteste. ¿Qué hago si nací para adorar a este canoso rebelde?

—¿Y qué me dices de tu autoestima?

—¡Cuál autoestima! Cuando el corazón se enamora la autoestima desaparece.

—¡Error, mujer! ¡Grave error! Si no te estimas no te quieres y si no te quieres no te quieren.

—¡Algún día me querrá, o, mejor, volverá a quererme como antes.

—¡Ni que estuviera loco! —discutí yo.

—Si ya lo estuviste una vez, ¿por qué no puedes volver a estarlo?

—Por mí —exclamó Mara.

—Cuando se canse de ti, como se cansa de todas, volverá a mí. ¡Ya lo verás!

—¿Y en qué dichosa reencarnación será eso?

—En ninguna reencarnación. Será muy pronto. Dos o tres años a lo sumo.

—No te hagas ilusiones que yo no lo soltaré tan fácilmente.

—Quien ríe de último ríe mejor.

—Pues ahora me toca reír a mí, señora terca, ingenua, inmadura y acosadora. Tú ya perdiste tu oportunidad —dijo Mara, y, mirándome a los ojos, me preguntó: —¿Se lo decimos, Máximo?

Aunque yo ni siquiera imaginaba de qué se trataba, aventuré, asintiendo.

—Ahora, precisamente —concretó Mara, mirando su reloj—, dentro de treinta minutos, que será, más o menos, lo que nos demoraremos para llegar al apartamento, desvestirnos y ducharnos (sabrás, creo, que las cosas buenas son mejor frescas), este caballero y yo haremos el amor por primera vez y como —estoy segura, segurísima— nunca lo hizo contigo, ni lo ha hecho, ni lo hará con nadie más. ¿Y sabes por qué? Porque yo soy una real hembra y no una vieja goda, frígida, reprimida o caprichosa como hay tantas. Y, no soy ninfómana, pero me encanta hacer el amor. Mira que hasta tengo con qué apostar delicias y travesuras.

Sacó unos dados blancos del bolso y los arrojó sobre la mesa, ante el asombro mío y de Marrut:

—¡Observa qué jueguito tan rico!

La primera vez los dados mostraron Chupar clítoris. La segunda, Besar nalga. La tercera, Morder clítoris. La cuarta, Excitar senos. La quinta, Acariciar cuello. La sexta, Acariciar nalga. La séptima, Besar clítoris...

—¿Cómo te parece el divertimento, querida? Chévere, ¿no?

Marrut ni siquiera respondió.

—¿Y a ti, mi señor?

—De-li-cio-so —silabeé.

—¡Pues a jugar tocan, Maxiamor! —concluyó Mara, riendo y gozando su travesura como una colegiaba.

—Vamos, Marilla pechiamarilla —respondí, siguiéndole la corriente e íntimamente asombrado de su ingeniosa e inesperada resolución.

—Arrivederci, signora! —se despidió Mara.

—Chao —dije yo, mientras Marrut, visiblemente disgustada, modulaba entre dientes una palabra clara e inconfundible: "¡Hijueputas!"

Ramoncito comenzó a vibrar de felicidad, levantando la cabeza glotona e interpretando, como siempre, la voz del deseo:

—¡Por fin! ¡Aleluya! ¡Aleluya!

Al salir del Astor se nos acercaron George Nueva York y Pillín Pillao.

—¡Hola, mi noble y generoso señor don Quijote! —saludó Mara.

—Hola, distinguidísima dama —contestó el mimo, con solemne inclinación—. Celebro veros siempre tan bella y tan bien acompañada y quiero aprovechar la ocasión de tan venturoso encuentro para ofreceros mis servicios para lo que gustéis mandar. Sobre todo, en lo relacionado con los manejos de este caballero. Comunicadme, por favor, cualquier extravío para ayudaros a aconductarlo, pues habrá de saber y comprender que a tan sin par heredera de mi muy amada señora Dulcinea del Toboso nunca, ¡jamás!, podrá fallarle y siempre deberá amarla y respetarla como se merece. De lo contrario, oídlo bien, señor caballero —agregó dirigiéndose a mí y señalándome con el índice flaco y no muy limpio que digamos— deberás vértelas con el filo de mi espada y de mi lanza inmisericordes. ¡Vive Dios que así será! ¡Quedáis advertido!

—Sí, señor de la Mancha —respondí—. Seguiré vuestro ejemplo y mi dama jamás tendrá que criticarme nada.

—Que Dios os fortalezca entonces para las batallas de Eros y que nunca os falte ni el fuego en el corazón ni el apetito en la carne.

—Así sea —coreamos nosotros, alejándonos, sonriendo, con un aleteo de manos.

Acabo de echar los dos polvos más gloriosos de mi vida. No me importa si me creen o no porque es verdad y a esta edad ya no estoy para decir ni siquiera mentiras piadosas. Eso sería irrespetarme infantilmente a mí mismo y, sobre todo, irrespetar al posible lector. Nunca me había sentido más sano, activo y potente que ahora. ¡Bendita sea esta madurez tan bien gozada que me hace ser más feliz que en las mejores etapas de la juventud! Analizada con la perspectiva de los años, la juventud es un fraude. Cuando estaba joven iba directamente al grano. Echaba el polvo con la fuerza, el ímpetu y la rapidez de un potro cerrero y muchas veces dejaba a las mujeres apenas "empezadas", como ellas mismas dicen. Ahora no: ahora juego, me divierto, me contengo, utilizo el lenguaje como estimulación y sé "trabajar" a mi amante, sacando el máximo partido de sus puntos clave. Pero, bueno, he dicho lo de los polvos y es cierto. Mara acaba de salir, sonriendo y cantando, escalas abajo. Mientras andábamos en el deleitoso preliminar del calentamiento y yo exploraba cimas, valles y nemorosas hondonadas, empezó a demostrarme que era, en realidad, la mujer que yo había estado buscando y con la cual podría echar mis últimos polvos. Esta espléndida morena cuarentona, madura para el amor y la exultación del cuerpo y los sentidos, será la gloria de mi vida y la emperatriz de mi cama y con ella celebraré todos los días del otoño y el saberla mía y temblando entre mis brazos me hará el viejo más joven y feliz del mundo. Prometo esmerarme por cuidarla, por agasajarla sin excesos y por hacerla sentir siempre mujer desde el alma hasta el más recóndito músculo de su muy amado cuerpo, hechura de la tentación y fruto vivo y puro de la delicia. Con toda la carne en el asador del deseo y mientras en el equipo sonaban los valses de Strauss, hicimos el amor casi hasta sacarnos chispas. De lado. Parados. Sentados. Sudando. Gimiendo. Diciéndonos deliciosas groserías que eran como vitaminas para el cuerpo y candelas para el goce: "Qué buena, pero qué buena está tu chimbita, cosita rica". "Es para ti y sólo para ti, mi canosito metelón". "Quisiera quedarme a vivir dentro de ti, mi putica hermosa". "Me encanta que me llames así. Por favor, dime otra vez que soy tu putica". "Mi putica rica, riquísima". "Me gusta tu cosota, mi amor". "Qué bueno, mi putica, qué bueno". "Sígueme dando con todos los fierros, mi amorcito. No pares, no pares. ¡Cómeme toda, toda! ¡No dejes nada! ¡Devórame, deglúteme, mi lobo feroz, mi animal salvaje! ¡Dale, dale, mi amor!" "Lo estoy haciendo, putica mía. Mira, no más, mi maxicosa entrando y saliendo de tu chimbita espumosa. Mira, qué delicia. Me estoy comiendo tu cosita sabrosísima, tu cosita maestra, única, sinigual". "Sí, mi amorcito, cómetela toda. No dejes ni el rastro, ni los pelitos mojados, ni el olor. ¡Nada! ¡Nada! Si queda algo después te premiaré dándote una copiecita para el llavero. Llavero con cosita rica. Buena idea, ¿verdad, mi amorcito? ¿Verdad que te gustaría tener mi cosita olorocita en tu llavero? ¡Castígame duro! ¡Fuerte! ¡Con todos los fierros, mi amor! ¡Con todos los putos fierros!" Y con todos los fierros le di y con todos los fierros la subí y la bajé del cielo, haciendo gemir las tablas de la cama y con todos los fierros logré que al final, con un ayyyy delirante y un suspiro de muerta viva, vivísima y gozosa, exclamara: "Ah, mi amor. ¡Gracias! ¡Muchas gracias! ¡Me hiciste traquear hasta los huesos y no sólo me cogiste el punto g sino todo el alfabeto!" "Gracias a ti, mi reina pichadora. ¡Nunca había echado un polvo así!" "Para que veas, mi amor, que mi cosita rica puede hacer hasta milagros". "Iniciemos cuanto antes su proceso de canonización, ¿te parece? La primera cosita rica ascendida a los altares del Goce Supremo, que es tanto como decir del Divino Goce. ¡Hurra por la cosita rica, riquísima, super buena, super buenísima! ¡Hurra! ¡Hurra!" En medio del alborozo celebrador recuerdo que una vez le prometí alguno de los Sonetos lujuriosos de Pietro Aretino y aprovecho para declamarle el número 5 de la serie, que es un diálogo perfecto de amantes crepitantes:

—Ahora que gusto tan solemne verga,
que apabulla el ribete de mi coño,
quisiera transformarme toda en coño
con tal que tú te hicieses todo verga.
Pues de ser toda coño y tú una verga
hartarías de un golpe mi ser coño
y al tiempo alcanzarías tú de un coño
cuanto goce alcanzar puede una verga.
Mas no pudiendo hacerme toda coño,
ni tú cambiarte enteramente en verga
toma lo que te plazca de mi coño.
—Y tú, a la vez, disfruta de mi verga,
puesta encima de mí, para que el coño
abras bien a placer sobre mi verga.
Y al abrirte en canal sobre mi verga
trágame si es que puedes con tu coño
y así toda él serás; yo, todo verga

"Esa pareja debe ser nuestro ejemplo futuro", dice Mara. "¡Gracias, divino y querido Pietro, por el favorcito!" "¿Quieres escuchar algo parecido de mi cosecha?". "Claro". "Se trata de dos haikus". "¿También cultivas ese género japonés?" "Sólo ocasionalmente y por mero divertimiento. Tal vez como Borges, que incluyó 17 en La Cifra". "Mario Benedetti tiene un tomo completo, titulado Rincón de haikus". "Oye, pues: Toma mi coño,/ fruto del paraíso/ para tu gusto. Toma mi verga, /poderosa palanca/ que mueve orgasmos". "Repítelos para contar las sílabas fonéticas. El primero y el último versos deben tener cinco y siete el del medio, ¿correcto?" "Correcto, señora pichadora, digo, profesora". Como cualquier primerizo tallerista literario, los repetí despacio y ella confirmó con entusiasmo: "¡Vaya, mi Matsuo Bashoo! Eso merece un premio". Se pega de mi boca como una sanguijuela de amor y después agrega, sonriendo con picardía, mientras suelta esta perla de humor inesperado que me hace carcajear como nunca: "Me alegra mucho que mi cosita te haya gustado tanto, corazón. Si quieres repetir, visita, por favor, mi sitio web: www.climbitadeoro.com". "Dame, mejor, tu Twitter". "Con mucho gusto: @ricosita". "¿Cosita rica?". "Ajá". Cesando de reír, me extiendo entre sus esbeltas y firmes piernas, coloco la cabeza sobre el amado bosquecillo humedecido por las copiosas lluvias del placer y empiezo a hablar, mientras ella escucha y me revuelve el pelo con sus dedos largos y delgados: "Me encanta conversar en esta posición después del amor", digo. "Es como lograr una doble relajación. ¿Te gusta?" "Nunca lo había experimentado. Parece como si continuaras acariciándome con las palabras". "Las palabras son la forma más refinada del erotismo", concluyo. Rato después, tras un par de brandys bebidos directamente de su boca, ya reposado y en nuevo trance de reanimación, le digo uno de mis poemas de la serie italiana, que cae como anillo al dedo de las circunstancias:

> Déjame ver a Dios
> Decir que Dios existe
> es nombrar lo invisible.
> Lo difícil es verlo.
> Pero no para mí
> que lo veo en tus ojos, cuando,
> como fundando el mundo,
> hacemos el amor.
> Relámpagos atómicos,
> llamear de volcanes,
> mares que rugen,
> pájaros que cantan.
> Materia ardiente y mía,
> arcilla de mi génesis,
> si de verdad me amas
> déjame ver a Dios
> con más frecuencia.

"¡Ay, mi amor! ¡Mi amor!", exclamó Mara de pronto, empezando a balar como cordero, a rugir como leona, desbordándose como río en invierno, casi llameando y eruptando como volcán. "¡Móntame de nuevo y dímelo en italiano también! ¡Por favor! Ya sabes que ese condenado idioma me electriza y me moja. ¡Dímelo en italiano! ¡An-

da! ¡Empieza!" Como cantaran cierta vez, traveseando vestidos de
mendigos Rossini y Paganini, in giornata d'allegria/ non si nega ca-
ritá, obedecí el mandato, feliz y de súbito levantado como mástil en el
furor de una tormenta marina:

Lasciami vedere a Dio
Dire che Dio esiste
è nominare l'invisibile.
Difficile è vederlo.
Ma non per me
che lo vedo nei tuoi occhi, quando,
come creando il mondo,
facciamo l'amore.
Esplosioni atomiche,
folgore di volcani,
mari che ruggono,
uccelli che cantano.
Materia ardente e mia,
argilla della mia genesi,
se è vero che mi ami
lasciami vedere a Dio
con più frequenza.

Y como siento que el ejercicio sexual, en vez de cansarme o ador-
milarme me distensiona, aliviana, despeja e inspira, después de la
nueva y casi prodigiosa batalla, otra vez echado entre las piernas glo-
riosas y puesta la cabeza sobre el lluvioso montecillo, invento mi Acción de gracias por el polvo —¡serísima, no jocosa!— que propongo
como oración de todos los amantes satisfechos y agradecidos:

Gracias, Señor, por este polvo tan delicioso que me has
permitido echar.
Gracias por hacerme lograr que mi amada goce tanto
como yo.
Gracias por recordarme que ella y yo somos fuerzas vivas de la Naturaleza destinadas al goce, que es otra de las
formas de tu infinita generosidad.
Gracias, Padre nuestro que estás en los cielos del amor y
el deseo.
Amén.

"Amén", coreó la bella, pletórica de satisfacción, volviendo a acariciarme tiernamente la cabeza. "¡Bingo, mi amorcito!," agregó enseguida. "¡Bingo! Después de conocer un par de pichaflojas super estresados que tras dos culazos quedaban rendidos y soñolientos, por fin encuentro un machote de verdad. Sin duda, eres el mejor amante del mundo y muchas cuarentonas estarían felices contigo. Probaste, ¡y de qué manera!, que me puedes hacer muy dichosa también en la cama". "¿O sea que te gustó mi papel de eyaculador precoz?", pregunté, sonriendo y recordando lo que Anderson Imbert me había contado de Borges. "¿O crees que superé el "récord" histórico de John F. Kennedy, quien, según una de las numerosas rivales de Jackie y de Marilyn Monroe, era de 20 inolvidables segundos?" "Cómo te parece que sí, mi adorado señor polvo e' gallo", celebró ella. "Yo no te soltaré nunca. Y prometo cuidarte como lo mereces". "¡Júralo!", exigí como cualquier adolescente. "¿Por Dios?" "¡Por el Aretino!" "Sea, pues", aceptó ella tras una carcajada, y recordando, para mi gozosa sorpresa, un famoso soneto de Ciro Mendía, querido amigo de mi juventud, dijo: "Yo, nuestra Señora del Pezón Rosado, juro y rejuro por el divino y putísimo Aretino, poeta del boscoso reino de la entrepierna, que nunca me le negaré a mi macho, remacho y contramacho, y que, aunque esté fría y congelada, siempre me calentaré para él y seré su fragua de amor por siempre jamás".

Sin duda, estos magníficos e inolvidables polvos-polvazos-polvorines, con los cuales, citando a Cervantes, *"nunca fuera caballero/ de damas tan bien servido"*, constituyen el augurio inequívoco de lo que será mi vida con esta bella, graciosa e inteligentísima mujer y ameritan hacia el, ojalá no muy cercano futuro, mi Epitafio del amante:

Como poeta no pretendo
más epitafio que el viento.
Como amante preferiría estas palabras:
Vivió tan sólo para que ella
dijera algunas noches:
—¡Dios mío! ¡Cómo te quiero!
Mara. Amar…

Epílogo

El viernes 26 de febrero de 2010, al caer la tarde, la Corte Constitucional declaró inexequible, por una mayoría de 7 a 2 votos, la ley que convocaba el referendo para una segunda reelección de Álvaro Uribe Vélez, con lo cual éste, una vez concluido su mandato el 7 de agosto, ya no podrá aspirar nunca más a la presidencia de Colombia.

Medellín, Colombia
Abril de 2006-agosto de 2011

Hernando García Mejía

Poeta y narrador colombiano, ha sido columnista de prestigiosos periódicos en el país como El Espectador, El Colombiano y El Nuevo Siglo de Bogotá.
El compendio de su obra Literaria incluye títulos como: **Tomasín Bigotes, Cuando despierta el corazón, Cuentos del amanecer, La Estrella deseada, Todo por el fútbol, Guardianes de la selva, El diablo que ríe**, entre otros muchos. En poesía ha publicado **Los cuerpos enlazados, Signo y relámpago, Árbol de otoño** (italiano-español), **Por la señal de la luz, Queja de pena y amor por Colombia**, y su última obra, **Vigía del crepúsculo**.

DATOS DE CONTACTO:
Teléfono (574) 5122718
Móvil: (57) 311 7413727
www.hernandogarcia.com
Blog del autor:
www.amanaceryatardecer.blogspot.com
Email: *hergamex@une.net.co*
Medellín, Colombia

EDITORA NUEVO MUNDO
www.editoranuevomundo.com.co

EDITORA CONTINENTAL
www.editoracontinental.com